纸上偶像剧

不安

少女长成私与痛

终离 著

中国画报出版社

图书在版编目(CIP)数据

不安/终离著. —北京:中国画报出版社,2009.10

ISBN 978-7-80220-592-5

Ⅰ. 不…　Ⅱ. 终…　Ⅲ. 长篇小说—中国—当代　Ⅳ. I247.5

中国版本图书馆 CIP 数据核字(2009)第 169810 号

上架建议:畅销书｜青春小说

作　　者:终　离
选题策划:博集天卷
策划编辑:一　草
装帧设计:门乃婷　风　筝

不安
出 版 人:田　辉
责任编辑:梅　逸
出版发行:中国画报出版社
(中国北京市海淀区车公庄西路 33 号,邮编:100048)
电　　话:88417359(总编室)、68469781(发行部)
网　　址:http://www.zghbcbs.com
电子信箱:cpph1985@126.com
印　　刷:北京京都六环印刷厂
监　　印:敖　晔
经　　销:新华书店
开　　本:787×1092　1/16
印　　张:17.5
版　　次:2009 年 10 月第 1 版第 1 次印刷
书　　号:ISBN 978-7-80220-592-5
定　　价:24.80 元

前言

QIANYAN

不安，两个女孩，三份爱。

一样的成长，不一样的命运。

钟小茴，她自卑，却更自尊，她习惯在沉沦和救赎中徘徊，在天真和邪恶里游离，她患得患失，所以命运注定悲哀。

夜雨，她高傲、偏激、桀骜不驯，她早已习惯用对立的姿态面对整个世界，宁可粉身碎骨，也要求得一份完整的爱。

是灵魂的吸引，或是命运的纠缠，她们犹如站在镜子的两端，发现对方竟是另一个自己。

于是她们惺惺惜惺惺，彼此靠近。

她们以为互相替对方取暖，依靠彼此的温度就能忘记生命的寒。

只可惜，她们太过相似，哪怕是对爱的追逐。

而在爱和伤害之间，是否真的有一个位置，可以相安无事，互相温暖？

命，谁也不可违。

所以，她们注定互相背叛，用残忍诠释不安。

是不是，每个女孩的成长，都一定要经历那么多痛？

是不是只有痛过之后，才能明白长大的意义？

不安，不只是一部青春小说，更是我们每个人真实的成长。

如果你也曾灵魂不安，渴望幸福。

本书为你量身定做！

——一草

目录
CONTENTS

Episode 1 夜雨

| 不真实的自我 |

我听着他胸膛里传来的心跳声开始发呆，忘了哭，等我再回过神来的时候发现自己的心跳竟和他的心跳保持着同一个频率。我微微仰起头，只能看见他的下巴，线条优美，皮肤光滑，就在这时，我想起了一句话：爱上一个人，其实是一秒钟的事情。

——夜雨

1

残酷的事实和动听的谎言任你选择，你会选择哪一个?

我喜欢谎言，因为我一直都活在谎言里，在那些自以为是的谎言中苟延残喘地活着，在谎言中继续用谎言欺骗着自己，麻痹着自己。

同样，我也一直都认为，对于身边那些已经没有人性的人，根本没有必要去在意，要做的只有用报复来肆意挥霍我的不满。我喜欢看着他们一个个那种满脸惊恐的表情，那是一种任何人都感受不到的令我振奋的快感。

就像当年对付那个曾一直嘲笑我的班花一样。

我将她一个人锁在实验室里，然后在窗户外面往里面胡乱地泼着硫酸，满意地欣赏她又哭又叫又求饶的表情。天知道，那一瞬间，我只有这种近乎变态的想要毁掉她的念头。

也就是从那一天开始，我被周围的人当成怪物一样，每个人都和我保持着一定的安全距离，而我的世界里就再也没有“朋友”这个词语，除了背叛、贫穷、鄙视、嘲讽，身边的人没有给我带来其他情感。

也许别人会好奇，我究竟为什么会变得如此让人毛骨悚然，但我从来不以为然。那些从小养尊处优的大小姐大少爷们又怎么会知道我的感受?

曾经我也单纯地认为梦想可以在未来慢慢地一个一个地实现，也曾幻想过自己能拥有一份真挚的友谊或者甜蜜的爱情，但现实终归是残忍并且无情的。社会是那样腐败和不堪，那些利欲熏心的人为了得到自己想要的东西不择手段，没有什么是真实的。

好比，我自己，也同样不真实。

我把那些真实的情感都深深地隐藏在心的最底层，记忆的最隐秘之处，不愿想起。因为每次想起我都会像被荆棘缠身一样，浑身刺痛，那样的感觉，难受得无法言喻。

从七岁开始，我就跟着逃债的母亲辗转于许多城市，不断地换学校，不断地被讨债人追赶，终于在我十二岁那年才得以安定下来。

我成功地以第一名的身份考取了当地最好的一所中学，让我惊喜的是，他们不但减免了我所有的学杂费，而且还特别颁发了奖学金。因此，我在这所学校开始了免费的初中生活，一切都开始趋于平淡。

新的环境和新的面孔给了我莫大的安全感，我的好成绩、我的沉默成了老师眼中的优秀和文静，同学眼中的聪明和低调。我轻而易举地用我仅有的优势攻破并俘虏了全校师生。我会在课间休息的时候坐在座位上看书，在放学的路上低着头独自回家，穿过那些来接学生的家长的重重包围，漫不经心地听着他们口中赞美我的话语。

好成绩成了我唯一能够信赖和依靠的安全感。没有人知道，我为之究竟付出了多少。

从初一到高一，连续七个学期，我都是当之无愧的年级第一名。

那时我认为自己已经成了一颗璀璨的明星，但我没有想到，上帝很快就给了我一个下马威，让我刚刚翘起的尾巴还没来得及展现它的魅力就化成灰烬，隐入喧嚣之中。

高一下学期，我们班里来了位转学生，很快老师便把他当成宝一样对待，并且把所有原本属于我的待遇统统给了他。理由很充分：期中考试，他的总分整整比我高了 2.5 分，成了新的年级第一名。

失去了第一名的地位就意味着我将要缴纳下学期的学费，这高额的数目又一次让我惊慌失措起来。我忍不住想起小学一年级的那个傍晚，母亲狠狠地抽打着我，原因就是我问她要学费。

那天放学后我迟迟不肯回家，坐在教室里发呆。然后在天黑的时候独自跑到学校的小花园，我找了一棵相对比较大的白杨，在树干上刻下了一个名字：张瑞泽。

我手握美术刀，在刻好的名字上狠狠地划下了一道道很深的印记，以此来发泄内心的不满。我想不通全世界这么大，他为什么非要出现在这里，夺取我好不容易获得的荣耀和待遇，打破我最难能可贵的平静生活。难道天要灭我，非要用这种羞辱的方式吗？

“破坏树木可不是什么好事情。”就在我全神贯注地划着树干时，一个声音突然从身后冒了出来。我吓了一跳，回过头却看见一张我最不想看见又最害怕看见的脸。

我愣愣地看了他一会儿，回过神来时条件反射地后退了几步，用身子挡住了树干上他的名字，并戒备地瞪着他，不打算和他有任何的对话。

“咦，现在还真有用这种方法宣泄的人啊！”他的一只手插在校服裤兜里，微低着头，额前的刘海挡住了眼睛。他说话时并没有看我，语气漫不经心，散漫又不耐烦。

“要你管？”我有些生气，做坏事被人捉了现形的感觉可不好受。

“你要注意了，”他突然抬起头，瞪着我向我走来，一只手撑在树干上，紧蹙着眉，“你写了什么我看得一清二楚，只会用这种方式来承认自己没有实力的笨蛋没有权利用这种语气对我说话。”

“神经病！”我推开他，拿起地上的书包就往校门跑。

这是我们的第一次正面交锋。我狼狈地落荒而逃，可张瑞泽好像并没有玩够，他把这事当做了我的小尾巴，在班里对我说话再怎么过分我都不敢和他叫板。我怕他会将这个秘密告诉老师或者同学，让我再一次失去立足之地。

就这样，高一下学期我一直忍受着张瑞泽的不断骚扰，他总能够突然出现，然后找出很合适的理由来挖苦我，并且趾高气扬地支使我做这做那。

我去上学的路上总能碰见他，课间操时会被他找各种理由叫到办公室修改作业，放学能看见他骑着单车神气地从我身边飞驰而过……很多时候我都怀疑是不是世界突然变小了，不然怎么总是让两个仇人莫名其妙地偶遇?

记得有一次模拟测验后，他拿着试卷在天台找到我，轻蔑地看着我手里那张被我蹂躏过的卷子，嘲笑我："怎么? 这就是全校第一的实力? 想要超过我还需要努力哦！"

我平静地站起来，突然伸出手将他的卷子扯过来揉成一团，又扔到地上使劲跺了两脚，抬起头看着他："我一定会踩在你的头顶上的，期末考试我要是考不过你，我就退学，我发誓！"

"好，"他低着头看了看被我踩扁的卷子又看了看我，一脸阴谋得逞的模样，"我等着你退学。不过夜雨同学，我奉劝你一句，凡事不要做得太绝，懂得给自己留后路的人才是真正的聪明人。"

"劳驾费心了！"我低着头从他身边离开，走下楼梯回到教室。其实我这样做就是为了断自己的后路，因为我已经没有选择了，如果再不考第一的话，我可能真的要退学了，这样高额的学费不是我天天省晚饭就能省出来的。

自从我说了那句话开始，我就利用全部的时间来背书，我不相信自己这样刻苦还会考不过天天嘻嘻哈哈的张瑞泽。

可每天一到晚上，母亲酒兴大发的时候，我都没办法专心致志地看书，耳朵里全是她骂骂咧咧的话。于是，一到晚上我都会离开家，到附近公园的长椅上看书。长椅边正好有路灯，光线比家里那盏昏暗的小破灯还要好。

这天晚上我正在长椅上看书，却突然被一股炸鸡的香气吸引。我抬起头看见站在不远处的张瑞泽正啃着一只鸡翅望着我，脸上写满了惊异。我忍住流口水的冲动，硬是把闹饥荒的肚子安抚好，继续低头看我的古诗词，并开始大声朗读，想要用这种方式驱走被他引来的饥饿感。

张瑞泽不知是故意来捣乱的还是真的碰巧路过，他叼着鸡腿慢悠悠地走到我旁边，在我左边的空位上坐下，一只手搭在长椅的靠背上，一直盯着我的侧脸，直到我收拾书本准备起身回家。

“你不饿吗？”他一语正中我下怀。我顿了一下，但马上就露出没有听见他说什么的表情，把书本抱在怀里，往回走。

“夜雨同学，你别白费力气了！”他还坐在长椅上，并没有追上来，“你是考不过我的！”

我没有理他，反而加快了脚步。因为只要过了小马路就可以让自己的背影消失在他的视线中了，我想快点避开这个讨厌鬼，现在我就算是被狗追也好过和他对话。

我知道距离期末考试只有一个月的时间了，但我不会轻易认输。自从七岁的那个夜晚起，我就再也不是单纯美好的孩子了，我的心底有恨也有梦想，而阻挠我的人，我会让他们不得好死！

没有人可以把我踩在脚下，我注定是要成为人上人的，因为我不会容许自己再被人欺负，被人嘲笑，被人看不起。

2

其实，我对七岁之前的记忆并没有什么印象，脑海里留下的画面几乎都是七岁之后的。

那年我的父亲在工地被从高楼上掉下来的钢筋条砸伤了，伤得很重，被送进医院时已经没了呼吸，医生连抢救都没抢救就宣告了他的死亡。

母亲在那之前是下岗职工，除了在家洗衣做饭，什么都不会。父亲去世后，母亲东奔西跑地希望能讨回一些赔偿费，可包工头早就跑得无影无踪了，母亲一个人独自奔波了近两个月，终于彻底绝望了。

她一无所获，同样，她也一无所有了。

那年我正好刚上小学一年级，什么都不懂的我并没有被告知父亲去世的消息。我只知道母亲天天起早贪黑，比我还要辛苦。后来母亲整个人突然一下子垮了，整日整夜地在家里酗酒，没有人来管我，我饿得不行了就去隔壁阿姨家蹭饭。

直到有一天，我从他们家听到阿姨悄悄地对她的儿子说："这个妹妹的爸爸死了，妈妈也不管她了，你看多可怜！要是你以后不听话，我就不要你了，你就和她一样，没人爱没人疼了。"

这句话把我心里那点小小的自豪和骄傲都浇灭了。我一直将可以把我高高地举过头顶、给我买彩色蜡笔的爸爸当做我的山顶，这座我本以为会不动不移的大山却因这一句话而轰然崩塌。我把手里拿着的面包丢到地上，冲上去对她大喊："我爸爸会回来的，他没有死，你咒他，你才会不得好死！"

我看见阿姨的脸变得煞白，扬起手就要打我。我没有给她这个机会，对着她家的地板吐了一口口水就跑了出去。我当时并不知道"不得好死"是怎么一个词语，反正我总听妈妈在醉酒后这样说，她说："你们这些家伙，都不得好死！"于是，我便学会了。

从那以后，我再也没有进过他们家门，我倔犟地认为这样的嗟来之食不吃也罢。现在想想，或许我天生就学不会逆来顺受和卑躬屈膝，要不然，我也不会在漫长的岁月里吃尽苦头却从不低头。

随着时间的推移，母亲每天酗酒的时间越来越长，很多时候我都不清楚她是否还活着。而对于父亲的死，我从未承认过。我坚信，父亲会回来的，他会带着彩色蜡笔回来，对我微笑，然后将我高高地举起，用带着胡楂的下巴蹭我光滑而细腻的额头。

我每天早晨会搬起小木板凳，踩着它够到老冰箱上的小存钱罐，里面有一些硬币，是父亲在时放进去的。我还记得他抱着我，让我把手里的硬币放进去，然后很慈爱地对我说："小雨，这些钱我们攒着，等将来你上大学用，好不好？"

过于幼小的我对大学是怎样的概念并不清楚，只是暗自高兴：这么

多钱将来都是我的。可现在不得不用它们去买早饭和午饭时才发现，原来这些钱对于我来说根本就少得可怜，让本来就捉襟见肘的我更加窘迫了。

母亲却不曾想过要结束这样贫困潦倒的日子，她开始因为我们没钱解决温饱问题而喝更多的酒。每天家里弥漫着的浓烈的酒味都让我有种作呕的冲动。我越来越惧怕母亲看我的眼神，我好怕她会突然变成发了疯的恶魔，扑过来撕扯我的身体。

我一直这样担惊受怕地生活着，直到我所始料未及但又隐约已经感觉到的什么事情要发生了。在这之后，我的人生被彻底改变了，它向着另一个方向奔驰而去，像一匹脱缰的野马，任凭我想回头都无法自持。

那天老师要我们交下学期的学费，我回家放下书包后就一直站在餐桌后面，看着母亲的背影，一句话也说不出来，那种哽在喉咙无法言喻的感受让我惶恐得想哭。

我一直站在餐桌后的墙角，让身体靠在墙上，好支撑着我，给我说出来的勇气。终于，在屋外已经暮色四合的时候，我鼓足勇气走到母亲面前，战战兢兢地说:“妈，我们明天要交三百六十八块钱的学费。”

母亲像失聪了一般继续喝着酒，没有答理我的意思。我有些着急了，我不敢想象自己今天如果要不来钱，明天将会引起怎样一场风波——老师会询问我不交钱的原因，同学们会嘲笑我身无分文，甚至还会引起校长的注意，我还很有可能会因为没有交学费而被勒令退学。

于是，我鼓起勇气又大声地重复了一遍我刚才说的话。

母亲这才抬头看了我一眼。她双眼通红，不耐烦又恼怒的眼神让我的双腿忍不住发抖。她突然把酒瓶一摔，站起来大声呵斥我:“钱钱钱，你是不是要吃死老娘，你才开心！”

我吓得退后好几步，双手紧紧地揪住衣角，嘴唇上因为紧张而被牙齿咬出的牙印隐隐作痛。母亲吼完我，就晃晃悠悠地往外走，应该还是去买酒。

家里的酒瓶东倒西歪地躺在地板上，走路有时不小心就会碰倒它们，接着家里就会乒乒乓乓地乱响一气，所以每次我深夜起来找寻可以充饥的东西时总会格外小心，生怕会碰到它们，然后吵醒母亲。

“我们老师要我们交学费。”我狠下心在母亲即将要走出房门的时候冲到她前面拦下了她，昂着头，宛如一只倔犟的猫，瑟瑟发抖却不得不强迫自己竖起全身的毛来战斗。

母亲停下脚步低头瞪着我。我紧张地抿起嘴，把头深深地低下，像个捡金子专业户一样。就在这时，母亲突然抡给我一个耳光，我没有一点心理准备，被扇倒在地。

“你除了会吃饭会要钱，还会干什么！”母亲随手拿起墙角的鸡毛掸子对着我狠狠地抽打。我吓得抱头蜷缩起来，后背被母亲一下一下地抽打着，火辣辣地疼。

母亲越打越起劲，仿佛我成了她此时最好的发泄工具。她边打边骂，我紧咬嘴唇不肯出声，我害怕自己一旦哭出声来就会无法再忍受这样的疼痛。

但在那一刻，我在心底暗暗发誓：总有一天，我会离开这里，离开她，离开这样的窘迫和不堪，我会站在所有人的头顶，我会成为一颗璀璨的明星，让所有人来拥戴我。

我这样想着就更加不会让自己出声，后背的疼痛感却在我暗下决定的时候变轻了，或许是火辣辣的感受变得麻木了，所以，就感觉不到疼了。

邻居阿姨这时跑了进来，她拦住了母亲，扶起我，询问我疼不疼。我紧咬嘴唇不哭，推开她跑了出去。我一路小跑，一直跑到可以看到整座城市的大桥上，然后蹲下身来抱住自己，眼泪就在这时决堤了。我像个傻瓜一样蹲在车来车往的大桥边缘上号啕大哭。

我一直哭一直哭，直到远处的灯火全部亮了起来，身边往来的车辆快速地从我身边行驶过去，地面上昨夜的雨水因为飞速转动的轮胎而飞溅，泥巴和雨水的混合物就这样一股脑地扑到了我的身上和脸上。

我用手抹了一把脸，拍了拍还在发抖的腿，站了起来。看着离我只

有一道栏杆的河水，想着我只要跨过去，接着飞速坠落，淹没在河流中，就不会再有这样的痛苦了。

可我最终没有勇气跳下去，我顺着来时的路一步一步慢慢地走了回去。我沮丧地想：或许我就只能这样了，被同学们嘲笑，被校长开除，然后回家被醉酒的母亲揍一顿。

我不明白母亲为什么要这样对待我，我还只有七岁，对什么事情都还不能作出准确的判断，可她却能下得了如此狠手。想到这些，我竟觉得自己无比恨她。

我恨她每天每夜喝酒，不管我是否饿着肚子，不管我是不是写完了作业，不管我是不是能够自己洗衣服……最重要的是，她居然在我问她要学费的时候狠狠地揍了我，还让邻居跑来看了热闹。这让我在日后以怎样的表情去面对那些嘴碎的大婶们呢？

我越想胸口越闷，越走越快，当我走过十字路口的时候，又一辆飞速开过的车子把地上的泥水溅了我一身，并且，我单薄的鞋子这次彻底湿透了。于是我把鞋子脱了下来，抱在怀里继续往回走。在路过离学校不远处的工地时，我蹑手蹑脚地走了进去，在写有“拆”字的墙面上写下了这样一行字——李梅，不得好死！

李梅，我母亲的名字。

3

夏天是一个浪漫的季节，一切都在肆无忌惮地疯长。

我的头发也开始肆意地疯长，它们乌黑乌黑的，像是夏天树梢上的绿色，突然变得又浓又深，霸占着漫山遍野。

每当我看到镜子里的自己时，都会有种难以倾诉的情愫在暗涌。

早晨我会起得更早，在读了一会儿书之后拿起小镜子，对着它把头发扎起来又放下去，然后学着别的女孩子那样把刘海用小卡子卡起来，露出精神的大眼睛。

距离期末考试只有不到两星期的时候，我们放了一个星期的假，因为七月的中考和高考需要我们腾出教室来供考生使用。我必须把桌洞里的书全部搬回家。我一个人抱着一只大纸箱子，里面满满的全是书，太阳把我烤得浑身冒汗，汗水流进眼睛里，就会刺得眼睛生疼，半天睁不开。

当我走到校门口的时候，看见班里的同学都有父母来接。他们或开车来，或拦了出租车，不肯让自己的孩子受一点累。炎炎烈日下，他们搬着书本满头大汗，而孩子们却坐在车里或站在树阴下，叼着冰棒和朋友嬉笑聊天，丝毫不在意父母们擦着汗水时的辛劳。

这画面又让我想起自己第一次坐出租车的时候，那时我认为自己真的幸福极了，可现在却有一种触景伤情、悲由心生的感觉。

我低着头穿过马路，大汗淋漓的样子一定很难看。这时有人叫住了我，我停住脚步回过头，看见一张陌生的面孔。她跑过来往我的纸箱子里放了个信封一样的东西，微红着脸说："麻烦你帮我把它交给张瑞泽，我上次在公园看见你们一起坐在长椅上聊天。你们的关系应该很好，谢谢你了！"

"我和他不……"我的"熟"字还没有出口，她已经一蹦一跳地跑远了，长长的马尾在空中荡来荡去，白皙的皮肤包裹在公主裙内显得格外引人注目，淡粉色的蕾丝裙角起起伏伏，像极了童话里的公主。

我站在原地看着她消失在人群中才继续往家走。不可否认，我的心底正在翻江倒海，一股嫉妒的情绪迅速控制了我的心情，让我变得烦躁无比。

我想起了七年前自己在墙面上写的话：李梅，不得好死！

如果她不酗酒不欠债，我也不会落魄到连公车都舍不得坐，也不会被一个自以为是的转校生嘲讽和蔑视；如果不是她为了省钱让我转来这所学校，我也不用为了减免学费和得奖学金而这样辛苦，也不会因为没有了奖学金而生活困难，为了能上得起学而省下每天的晚饭，饿着肚子背书；如果不是她到现在还酗酒，我也不用每天提心吊胆，担心会被她打骂。

所以，我变成这样都是拜她所赐，我理应恨她，她应该不得好死！

晚上，我正在台灯下温习功课的时候，母亲一脸疲惫地回来了。她把她那硕大的背板重重地扔到沙发上，过来揪起我的头发破口大骂："要是期末考试再考不了第一，你就给我滚出去喝西北风，我可没有那么多钱给你交学费。"

我想起下午那个女孩飞扬的裙角，想起同学们叼着的冰棒，不知怎么就生气了。我使劲拽开母亲的手，大声和她犟嘴："凭什么？你是我妈，你当然有义务给我交学费。凭什么让我去喝西北风？再说了，我跟着你喝的西北风还少吗？"说完，我就跑出了家门，故意没有看她被我气得发青的脸。

我说过，我不是个傻子，不会一直任人欺负，即使是我的母亲也不行。这一点是与生俱来的，我的天性如此，不可能改变。

我在大桥的边缘上停了下来，背靠在栏杆上，然后往下仰再往下仰，风贯穿了我那一到夏天就疯长的头发。我惊奇地发现，深蓝色的夜空中居然有大朵大朵的云彩，它们很厚重，很慢很慢地往北方飘移着。

这让我想起了前几天在书店看到的一本书里的句子：当一个女子开始看天的时候，她不是在寻找什么，只是寂寞。

我不清楚自己寂寞与否，或者我连寂寞是什么都不知道，只是心底空落落的，好像什么都没有，又好像装满了忧伤。

从小到大，我没有朋友，也没有和同学一起写作业讲八卦的经历。我不知道现在这个时候，我那些无忧无虑的同学们正在干什么，是不是正泡着热水澡看着肥皂剧，又或许正在和自己的好朋友男朋友谈心亲吻，被幸福包围着。

我从兜里掏出随身携带的美术刀，在大桥的栏杆上小心翼翼地刻着字。不知从什么时候起，我开始习惯于在心情不好的时候刻东西，或者一句话，或者一个表情，只要能用美术刀一笔一画地刻着，我的心里就会有莫名的满足感。

一刀又一刀，狠狠地，这样的力道会带给我前所未有的安全感。

李梅，不得好死！张瑞泽，不得好死！

这两个人是我活到现在最恨的人。一个扼杀了我的单纯美好，一个侮辱了我仅有的自尊。有时候他们就好像如来佛祖一般，把我这个不会七十二变的孙大圣压在五指山下，让我永世不得解脱。

晚上八点多起风了，大桥上的风呼呼地吹，我的脸开始僵硬，一丝表情也没有，我收起我的美术刀开始往家走。

很奇怪，我突然很想赤脚走路，于是我就把鞋子脱下来，抱在怀里。光着脚走在满是玻璃和小石子的马路边缘，脚心立马被硌得生疼，揪心。

鞋子是路边摊上那种十块钱一双的布鞋，很容易脏。而它一旦脏了就会显得破旧极了，灰色的布料上零零散散地点着一些油渍。每次在学校我都不敢把脚在人前伸出来，我会让又长又肥的校服裤子遮住大半个脚面，这样才敢站在操场上和大家一起做操。

路过小公园时我又看见了张瑞泽。他正坐在我每晚都坐的长椅上左顾右盼，我的脑子里忽然不知廉耻地冒出一个怪异的念头：他是在等我。这个念头很快就被我踢出脑外，像只受了极大冲力的足球，飞出球场，不知去向。

他在我看见他的同时也看见了我。他的眼神和半个脸庞被路灯的阴影藏了起来，我看不到他是怎样一种神情，但他朝我摆了摆手，意思好像是让我过去。

我想无视他往家走，却始终站在原地没有动。

我想到了破烂的居民楼，想到了小区里随处可见的垃圾和腐烂的蔬果散发出来的恶臭。如果我这样走回属于我的破烂的家属区，他一定会紧随其后跟去一探究竟。我不能让这一切展现在他面前。

见我没有动，他起身向我走过来，他的视线在我脸上停留了几秒后

就开始往下游走。他看见了我怀里抱着的破鞋，看见了我光着的脚丫子，以及脚上被石子和玻璃弄伤的痕迹。

他在我面前站定，蹲下身示意我爬到他背上去。我诧异地退后几步，结结巴巴地说："你要干什么？"

他没有回答我，一把抓住我的脚踝把我拽了回来，然后把我像麻袋一样扛了起来。我还没来得及挣扎就被他扛到了长椅上放下，他放下我后就开始检查我的脚心，像实习医生一般。

我紧张地看着他，不叫喊也不动，任他把我的脚托在手里左看右看。

也许是脚上的疼痛真的让我难以忍受，或许是心脏像要麻痹了一样的感觉很舒服，总之我没有推开他。我傻傻地想：或许是他承认自己考不过我来向我求饶了，这样一个可以损他的机会我又怎能轻易放过？

终于，他抬起头，还是那种慵懒的神情："脚心上有块玻璃扎得很深，需要消毒后用针挑出来。我去附近的药店买药，你等着。"

"等等，"我叫住他，"你突然这么热情有什么目的，是害怕期末考试考不过我，来求饶的吗？"

"我说过，"他转身看着我，慵懒又不耐烦，"没有实力的笨蛋没有权利用这种语气对我说话。还有，我不是求饶也不是乐于助人，只是今天心情很糟糕，我的马可走丢了，我害怕它会遭遇什么不幸，所以想做些好事来为它祈祷，没想到被你误会了。"

"马可？"

"我的牧羊犬。"

牧羊犬！这真是可笑，原来我竟命贱到如此地步，连狗都不如！

我咬紧嘴唇，跳下长椅，忍着脚底的疼痛开始往家跑。我不管他是否去为我买药，也不管自己的脚上是否伤得很严重，此时此刻，我的心像是一场突然停掉的电影，太唐突，太伤害。

我跑回了家，把鞋子放在门口，蹑手蹑脚地走进去。母亲正坐在沙发上，看见我回来了，腾地站起来，对着我的脸就是两耳光，力道之大，使我的耳朵除了嗡嗡的声音再也听不见别的。

我呆滞地看着母亲不停地张张合合的嘴唇，却听不到她在说什么。身上随即而来的阵痛没有让我感到难受反而令我兴奋，但心底是破了一个大洞一样的痛苦。

我站在原地一动不动，任她打骂，我相信，总有一天我会把一切都加倍报复在她身上，并且用一种残忍又决绝的方式，绝对会！

母亲用尽了所有的力气打我也没能让我流下一滴泪。她因为不间断地打我而累得气喘吁吁，当她坐回沙发上休息的时候，我终于移动了脚步，走回我的房间。每走一步都钻心地疼，但我面无表情。母亲不可思议地看着我，我没有看她，我害怕一个眼神也会泄露我心底深深的恨意。

那晚我把自己锁在屋里，抱着膝盖缩在墙角，脚底的血已经凝固了，黏稠而坚硬。我看了脚心上的玻璃，有指甲那么大，可我却固执地不愿意把它弄出来。我要它留在我的身体里面，时刻提醒着我，我的疼痛是别人带给我的屈辱，是浓烈的恨。

午夜的时候我脱掉衣服爬上小床，兜里坚硬的东西不小心硌了我一下。我掏出来看，是我的美术刀。我把美术刀放在手心里看了一会儿，鬼使神差地拿起它在自己的手腕上轻轻地划了一下，并不疼，鲜血却不停地溢出，殷红、炙热、绚烂。

于是我又在手腕上划了几道，力道不停地加重，血液便有了飞溅的效果。床单上开始有一片一片的红色印记，在昏暗的灯光下，显得格外暧昧，让人浮想联翩。

我想或许是我疯了，但我真的感觉不到这样有多痛苦。我没有处理伤口，一只手还拿着美术刀，就这样钻进了被子，闷热的空气让我浑身出汗，汗水浸入伤口里，火辣辣地疼。

或许这样可以使我的恨和屈辱减轻一点。

我窝在被子里，不知怎么了，不自觉地就想起了张瑞泽，想起他慵懒的声音和散漫的神情，想起他高高的个子和被风吹起的衣角，一切都是如此的耀眼，是真正的耀眼，由内而外。

他不像我这样，骨子里透着如此卑贱的命运，却还要傻乎乎地奋起反抗，去赢得那离我有十万八千里远的自尊和幸福。

上天对我太不公平了！然而身为弱者，又怎能要求公平呢?

弱者，不过是被权势者玩弄于股掌之中的小丑，生死，皆在别人的掌握之中。若要掌握自己的命运、别人的生死，唯一的路便是不停地往上爬，做那个强者。

4

值得庆幸的是，在发生了这件让我匪夷所思的受伤事件后，张瑞泽一直没有再出现，母亲也突然消失了，我可以安静地度过这七天假期。

我利用那个假期拼了命地背书，因为放假回去之后就将迎来这个学期的期末考试，而我必须要考到全年级第一，夺回属于我的荣耀。

在做函数题累了的时候我翻开古诗词，我喜欢在闲暇时背那些或抑扬顿挫或柔情似水或郁郁不得志的诗词，仿佛它们是为我量身定做的，每种心情都是我的。

在我随手翻看古诗词时，一只信封掉了出来，我忽然想起是那个好看如公主的女生交给我的，让我帮她转交给张瑞泽。

我捡起信封思忖了一会儿。我现在最不想见到的人就是张瑞泽，我不明白心底是怎样的感受，但我发觉自己对他的恨竟有了小小的妒忌和向往，我深知他的高傲是骨子里的，是与生俱来的，我无法企及。

再三斟酌后，我决定去学校，把信放到张瑞泽的桌洞里。这样也可以算是把信交给他了，毕竟那个女生没有说不能用这种方法。

于是，我当机立断出了家门，翻墙进了学校。我本以为学校里会有很多考生，可进去才发现竟空无一人，我猜测是临时换了考场，学校才会没有考生。

这样更好，没有考生就意味着我的行动没人干扰，任务也可以顺利地完成。

话虽如此，但我还是边走边张望，怕有什么意外情况。很幸运，我一路走到教室门口都没有发生突发状况，我长吁了一口气，推门进了教室。

可就在我前脚刚踏进教室时，我发现自己犯了一个错误：在教室后面，张瑞泽正拥着一个女生亲吻，听见门的响声才分开，但看见进来的人是我以后，两人竟旁若无人地继续拥吻。

我的手不知在何时慢慢地握紧，信封在我手里瞬间变成了废纸团，我的表情在短短几秒内千变万化，惊讶、伤心、愤怒、惊慌……然后我掉头跑出了教学楼，内心兵荒马乱，浑身失去了力气。

我凭着仅有的方向感辨别了一下方向，让残存的理智和冷静引我去了那棵被我刻了名字的树下。我靠着树干滑坐到地上，大脑一片空白，思想此刻仿佛游走在皮肤下面，被阳光轻轻一晒就随着汗液蒸发掉了。

我开始发呆，阳光从树叶的间隙中漏下来，有恍若隔世的感觉，我的眼前开始出现那些斑驳陆离的画面——不堪回首的四年碎片和刚才两个人亲吻的情景。

它们交织在一起，纠缠着我的神经，仿佛我的心里有许多极细的线，互相缠绕打结，无法解开，无法理顺。

现在我还清晰地记得自己第一次被醉酒的母亲揍的时候的心情，惴惴不安又无比惶恐，鸡毛掸子每落下一次，背上立马就火辣辣地疼起来，那是怎样的一种切肤之痛，根本不可言喻。

我也记得自己是多么恨张瑞泽夺走了我的一切，可为什么现在我竟然会有莫名其妙的失落感？像失去了南方的候鸟，没有方向地在天空中盘旋。

记得很早以前从一本书上看到过，当你忍不住泪流满面的时候，就让那种流泪的冲动变成大笑，那样或许会狼狈得比较有自尊。所以，我现在，需要不停地笑，使劲笑，直到内心那些阴霾的过去统统被我再次打包好，放回属于它们的阴暗角落。

我是个被憎恨被厌恶的生灵，又怎么能够像别人一样放声大哭或者矫情到找人哭诉呢?

假期回来后，老师宣布还有一星期就将进行期末考试，让我们努力复习。张瑞泽也没有问起那天的事情，那个给我信封的女生也像从人间蒸发了。

于是我不再胡思乱想，没日没夜地背书，几乎要把课本翻烂了。而那个总抢风头的张瑞泽却天天优哉游哉地玩着手机，和别人聊天，讨论去哪里逛街，去哪里吃饭。

这样想想也对，他们都是有钱人家的孩子，可以大手大脚地花钱，动不动就请客去高档餐厅吃饭，不像我，连一日三餐都要缩减为一日两餐。

真是人比人，气死人!

不过，我已经很知足了，在期末考试前的两周，母亲居然没有回家。这可以让我更加专心地为迎接期末考试而奋斗，并且我一直都坚信：如此拼命的我一定会在期末考试中拿到一个令我骄傲的好成绩。

可当期末考试真的来临的时候，我却有些胆怯了。当我看着大家三三两两地凑成一堆小声讨论着公式的时候突然很无助，如果我考不了第一怎么办？如果我再次成为大家排斥的对象怎么办？如果我被迫退学了怎么办？这些问题一股脑地钻进我的脑子里来，把我刚刚背好的数学公式给挤到了脑外。

“何必庸人自扰呢？”就在我坐在座位上胡思乱想的时候，后背被人用笔戳了一下，回过头才发现，刚才说话的正是我的夙敌张瑞泽。

我忽然想起那天教室里的画面，脸上一红，没有说话就转过身去。这时张瑞泽又戳了我一下，并轻声说：“要好好考，我可不想你因为考不过我而退学。”

一句话，模棱两可，让人猜不透话里的真实意思。

一上午考了两门课，我一直都神情恍惚的，脑子里不停地想着张瑞泽说的话的意思，同时还竖起耳朵听他在身后的动静，猜测他在干什么。

考完第二科后，同学都扔着演草纸离开了教室，兴奋地讨论暑假去哪里旅游。我无力地趴在桌子上不想动弹。我已经没有钱了，没有办法吃午饭，能节省力气让自己感到不那么饿的方法就只有睡觉。

趴着的时候我又开始想张瑞泽的那句话，我发觉自己最近很怪异，一些行为根本让自己难以理解，就好比今天的考试，因为夙敌的一句话就不能专心做题，这和上了战场不打仗的兵没什么区别。

但有一点我还是很欣慰的，考试的时候我虽然心不在焉，但试卷上的题都是我会做的，还不至于考得很差，至少不会输给除了张瑞泽以外的学生。

夏季的空气干燥而闷热，趴在桌子上不一会儿就觉得呼吸有些艰难，于是我抬起头坐直身子深深地吸了几口气，拿出我很小的时候父亲买给我的小手绢擦拭额头上的汗珠。

"你不饿吗？" 在我擦汗的时候张瑞泽的声音如同鬼魅一般从身后飘了过来，吓得我一下子从座位上跳了起来，转身用看鬼的眼神看着他。

"不关你的事。" 我抚着胸口准备走出教室。他突然伸出一条腿拦在我的腿前，双臂抱胸看着我，眼珠来回转动，像在谋划些什么。

"让开！" 我说话向来能少则少，对他更加如此。因为我的脑海里还在不停地重放他和那个女生拥吻的画面，这个画面让我心烦意乱，忍不住想要发火。

"我是来和你讨论一个很严肃的问题的，夜雨同学，夜雨女士，夜雨小姐。" 他笑笑说。

"什么问题？" 我控制住自己正往上蹿的怒火，平静地问他。

"这次考试我会让你考第一，" 他站起来，逼近我，"但作为交换条件，你必须对我言听计从。"

"我会考第一，光明正大的。" 我不服输地瞪着他。

"哈哈，" 他大笑，"我无所谓，但你考不了第一就没有钱交学费，没有奖学金做生活费你就会难以生存，可我不一样，我该怎样还是怎样，

日子亦如以前滋润。”

“你都知道些什么？”我慌了神，自己辛辛苦苦想要隐瞒的家事他居然知道，他到底还知道多少？又告诉了多少人呢？

“难道你不饿吗？”他转移了话题。

“你回答我的问题。”我觉得自己都快要哭出来了，如果我的家境被同学知道，我会陷入怎样一种境地我很清楚。我不要再像个乞丐一样没有尊严地活着。

“像现在这样因为没钱吃饭而饿着肚子的日子你应该过够了吧？”他的笑意加深，“每天晚饭都不能吃的日子也过够了吧？连公交车都不舍得坐、冰激凌不舍得吃的日子也过够了吧？”

“住口！”我打断他，“这一切都和你没有关系，请你不要多管闲事。”我有气无力地说完这句话就逃出了教室，我害怕再这样下去，我会在他面前哭出来。

我出了教室后却悲哀地发现：我竟没有一个可以去的地方。外面是三十七摄氏度的高温，就像个大蒸笼一样，我身无分文，根本无处可藏身。我不得不折回教学楼，爬上了五楼，在空无一人的走廊上抱膝坐下，肚子里咕噜咕噜地叫唤着，泪水夺眶而出。

我绝望地想起七岁时的那晚，母亲在我的身上发泄的那晚，浑身剧烈地颤抖起来。

这些回忆就像是梦魇一般跟了我这么多年，到现在我还无法摆脱，每当心痛或绝望时都会想起它，然后瑟瑟发抖，浑身冰凉。

我想，那时我觉得最痛的应该不是背上的一条一条的红肿印记，而是母亲打我时的那种眼神，充满了愤恨和绝望，好像我是什么肮脏或倒霉的东西一般，令她心生厌恶。

下午的两门考试我显得十分焦躁不安，我担心张瑞泽会把我的秘密说出去，又担心自己分心去注意他的言行而考不出好成绩。

在考试结束后，我想找张瑞泽进行一次简短的谈话，可等我收拾好书包回过头找他的时候，他已经不见了踪影，桌子上还留着考试时发的演草纸，上面一片空白，没有一个字。

失望包围着我，我像个打了败仗的士兵，垂头丧气地离开学校回了家。当我踏进家门时，看到的画面再次让我惊慌：家里一片狼藉，电视机被砸烂了，桌子被掀翻了，我的课本被撕碎了散落一地，地上随处可见破碎的玻璃，而母亲就坐在这些破烂里面，目光呆滞，遍体鳞伤。

我丢下书包跑到母亲身边，还没等我开口，母亲就喃喃自语："讨债的人来了，好不容易攒的钱全被抢走了，什么都没了，你没有学费了，我们要饿死了……"

我彻底傻眼了，我从未想过讨债的人会找来，也没想到现实会残酷到如此地步。我起身跑出了家，去了公园，坐在长椅上等待那个人的到来。

我相信，他一定会来的，因为他早就知道他提出的条件我会答应的，不，是知道我必须答应。我没有后路可退，唯有用交换条件来勉强维生。

黄昏的空气很污浊，身上的汗液变得黏稠，蚊子开始围着我旋转，伺机寻找下口的地方。我坐在长椅上一动不动，像在祷告，神圣，不容亵渎。

我把自己对未来的向往、对生活的希望、对尊严的敬仰拿来祷告，因为从今天开始，我就要和它们告别了。这一切都是上帝给我的当头棒喝，让我学会对命运卑躬屈膝，唯命是从，没有翻身的余地。

华灯初上的时候，张瑞泽才来，他靠在路灯上，没有出声，抽了一根烟，等待着我先开口。我看着他抽完一根烟，才对他说："你的条件，我答应，但你必须保证每年都不跟我抢第一。"

他冷笑一声，猛地把我拽起来，嘴唇差一点就贴在我的嘴角上。我看着他肆虐的眼神竟失了神，心脏像被什么东西捆绑住了，痒痒的。

他笑着让嘴唇始终离我有那么一丁点儿的距离，然后嘴唇开始在我的脸上游走，最后停在我的左脸颊上："你真是一点女人味都没有，只能用这种方式来俘虏，真扫兴！"

"我的条件，"我回过神来，继续我刚才的话题，"你必须答应才行。"

“你有资本跟我谈条件吗？”他松开紧抓着我胳膊的手，将我扔回长椅上，“你现在必须求我才行，怎么能和我谈条件呢？”

“不要强人所难。”我咬紧嘴唇，低声下气地说。

“哟，很有自尊心嘛！”他又露出慵懒的神情，“那就等你把你的尊严丢掉了再来找我吧！”

“我求你。”我用最小的声音吐出这三个字，眼眶却不争气地红了。我那不可一世的美梦终于在这一刻彻底破灭了，我原本就不是什么高贵的人，还做什么美梦呢！

“很乖！”他捏了一下我的脸，“从今天起，你要记住了，你卑贱的命根本无法和我抗争，你想要的耀眼全是我愿意给予你的。而你，是独属于我的，就像马可一样的存在。”

马可，牧羊犬。我，和马可是一样的存在。

我冷笑，抬起头看着他神气的面容，第一次发现，原来他高傲的资本如此之多，在别人都是毛头小子时他就出落得玉树临风，并且还有引以为傲的成绩。

这样一个根正苗红的少年，我拿什么跟他对抗呢？我只是一只灰头土脸，还没有发育完全的丑小鸭，又穷又卑微，想恨敢恨却没有资本恨。

我，只有在卑微的生活中卑微地生活着，卑微地受尽屈辱，然后卑微地死去，这就是我最卑微的宿命。

我认了。

5

期末考试后放两天假，然后返校拿成绩，开大会领奖学金。

这两天里我做了许多事情，首先把一片狼藉的家收拾干净，把一直发呆的母亲扶到床上躺好，然后清算母亲钱包里剩下的钱，去买菜回来做饭。

虽然我恨她，但她是我唯一的亲人，我们只能相依为命。

我手里握着我和母亲仅有的十六块零三角钱，独自去市场买菜。这是我第一次去市场买菜，脏乱的地面和腥臭的气味令我作呕。

原来我们这个小区不仅居民楼破，连市场也这样脏乱，那母亲每天到底是怀着怎样的心情来买菜的呢？也是像我这样皱着眉毛在菜摊边干呕吗？

我没有控制住自己翻江倒海的胃，在一个鱼摊处吐了出来。看鱼摊的中年妇女阴着脸站起来，指着我就骂："你这样，我还怎么做生意？你这狗崽子是故意捣乱的吧？你爹呢？叫他来赔钱！"我想开溜，可听到她那句"你爹呢？叫他来赔钱"的时候，我像被捆住了灵魂绊住了脚，动弹不了。

我的视线穿过了看鱼摊的女人，穿过了市场，看到了父亲将我高高举起的画面。他温柔地对我笑："小雨，要听妈妈的话，不然爸爸就不带你去爬山了。"

"那小雨听话，爸爸就带我去爬山吗？"我天真地问。

"当然了。"父亲的眼睛眯成了一条缝。

可是，我最终没有和父亲去爬山。现在我已经不再是幼时无知的小雨了，知道父亲早就死了，不可能再回来了，即便不想接受现实也要强迫自己去面对。

"听见没？"鱼摊女主人推了我一下，"快叫你爹来赔钱！"

"他死了。"我面色苍白地吐出这三个字，然后头也不回地走出了菜市场。

我什么也没有买就回了家。母亲还躺在床上，我径直进了自己的房间，把门反锁，钻进厚厚的被子里，不愿意出来见到阳光。

我想起父亲，想起母亲打我的眼神，想起张瑞泽轻而易举地就能蔑视我的慵懒神情，想起那个给我信封的女生的飞扬裙角，这些事情让我

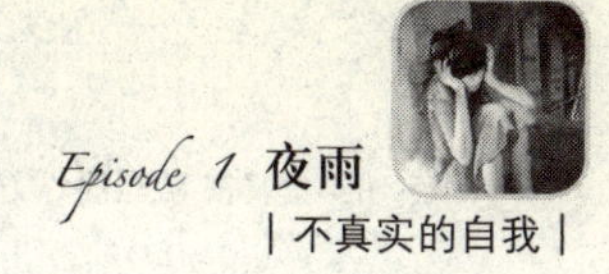

头痛欲裂。

于是，我从枕头下面摸出美术刀，卷起袖子，狠狠地划了一刀。皮肤立马像干涸的土地裂开了一个大口子，鲜红的液体欢快地涌出，流在床单上，很温暖。

我闻着空气里的血腥味，得到了很大的满足感，疼痛折磨着神经的同时，也在治愈着我看不见的伤口。这些伤口是我的秘密，它们就像是一颗炸弹，静止的，定时的，说不定会在什么时候突然爆炸，把我炸得粉身碎骨。

晚上母亲来敲门，我因为流血过多而有些头晕就没有起床，躺着大声问她："有什么事？"

"我饿了。"母亲如小孩子一般在撒娇。

"我不饿。"我冷冷地回她的话。现在她绝望了知道来依赖我了，那么我又能依赖谁呢？

"小雨，妈妈饿了。"她还在撒娇。

"滚！"我突然发了脾气，拿起美术刀扔到门上。

母亲收了声，我听见她回她房间的脚步声才哭出声来。我多么希望可以和她拥抱、和她相爱，可我不能，她带给我的伤害让我已不敢再爱她，伤害只有一次就足够了。

两天内，母亲总是腻着我，想跟着我到处走走。我在她每次靠近我的时候就对她发脾气，让她离我远一点，因为从她身上我看不到一点希望。她的眼里灰暗一片。

我今天才明白，原来失败并不会打败一个人，真正能把人折磨得筋疲力尽、毫无希望的是生活。

两天后我返校，那天早上母亲起得很早，破天荒地给我做了早饭，她穿得格外漂亮，她说她要陪我一起去学校领成绩，被我回绝了。

当时她失落极了，但很快她就恢复了好心情，特意为我扎了头发，送我出门。我从她的眼睛里读到了湿润，我不晓得她又想干什么，我只希望她能正常一点，不要干扰我过正常的生活。

返校定在八点半，班主任先在班里公布成绩开班会，然后再组织我们去礼堂开大会领奖学金。

张瑞泽果真没有骗我，我真的如愿以偿地得了第一，拿了奖学金，可不知道他怎么了，并没有来学校开大会，弄得我开大会的时候一直坐立难安，想着他会不会有什么事情。

大会结束后，我们的暑假就开始了。有同学跑过来邀请我在假期和他们一起出去旅游，我拒绝了他们；还有同学要我拿奖学金来请客，我也拒绝了。

所以，当我离开学校的时候，一路上都听得到他们在大声地说我多么多么小气，不舍得请客。是的，我是小气，我也必须小气，因为我穷，我需要这点钱来活命。

我走出校门时，看见了站在校门口抽烟的张瑞泽。他叫我过去，我很听话地走过去对他说："谢谢你！"

"既然如此，"他灭了烟，"那就请我吃饭吧！"

"好，"我迎上他投来的戏弄眼神，"跟我来。"

我带他到离我家很近的一家小面馆，房子很破了，脏兮兮的煤块堆在门口，里面吃面的人寥寥无几。我站在煤堆前对他说："我的钱只够让你在这里吃一顿，我很穷，你是知道的。"

"很诚实。"他抱胸对我笑，没有进去吃面的意思。

"你不就是想要借机羞辱我吗？如你所愿，"我直视他，"我没有能力和你比、和你争，但我坦白自己的难堪总可以吧？"

"不错，"他俯下身，奖励给我一个大大的笑脸，"你难道没有听说过一句很经典的话吗？"

"什么？"我尽力让自己心静如水，路是自己选择的，既然选择了，就要付出相应的代价，而我的代价就是被眼前这个人不断地羞辱却不能反抗。

"当一个女人把自己最不堪的一面展现给一个男人的时候，"他突然压低了声音，手扶着我的肩膀，凑到我耳边很小声地说，"那就说明这个女人爱上了那个男人。"

我的心跳漏了一拍，浑身被干热的空气烤得燥热起来，脸上仿佛也多了两朵火烧云，但我还是面无表情地对他点点头："然后呢？"

"没趣，"他一副很扫兴的样子把手插回兜里，拿出一支烟点上，"记一下我的手机号，明天给我打电话，你需要替我去办事。"

"暑假应该由我自己安排，"我不情愿地说，"听你的话并不代表任你差遣，这一点请你分清楚。"

"我说过，"他突然发了火，把烟狠狠地摁在地上，站起来用脚蹍了几下，"不要跟我讨价还价，你没有那个资格，不要忘了自己骨子流的是什么血，你只是和马可一样的存在。"

我心里的那颗炸弹又开始了倒计时，它不允许有人这样理直气壮地来侮辱我的人格，但我知道我不能发火，我想继续上学，如果现在就离开了学校，那我的一生就真的再无希望可言了。

我压住火气，柔声说："你说吧！我能记住。"

"记忆力看来很好，那我……"他的话被手机的响声打断了。他掏出手机接了电话，对着手机嗯嗯啊啊了几声，然后说："你等着，我马上就去。"说完他走进小面馆要了纸笔，埋下头飞快地写了一串数字递给我，然后头也不回地朝学校的方向跑去，连"再见"都没有说。

我望着他远去的背影，怅然若失。我不清楚心底的火焰灭了之后那种失落是因为什么，以前从没有过这样奇怪的情愫涌动，但我现在感到比以前更加寂寞。

我把字条团成团，揣进兜里，又摸了摸兜里那十张红色的纸币，心满意足地往家里走去。我突然想快些回家对母亲扬扬这几张纸币，然后得意地讽刺她一顿。

请原谅我会这样想，也不要问我为什么，因为没有原因，如果非要我列出一个原因，那就是爱吧！我们之间特殊的过去，让爱只能用恨来表达。

我快步走回家，家里却空无一人。我站在门口正纳闷母亲会去哪里的时候，楼下的大妈走上来叫我："夜雨，你妈妈跳楼自杀了，被送进医院抢救去了，你快去吧！在中心医院呢！"

我的脑袋轰的一下子就炸了，因为失去了力气而站不稳，跌坐在地上。大妈急忙过来扶住我，说了一些要我镇定之类的话。可我只想到早上母亲失落的眼神，我早应该发现她的不正常才对，她怎么会突然对我那么温柔呢？一定是有问题的，我怎么没早发现呢？

原来如此，她是想丢下我。

原来如此，她要把生活的困难全部扔给我。

原来如此，她真的从来都没有把我当成女儿来爱。

6

那天当我以最快的速度赶到医院时，母亲已经脱离了危险，正面色苍白地躺在病床上。

护士小姐让我办理住院手续并缴纳急救费，我不知所措，只能跟着护士小姐，她让我交钱我就交钱，像个傀儡娃娃。

当她带着我办完一大堆手续后，我无助地发现，我的奖学金已经没了，而我还要缴纳至少一千块钱的费用。

我对护士小姐说我没钱，护士小姐不相信，她板着一张冷漠的脸，没好气地说："你没钱不会打电话给你爸吗？那里面躺着的可是你妈，难道你要我们因为没钱而停止治疗吗？"

"我爸死了。"我移开停留在她脸上的视线。她的表情让我心凉。

"那你家就没有其他什么亲人了吗？"她的声音中没有任何起伏和情感，这使我怀疑她是不是在医院待久了见惯了生离死别，就慢慢地硬了心肠，连生死都参透了呢？

“没了。”我很干脆地说。

“我们也很为难，”她缓了缓语气，但马上又恢复了刚才的冰冷，“没有钱我们只能停药，这是我们医院的规定。”

“你们不能这样！”我的声音很大，引来了走廊上的人的侧目，“医院是救人的地方，怎么能因为没有钱就停药？这岂不是在杀人？”

我把最后的“杀人”二字说得又大声又缓慢，故意引来别人的视线。护士小姐一看周围的人在慢慢地往我们这边聚集，自知这样下去会发生混乱，便赶紧对我说：“那我带你去医生办公室，你去给主治医生说吧！如果他说不停药，我们就不停药。”

“好。”我跟着她去医生办公室。可当我到了医生办公室的时候，我就后悔了。医生是一个四十多岁的男人，他听完护士小姐的叙述后，推了推鼻梁上的大眼镜，慢条斯理地说：“没有钱是不可能治疗的，你想想，如果每个病人都像你这样，那医院不是早就倒闭了？”

“哼！”我冷笑，“说到底不就是要钱嘛！你等着，只要你不停药我明天就给你拿钱来！”说完我拍了一下他的办公桌，那阵势和打架没什么区别。

其实我不过是在给自己壮胆罢了，因为我心虚得要命，我孤身一人，又没有认识的亲朋好友，哪来的那么多钱呢？

“不要激动，”他又推了推眼镜，“只要你有钱，我们就不会停药。”

“好。”我转身离开了这个老男人的办公室，心里却在打鼓，我已经夸下海口了，现在我该怎么办呢？该去找谁求助呢？

出了办公室，我在母亲的病房外徘徊了好久。透过玻璃看着母亲苍白的脸，我的脑海中居然冒出了一个绝望又变态的想法，我竟然想要拽着母亲一起从医院楼顶跳下去。她本来就想死，而我现在根本没有能力去救她，也没有钱再继续生存了，那我何不拽着母亲一起从窗户上跳下去死了算了呢？

这个念头只在我的脑中停留了两秒钟，就被我否决了。我抱着脑袋头痛欲裂，最终垂头丧气慢慢地走出了医院的大门，蹲在一个小卖部门口看流动的人群。

就在这时，我突然摸到了口袋里的字条，眼前一亮。虽然我不能肯定他会答应，但至少还是有希望的，于是我起身进了小卖部旁边的话吧，给张瑞泽打电话。

我现在唯一能够依赖的人，竟只有他。

可命运之神总和我开玩笑，电话通了好久也没有人接。我焦急地不停地摁重拨，连续打了六七遍还是没有人接。迫于无奈，我只能用最笨的办法，去我家附近的公园里守株待兔，如果他还对羞辱我有兴趣的话，就一定会去那里的。

已近中午，温度高达三十九摄氏度，我顶着大太阳往公园赶去。路过百货商场的公交车站时，我看见了张瑞泽。他正搂着一个女生，和她有说有笑地走着，我发现他旁边的女生并不是那天和他在教室接吻的那个。

我顾不了那么多，冲过去拽住他的胳膊，用带着央求的口吻大声说："你跟我来，我有事情要和你商量，很重要，人命关天。"

我的突然出现把张瑞泽吓了一跳，他甩开我的手，不耐烦地说："别来烦我，我还没叫你出场呢！难道你连奴隶的基本守则都不知道吗？"

"我求你！"我几乎是哭着说，"除了你，没人能帮我了。"说着我就像被人抽离了全部力量，抓着他的胳膊坐到了公交站台上。

周围的人都在好奇我们之间发生了什么，渐渐地靠拢过来看热闹，猜测是不是三角恋或者我缠着一个不爱我的男人不放手之类的恶俗情节。

张瑞泽或许是觉得自己丢不起人，或许觉得我不是在和他开玩笑，他回头对那个女生说了句"晚上发短信给你，我先走了"，然后一把将我从站台上拎起来，拽着我离开了人群。

他把我拽到一个没有人的胡同里，使劲甩开我的手。我发软的双腿失去了力量一下子跌坐在地上，把他吓了一跳。他蹲下来看我有没有受伤，并无奈地说："我亲爱的奴隶同志，你闲着没事，出来丢什么人啊！"

"救我妈，"我语无伦次，"我钱不够，会停药的……你要救她……你是我唯一能求助的人……会停药的，求你……救她……”

“你在说什么？”他蹲在我面前，“你说清楚点，你这样，我怎么能听明白啊？”

我极力让自己镇定下来，可抬头看见张瑞泽紧皱的眉头和隐约地透着担忧的眼神后，我又一次乱了心跳，哇的一声哭了出来，并且越哭越厉害，止也止不住。

我那么多的焦虑、担心、悲伤、痛苦，都在这一刻释放了出来。压抑了太久的心终于展现出脆弱的一面，只是我没有想到，第一个看到我这一面的人，竟是张瑞泽。

张瑞泽开始还手忙脚乱地询问我怎么了，后来他就站在旁边抽烟，一根接一根，一直抽到我停止了哭泣。他丢掉烟头又蹲到我面前，生气地说：“给老子说清楚到底是什么事！”

“我需要钱，”我开门见山地说，“你借给我一千块钱，我保证我会还给你的。”

“你拿什么保证？”他听到我说的话以后明显松了一口气，看起来也不生气，又有了和我吵架欺压我的兴趣。

“我的人格。”我很认真地说。

“人格，”他笑起来，“你的人格能拿来保证吗？”

“算了，”我失魂落魄地说，“我不管了，生死由天定，反正我也生无可恋了。既然天要灭我，那我还挣扎什么，痛痛快快地去选择一种利索的死法死了算了。”

“这么说来，”张瑞泽捏住我的下巴让我看着他，“我现在要是借给你钱就意味着你的命被我买下来喽？你以后就不是和马克一样的特殊存在了，你是我的人，是彻彻底底的奴隶喽？”

我看着他扬起的眉毛和跋扈的神态，打开他的手，然后对他摊开手说：“拿钱来，先给我钱，你再决定这些事情。”

“既然你这么着急做我的奴隶，我就成全你。”他从兜里掏出皮夹，从里面抽出了十张红色老人头递给我，“还是不给你了，我陪你去医院，需要多少我付多少，这样可以吗，奴隶小姐？”

我傻傻地点了头，脑子里却在思考着另一个问题：原来他真的有那么多钱，难道他真的如传言所说，是个有钱的主吗？

我跟着他去了医院，是坐出租车去的。这是我第二次坐出租车，却没了之前的欣喜和兴奋，只感到了自卑和讽刺。

到了医院，我直奔三楼，张瑞泽紧跟在我后面，到了母亲的病房却并没有看见母亲的身影。我急匆匆地跑到医生那里去，可医生办公室也没有人，我顿时慌了手脚。张瑞泽在一旁安慰我：“不会有事的，你去问问护士。”

他这句话点醒了我，我去找那个说过要停药的护士小姐。她看到我像吃了颗定心丸一样安心了，她说：“你母亲刚才突然生命体征微弱，正在急救，我还担心你不会回来了呢！”

“她现在怎么样？”我的声音分贝很大，护士小姐情不自禁地皱起眉头，指了指电梯说：“在十三楼手术室做手术呢！”

我急忙跑到电梯旁要乘电梯上楼去，可电梯门在我到达它面前的前一秒钟关上了门。我看着电梯上面红色的数字缓慢地跳动着，心急如焚，终于忍不住，跑到楼梯间想要爬上十三楼。

这时，张瑞泽一把拽住我，让我保持镇定。我甩开他，边哭边说：“你叫我怎么镇定？我的妈妈在手术室里，她的生命体征微弱，我没有了爸爸，只有她了，你叫我怎么镇定……”

张瑞泽在我又哭又叫的时候将我拽入怀中，拍着我的后脑勺说：“没事的，会没事的。”我在他怀中闻到了很浓烈的烟草味。我不知道他怎么会这么早就沾上了抽烟的恶习，但是此时此刻，这些浓烈的烟草味，却让我慢慢地镇定了下来。

我听着他胸膛里传来的心跳声开始发呆，忘了哭，等我再回过神来的时候发现自己的心跳竟和他的心跳保持着同一个频率。我微微仰起头，只能看见他的下巴，线条优美，皮肤光滑，比我的不知道好看了多少倍，就在这时，我想起了一句话：爱上一个人是一秒钟的事情。

我终于相信了这句矫情的话，只是当时的我却忘了后面的那句：忘记一个人却要一辈子。我想如果我当时也能想起这句话的话，会不会就能控制住自己不去触碰虚无缥缈的爱情呢？

只可惜，这一切都成了后话，我为了这份遥不可及的爱恋付出了我所有的青春和热情，明知道它是让我粉身碎骨的劫，却心甘情愿地去粉身，去碎骨。

7

张瑞泽在我母亲住院的三天中很勤快，经常为了化验单跑上跑下。护士小姐以为我们的关系不一般，有一天竟然对我说："你男朋友真不错！"

我听到她这话的时候正在喝稀饭，没忍住一口喷了出来。她一脸嫌弃地闪到一边去，不满地说："这里是医院，请你注意一下个人卫生。"

我红着脸端着稀饭灰溜溜地跑回了母亲的病房。张瑞泽坐在床边玩着手机，母亲若有所思地望着张瑞泽，不知道又在打什么如意算盘。我走进病房后，母亲把视线转到我身上，她说："今天出院吧！小雨，我知道咱们不可能有钱供我住院，你是借的钱吧？"

"不是，"我看张瑞泽想开口的样子，便立马抢在了他前面，"是我的奖学金，我没有借钱，你放心吧！"自从她住院以后，我对她的态度出奇的好，并不是因为我不恨她了，我只是希望她活着，哪怕每天待在家里什么都不干，我也希望她活着。

因为只要她活着，我就还有希望有依靠，像是树和叶，只要树还活着，叶子就有重生的希望，就有最信赖的依靠。

"我要出院，"母亲固执地说，"我们没有钱能浪费在医院。我已经好了，回家吃点消炎药完全可以，根本不用每天打点滴，你马上去给我办出院手续。”

我想反驳，张瑞泽却制止了我，他很有礼貌地说："阿姨，我这就陪夜雨去办手续，您躺好，别激动，病人不能激动的。”

张瑞泽说完，也不顾我还想再说点什么就拉着我出了病房。一出病房，我就甩开他的手，小声说："你干什么？这么急着让我妈出院是不是心疼你的钱了？我说过我会还给你。”

“还？”他冷笑，然后叹了口气，“那就现在还，可是你拿什么还啊？奖学金吗？”

“反正我会还的。”我坚定地说。

“你当你妈是傻瓜啊！”他靠在病房门口，吊儿郎当的样子像个流氓，“她会不知道你的奖学金有多少吗？她心里有数。大人过的桥比你走的路都多，你怎么一点智商都没有？真不知道你是吃什么长大的，哦，我忘了，你太穷，吃得少所以智商低，不能怪你。”

“你……”我无话可说，他说得很有道理，而且还顺带将我损得无法反击，我还能说什么呢？要怪就去怪我那个躺在病床上的母亲吧！谁让她将我带到这个世界来受苦呢？

“我去办手续，你在这里等着，奴隶。”他对我温柔地一笑，我的心跳又乱了节拍。我无法把他的自以为是和温柔联系到一起，我不理解为什么这么毒舌的人会有那样温暖的笑容。

可能这就是他们有钱人，舒适的生活让他们可以随心所欲地做出任何表情，温柔，撒娇，高傲，厌烦，不满……而我只有亘古不变的一个表情——面无表情。

下午我在张瑞泽的帮助下把母亲领回了家，领他进我家的时候我觉得自己的脸滚烫，不是害羞，而是丢脸。

这样狭小破烂的一个家，让同学来参观，换作任何一个人，都会感到丢脸吧？

张瑞泽没有把自己当外人，帮我把母亲扶到床上后就开始参观起来。母亲看着他，对我一副欲言又止的样子。我猜她是想劝我不要早恋吧！

真是多此一举！我这样卑微的一个女生哪有资格去说爱呢？我连自身的基本生活都无法保障，哪里能去谈场浪漫的恋爱呢？

张瑞泽在我的房间里转了好久都不走。我轻轻地关上房门，站在门口对他说："我会还你钱的，你现在可以离开了，我妈会多想的。"

"我一会儿就走。"他拿出烟来想要抽，被我阻止了，"我不喜欢烟味，你别在我屋里抽。"

"装纯！"他不顾我的反对，点上烟抽起来。他把烟灰从窗户上弹出去，倚着窗框看外面，好奇地问："我从来不知道这种地方也可以住人，你真让我开了眼！"

"你该走了！"我避开他的视线，"我和你之间的交易我妈不知道，她会误会的，别的事情我们明天说，我会给你打电话的。"

"这些血是从哪里来的？"张瑞泽避开了我的话题，扔掉烟蒂，指着床单上的血印询问我，眼睛直勾勾地看着我，让我心里发毛。

"不小心摔伤了。"我随便编了个借口。我不能让他知道那是我用美术刀自残所留下的血迹，我不能让别人知道我自残的事情。

"是吗？"张瑞泽的口气里有咄咄逼人的意思。在我还没来得及回答"是"的时候，他一个箭步冲过来撸起了我的袖子，指着我手腕上的伤口说："那这些是什么？摔的？"

"不关你的事！"我气急败坏地挣脱了他的手，把袖子放下来遮住那些如一条条毛毛虫般丑陋的伤疤，退后了好几步，冷冷地说："请你离开，即使我是你的'奴隶'，但我的私事请你不要管，你也不能管。"

"那我把你带到你妈面前，告诉她，她的女儿以自残为乐，你说怎么样？"他不知犯了什么病，突然和我犟起来，不知道是不是又想借机来羞辱我一番。

"你有病啊！"我真的生气了，也不管母亲还在家里，就大声冲他喊，"你给我滚，给我滚！"我害怕了，我怕他真的把我拽到母亲面前去，我害怕让这些小毛虫面对母亲，并且是没有原因的。

所以，我对他发了火，我不管欠钱不欠钱，奖学金不奖学金，我不想让母亲知道我自残，只要她不知道，现在让我做什么我都愿意。

“行，”他满脸不可置信的表情，“我滚，我他妈就贱，我这就滚。”说完他拉开我的房门，大步流星地离开了这个破烂的地方。

“天啊！”我拽着自己的头发自言自语，“我都在做什么！”

是啊！我在做什么呢？他帮我付医药费，没有嫌弃我的家，看到我手臂上的伤没有鄙视，这一切都应该是出自关心吧？我怎么能拒绝一份来之不易的关心呢？

我一头栽倒在床上，挽起袖子观察着自己手腕上的伤口。每一道都带着毫不留恋的决绝，每一道都带着我对生活的厌恶和无助，可这些伤口真的是关心就能治愈的吗？

我们的晚饭是一个馒头，一小碟酸菜。我看着母亲吃，谎称自己在外面吃过了，没有动筷子，家里没有多少钱了，母亲是病人，我理应把吃的都留给她。

母亲一直在低着头吃东西，吃到一半的时候，她突然抬起头，眼里噙满泪水说：“小雨，妈妈真是连畜生都不如，居然狠心想留你一个人在这个世界上。”

“你知道就好，”我语气生硬，“下次要是再发生这种情况，我是绝对不会救你的。”没来由地，我讨厌她遇到事情后不去积极地面对而只想解脱，更讨厌她在伤害了我之后又楚楚可怜地向我道歉。

如果她是真心感到愧疚，那她在寻死之前都想什么去了，难道没想过死不了之后该怎么面对我吗？

母亲低下头继续慢慢地嚼着唯一的馒头，看着她这个样子，我觉得莫名地心酸，为她心酸也为我自己心酸。于是，我起身以去书店看书为名出了家门，又到公园的长椅上坐着，我猜测自己是在等张瑞泽。

这次张瑞泽没有来。我从暮色四合等到满天繁星，连他的半个影子都没有等到，不知道他是不是真的生气了。我不自觉地担心起他来，担心他会生我的气再也不理我了。

换作原来，我想我会为了这样的结果而高兴得蹦起来，可现在，我只感到了深深的不安和落寞。我坐在长椅上想了好久也等了好久，最终还是没有等到他。

我在回家的时候跑去小商店打公共电话。我已经发疯了，我居然想用我身上仅有的两元钱给他打电话，要知道，这两元钱是我仅有的，不，是仅剩的钱了，没了它，我和母亲的生活再也无所支撑，无法维持了。

小商店里面只有一位老奶奶，我站在门口的灯泡下打公话，话筒里传来清晰的嘟嘟声，占线，占线，还是占线。

我放下电话对商店里的老奶奶客气地一笑，揣着我的两块钱回了家。母亲已经睡了，我把鞋子脱在门口，光着脚走进房间锁上门。家里很热，没有蚊帐，蚊子很多，我没开灯，摸着黑爬上床，裹在被子里面，酣然睡去。

午夜的时候，我被噩梦惊醒，我梦见自己看见了张瑞泽，当我向他跑过去的时候，被电话线绊倒，他的身影就消失不见了。我想爬起来去寻找他的时候，越来越多的电话线将我缠起来，耳边的忙音逐渐地变大，直到我被惊醒。

我手脚冰凉，浑身汗津津的，独自坐在没有月光的房间里。过了一会儿，我起身去厕所，打开淋浴冲了个凉水澡，但耳边的忙音似乎还没有停止，依旧嘟嘟地响个不停。

水流过我身体的每个角落，寒意渗进骨肉里，手腕的伤口好像又开始隐隐作痛。我看着它们冷笑，伤口愈合后会留下一道永恒丑陋的伤疤，就像我即将开始却已经燃烧殆尽的青春。

8

母亲的早饭是我早起去买的，油条和豆浆，昂贵的早餐。

早餐买回来后，我叫母亲起床，给她把油条撕成小块泡进豆浆里。我发现自己这几天好像突然体验了角色互换的游戏，我成了母亲，母亲成了孩子，我对她倾注了所有的爱。

但让我难过的是，我可以这样不嫌弃她，不抛弃她，为什么她却做不到？七岁的时候她第一次嫌弃了我，现在，她又抛弃了我。

弄好早饭，我回了我的房间，留下母亲一个人在客厅吃饭。我不想和她再有任何言语，因为每次和她面对面，我的心都会感到异常的酸涩，我讨厌心里酸涩的感觉，所以不想看见她。

我的窗前有一棵很大的法国梧桐，遮住了射进屋里来的大部分阳光。清晨的时候我喜欢坐在窗前摘一片它的叶子捏着玩，看叶子的汁液顺着手指的纹理流下，心情异常地好。

快到中午的时候，楼下的大妈来我家送了一锅鸡汤，说是给母亲补身子。她还掏出两百块钱塞到我手里说："我知道你们家条件不好，这钱你拿着，给你妈买点好吃的。她身子虚，不能缺了营养。"

我收下了鸡汤却没有收钱，我对她说："我有奖学金，不用拿钱了。"我根本没有钱，只是虚荣心在作祟。我从小就讨厌别人的施舍，嗟来之食，我情愿饿死也不吃。

除了张瑞泽，我到现在还没想清楚自己为什么会去恳求他的帮助，难道当时真的除了他再无他人可以帮我了吗？

答案既肯定又否定，因为当时，我只想到了他，脑子里只有他的身影。

"多好啊！"她叹口气，"要是我家那个浑小子能像你成绩这么好，就算让我去乞讨我都乐意。你妈真是有福，有你这么听话的女儿。"

"谢谢您！"我想抱着鸡汤回屋里，不想再和她说下去。

"嗯，好，"她是明眼人，明白我的意思，连忙对我摆摆手，"快进屋去吧！有时间去辅导辅导我们家那个小子。他和你一个年级，不同校。"

"大妈再见。"我礼貌地笑笑，关上了门。

我不会随便答应或许诺什么，对我而言，说出去的话、许下的承诺就必须兑现。所以，我从不会轻易地许诺，因为我没有兑现它们的能力。

中午我用鸡汤给母亲下了面，那是家里最后一小把鸡蛋面，下到鸡汤里，香味四溢。我把面盛到小碗里给母亲端上桌，自己连一小块鸡肉都没有动。

这是大妈给母亲补身体的，我没有钱，所以这些都必须留给母亲吃。现在放假了，我不用做大量的习题，也就不会感到很饿，三四天不吃东西也没什么。

母亲吃完午饭又回屋睡觉了，也许她发现我不想和她说话，便尽量减少和我对话的机会。

我收拾完桌子便出了门。我去小商店给张瑞泽打电话，我需要再问他借点钱，要不我和母亲马上就不能生存了，我可以不吃饭，但母亲不行。

这次电话很快就接通了，张瑞泽好像在睡觉，声音有些沙哑："谁？"

"是我，"我捏着话筒的手一听见他的声音就开始出汗，"我想见你一面，有事情和你商量。"

"你是谁？"这次我听清楚了，他不是在睡觉而是喝醉了，说话虽然没有打结，但明显有醉意。

"夜雨。"我问他，"你在哪？"

"哦，是你啊！"他开始傻笑，"我在家，怎么？你要来投怀送抱吗？"

又是挑衅，难道他连醉了都会以挑衅我为乐？

"告诉我地址。"我弄不懂自己在想什么，居然用严肃的口吻问他要地址，动机真的只是为了借钱而已吗？

"和兴小区 31 号楼 5 楼 2 号门，"他打了个酒嗝，"限时五分钟，要是五分钟内你到不了，我就不给你开门了。"

"等一下……"电话却被挂断了。我看了看通话时间，我的钱已经不够我再打给他和他纠缠了，于是我付了钱开始朝和兴小区跑去。

我知道那个小区，里面全是一百二十平方米以上的大房子。它离这里有将近三公里的路程，就算我一步不停地跑过去至少也需要十分钟，但我还是用自己最快的速度朝那个小区跑去。

可能是两天没有进食的原因，我的两条腿发软，没跑两步就跑不动了。于是，我开始慢慢地往小区走，四十多分钟后才走到。我找到了31号楼，爬到5楼敲2号门，里面没有动静，我开始用脚踹，并大声喊张瑞泽的名字。

过了好一会儿，门一下子被拉开，张瑞泽站在门口，神情迷离，结结巴巴地说："我说……过了，要是来晚……了，就不给你开门……你……"

我不知哪来的勇气，推开他进了他家，并把门关上，对着喝醉的他说："你醉了，最好到床上躺着睡觉去，不然你会头痛的。"

我见过母亲因为醉酒被头痛折磨得极其痛苦的样子，表情扭曲在一起，拿头往墙上撞，用疼痛来缓解脑袋里的痛楚。

"我跟你说你不能进我的房间，"他摇摇晃晃地跟着我进了他的房间，"怎么一点都不矜持？和她一个样……真像啊！"

"谁？"我坐在床边问他。他的床边全是酒瓶，有啤酒，还有二锅头，看那些空了的瓶瓶罐罐，我知道他喝了不少。

"佐盈，"他把手放在唇边，"嘘，我太大声了，她会听到的。"他的样子和平时一点都不一样，现在的他看上去颓废又浪荡。

"你喜欢她？"我问。

"嘘，她会听到的，"他突然变得很沮丧，"可听到有什么用？她还是不会正眼瞧我一眼的。"他低下头，刘海把湿润的眼睛挡了起来。

我的心突兀地疼了起来，有种想要抱住他安慰他的冲动。我不知该说什么来安慰他，只能坐在床边紧咬嘴唇看着他一口一口地喝着酒，就在我想要夺过他的酒瓶不让他喝的时候，他突然放下酒瓶开了口："我给你讲个故事吧？"

"嗯。"我换了个坐法，抱膝坐在地板上，倚着床，这样会让我有安全感。

"我很爱一个女人，她比我大三岁，我一上高中后就爱上了她，"他脸上的表情开始变得隐忍，“当时她是我们学校高三的学生，她很漂亮很大方。我向她表白，她答应了，可她竟然以为我在开玩笑，答应过后就把我的情书展示给全班同学看，于是，我在流言飞语中转学了。”

原来他是因为那个女生而转学的。

“她很漂亮，有很多男朋友。我前几天去看过她，她吻了我却说不爱我，”他开始很痛苦地捂住头，“我唯一爱过的一个女人居然说不爱我。我为了能和她匹配而让自己很优秀，让自己花心，我相信，总有一天她会发现我的，但她对我说她找到她的爱情了。”

“不要想太多，”我慢慢地过去，轻轻地抱住他，“毕竟你们的年龄差距在中间隔着，你们……”

“只有二岁而已，”他打断我，“二年算什么距离？”

“可是……”

“你知道吗？”他打断我，抬起头看着我，脸上布满了泪水，“我多想亲吻她倔犟的心，看着她会对我笑的眼睛，那种心跳加速的感觉你明白吗？”

“我明白。”我和他对视。

“我爱你……”他突然把嘴唇压在我的嘴唇上，喃喃地唤她的名字，“佐盈。”

我能感觉到他颤抖的唇在我嘴边辗转的轻柔，能闻到他身上烟酒混合的气味，能体会到他的心痛，不，是我的心痛。我明知道这是一个吻，我的初吻，也知道这对我来说有什么意义，即便如此，我依然没有推开他，没有阻止他，可他却叫着“佐盈”而不是“夜雨”。

我看见了阳光漏进屋里来的光线，很多灰尘在跳舞，它们寻找着自己的降落点，等待着落定。我的心，在这一刻就像那些尘埃一样，只不过，它们已经找到归宿，已经落定。

我爱上了一个不爱我的男人。

Episode 2 夜雨

| 有多恨就有多爱 |

当时我并不知道，轻易地相信一份友情是件多么盲目且愚蠢的事。我们两个人的心本是相向而行的，就因为一瞬间的感动或错觉，盲目地排除万难互相靠近，以至于慢慢地偏离了各自的轨道，碰撞出了巨大的火花，然后被烧得遍体鳞伤，面目全非。

——夜雨

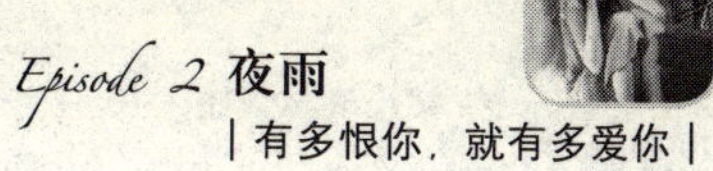

1

我爱上了一个不爱我的男人。

整个暑假我都在家里度过，能省一顿是一顿，以至于我的体重在开学的时候比上学期少了十七斤。

再见张瑞泽也是新学期开始的时候，他好像一切都没有变，对我还是不冷不热的态度。这让我怀疑那天的那个吻是否是真的。

那次他醉酒吻了我之后就再没找过我，我打电话也不接。当然，在我离开他家之前，他给了我五百块钱，让我用来给母亲买饭，因此我整个暑假没有再缺钱。可每天夜里我都会想起他迷离的眼神和嘴唇的温度，那样轻柔又深沉的一个吻，让我夜夜想念，不能入睡。

我盼星星盼月亮盼着快点到开学的日子，好让我再见到他，这一点让我很羞愧。我不知道自己是天生没有女生该有的矜持还是思念太过折磨人，一直都主动联系他，可惜他从没给过我回应。

今天是高二开学的第一天，班主任在不停地讲着一些校规校纪。我一句都没有听进去，时不时地回头去看一眼张瑞泽的侧脸，然后心满意足地回过头来发呆。

班主任讲到最后的时候，给我们介绍了一名新同学——张雅茜。这个女生走进教室的第一秒就征服了所有男生的眼球，当然也包括张瑞泽。

她很漂亮，文静又不张扬的漂亮。

她很可爱，歪着头笑起来有两个小酒窝。

她很有气质，披肩的头发衬得她的皮肤白白嫩嫩的。

还有最重要的一点，她的身材很好，用句不该用的话来形容——她简直就是一个活动的S字母。

有谁会相信，身材如此凹凸有致的女生居然是个高二的小女生！至少我是不相信，所以我的眼睛一直盯着她，希望能探查出一些猫腻来，但看了十多分钟都一无所获。

由于她的到来，我们班跟疯了一样，特别是男生，下课都围着她转。女生开始围成一群说她的坏话，这些都与我没有关系，我不会参与这些无聊的事情。

可是我并不敏锐的第六感还是对她产生了敌意，我也不清楚这是为什么，只要我的眼神一落到她身上，心里就久久不能平静。

很快，每当中午放学的时候我总看见她和张瑞泽走在一起。他们有说有笑的，张瑞泽推着他的自行车，看样子要载她回家。

我立马明白自己的敌意源自何处，对她更加戒备，像一只猫，对着自己的情敌竖起尾巴。

我跑过去拉住张瑞泽的手臂，故意用撒娇的声音说："你送我回家吧！"

张瑞泽没有想到我会这样说，有一会儿竟没反应过来。就在他消化我说的话的时候，我对着张雅茜狠狠地瞪了一眼，可她不但没有生气，反而笑得很甜。她说："我之前让你帮我转交的情书你怎么没有帮我转交呢？"

"情书？"她什么时候让我帮她转交情书了？

"放暑假前，在学校门口。"她说。

我猛然想起她就是那个穿着公主裙的漂亮女生，她给了我粉色的信封让我转交，可那个信封已经被我在看见张瑞泽和女生接吻的时候攥成团，随手扔在了学校的花坛里了，还怎么转交呢？

"哦，"我尴尬地说，"我忘了。"

“夜雨同学，”张瑞泽开了口，“你把别人的事情当成什么了，怎么一点责任心都没有？”

“张瑞泽，”我大声说，“我是顾及你的面子才没说的。我来送信的那天你在教室里干什么了你自己心里清楚，还用我说吗？”

张瑞泽一愣，然后伸出左手捏住我的下巴，对着我一字一句地说：“你不要忘了，你的荣耀都是我给的，也不要认为我会为了你停下脚步，不可能，我是一往无前，无往不胜的。”

说完，他推着车子对张雅茜笑了笑，两个人肩并肩地走出了校门。看着他们渐行渐远的身影，我觉得自己的视线模糊了，用手指使劲捏着自己的大腿才没让眼泪流出来。

一句话，将我所有的想念，所有的痴心妄想全部打回原形，让我看清楚了自己只是个卑微的白痴，根本不配站在他身边。他只是对我好一点而已，我竟无可救药地爱上了他，事实上，他不过是把我当成了一个可以随时掌控随时把玩的玩具罢了。

那天中午我没有回家，我去了大桥，在桥栏杆上刻字，然后靠着栏杆仰下身子看天，看天空中大朵大朵的云彩飘移。

现在细细想来，张瑞泽是一株罂粟花，或许用花来形容他不确切，但我觉得他对我而言就是一株罂粟花，美丽的罂粟花。他突然闯进我的世界，开出夺目璀璨的花朵，让我在花的世界里中了毒、迷了路，可就在这时他又突然抽身，将我一个人留在迷离的幻境里。

我彷徨了，想念了，深爱了；他却开心了，自由了，放手了。或许这就是他的爱情，只是不断地去征服，一旦得到了就扔掉不要了。

下午我一进教室就看见张雅茜坐在张瑞泽的座位上翻着什么，教室里只有她一个人。她看见我进来就立马慌张地站起来，不停地解释：“我在帮泽收拾东西。”

泽。

这个称呼让我浑身难受，每个细胞都像缺氧了一样，蔫儿了下去。原来不过一个中午，他们的关系就突飞猛进了，连称呼都改成亲密的

“泽”了。

我埋下头，安静地回到我的座位上，用发抖的手翻开数学书，背上面的公式。张雅茜走过来在我前面的座位上坐下，面对着我，轻声说：“我和泽今天中午做什么了，你不想知道吗？”

“这和我没关系。”我拼命地想把那些公式记在脑子里，可书上面的公式却在她的话传入我的耳朵里时变成了一个个小音符，来回跳动，搅得我心神不宁。

“哦，”她耸耸肩，“我还以为你们有关系呢！”

“你到底想说什么？”我把数学书倒扣到桌子上，“又想干什么？”

“我想和你做好朋友，想做张瑞泽的女朋友。”她理直气壮地回答我。

“凭什么？”我气不打一处来，真没见过这样不要脸的，即使长得好看，也不能这样主动去接近男生吧？

“就凭我和张瑞泽做爱了，”她很夸张地笑，“就凭我家里有钱，有钱能砸死人，你不知道吗？”

我混乱的思绪一下子停了下来，好像一把剪刀剪断了所有的线头，只剩下一小节断续的线还留在原地。这一小节断续的线就是那句“我和张瑞泽做爱了”。

“你们……你们……”我开始结巴，不知该如何说出那个对我来说很陌生的词语。

“我们做爱了，”她显得很大方，很乐于跟我分享这些原本应该是秘密的事情，“你知道做爱是什么吗？你知道那意味着什么吗？那是一种爱的表达，一种心灵相通的欢愉。你肯定不会懂得，因为你只是个女生，愚昧又低贱的女生，而我是个女人，泽的女人。”

“你们之间的事情我没有兴趣也不想知道。”我晃晃悠悠地站起来跑了出去，我害怕再从她嘴里听到一句关于他们之间的事情。我害怕看见她那样得意的神情，那会让我的自卑不停地膨胀，直到充斥了我的整个心脏。

下午我旷了课，只因为张瑞泽没有来。

我按照他上次告诉我的地址找去了他家。一路上我都在想着张雅茜说的那些话，我还不清楚做爱到底是怎样一件事情，但我隐约知道那是男女之间最隐秘的事情，我不相信她可以而我却不可以。

只要张瑞泽要的，我什么都可以给，哪怕是我的命。

我爬上五楼敲他家的门的时候正好是下午三点，楼道里静悄悄的。这栋楼的人几乎都上班或者上学去了，整个楼道回荡着我的敲门声，有些毛骨悚然。一直敲了三四分钟，门才被打开，张瑞泽只穿了一条大红色的沙滩裤，赤裸着上身，一脸倦怠。

我不由得脸一红，却不顾他的诧异低头从他的胳膊下面钻进了他家。他没有说什么，关上门跟在我后面，进他房间后我才发现，他的床上乱成一团，看样子在我敲门前他还在睡觉。

“你和张雅茜做爱了？”我直接进入主题，我是个藏不住心事的人，当然，只是在他面前。

“嗯。”张瑞泽有点儿尴尬地别过脸，“我们做了，这很正常。”

“你喜欢她？”我表现得镇定自若。

“不喜欢。”他回答得很迅速也很干脆。

“那为什么和她做？”我觉得自己一定是被什么附身了，说出来的话让我自己都不敢相信。

“我喜欢。”张瑞泽走到书桌前拿起一根烟点上，吸进去一口，吐出一大口白烟。

“那我为什么不可以？”我着急了，气急败坏地对他说，“如果你只是为了让自己不去想佐盈，想找个替身，为什么我不可以？只要你想，我什么都愿意去做。”

“让你去死呢？”他开始挑衅，完全没有察觉到我说这些话时是多么认真多么严肃。

“可以，”我看着他，“只要你想。”

“那就去死吧！”他从身后的书桌上抓过一把水果刀递给我，“现在就去死，当着我的面，让我看看你的真心在哪里，诚心在哪里。”

我看着他，有种心如死灰的悲痛。我鼓足勇气的告白竟被他当玩笑来看待，我放下了尊严做出的事情他竟不屑一顾。

于是，我拿过水果刀，狠狠地在手腕上割了一刀，血一下子溅了出来。张瑞泽吓坏了，脸煞白，反手给了我一巴掌：“你他妈是傻还是疯，还真割！”

“只要你想要的，我全可以去做。”我认真地叙述着我刚才说过的话。

张瑞泽神情复杂地看了我一眼，扯过床边的毛巾将我的手腕使劲扎起来，然后揽过我的脑袋，将唇压在我的唇上，狠狠地吻了下去，他说：“你他妈真傻！”

我闭上眼认真地吻着他，眼泪从眼角流了下来。这一刻我终于知道了自己是多么倔犟、顽固、决绝，甚至变态，就连我对爱情的态度也是如此。

可是张瑞泽并没有要我，他只是吻了我，然后拥着我酣然入睡，就如他醉酒那天一样。我不知道他为什么可以染指那么多女人却唯独不染指我，但我仍一相情愿地认为，我对他来说才是最值得信赖的依靠。

想着这些，我根本无法入睡，我侧脸看着躺在我旁边的张瑞泽，用手指轻轻地在他脸上划来划去。突然想起了什么，翻身把地上的水果刀捡了起来，然后在胳膊上刻字。

我要留下一个属于张瑞泽的印记，让他一辈子都不能甩掉我，不能忘了我。

我在我的左胳膊上刻下了“泽”这个字，它鲜血淋漓，看起来异常诡异，却承载了我太多的爱和纠结，刻完后我把右手覆盖在上面，伤口剧烈地疼痛起来。

这时，我才明白，人们所谓的爱情，原来都是要透过伤害来证明的，伤得越深，爱得就越深；痛得越厉害，爱得就越不可自拔。

而我也会是如此决绝之人，这是命中注定的，我的爱情就是如此。

要不爱，一旦爱了，就是死去活来。

2

第二天，我和张瑞泽因为无故旷课被叫到班主任办公室。

因为我们两人的成绩拔尖，班主任没有为难我们，反而被我们在上学途中车子撞到一起然后去了医院的谎言给蒙骗了，还很担忧地问我们“有没有受伤，会不会耽误学习”之类的话。

从办公室出来，我一眼就看见站在走廊上的张雅茜，她红着眼圈，怯怯地走到张瑞泽面前，拽着他的袖子说：“你昨晚说的是真的吗？”

“是的。”张瑞泽很不耐烦地甩开她，大步流星地往前走，不管她是否伤心欲绝地放声大哭。

其实我本不想管她，但又担心引来班主任纠缠下去会有很多麻烦事，所以在她还没哭几声的时候就把她拽去了一个人烟稀少的角落。

她边哭边用妒忌的眼神看着我，大声地发着牢骚：“泽为什么会突然不要我了？凭什么你能一直在他身边？我哪里比不上你？我们明明都做过了，为什么又不要我了呢？”

“就因为做过了才没有价值了，”我心底的小恶魔开始挥着翅膀指挥我的思想，让我在这时变成了一个可恶的巫婆，“他明明可以染指我却不做，那是因为他心疼我，不想伤害我，而对于你们这样随便的女人，上过了就可以丢掉了，根本没有价值，如同街上随处可见的垃圾一样。”

“你……”她瞪大了眼睛，泪水挂满了整张漂亮的脸蛋，看起来楚楚可怜。

“我是想和你做朋友的，”她呜咽着说，“你怎么能够这样对我？”

“我怎样对你了？”我天生的恶魔本性被完全激发出来，“我不需要朋友，只要有泽在我身边就够了。我和你不一样，对于泽，我才是最特殊的存在。”

“你等着！”她恨得咬牙切齿，瞪着我的眼珠看起来都要掉出来了，“我会把泽抢回来的，我会不择手段，我会心狠手辣，我会让你后悔莫及的！”

“哟，挺会用成语的！”我调侃。

“哼！”她转身气呼呼地走出角落，“咱们走着瞧！”

“随便。”我只是让自己在嘴上不输给她罢了，其实内心早就害怕了。我根本没有资本去争去斗，我连张瑞泽在想什么都无法猜透，又怎么能看住他，留住他呢？

上课的时候张雅茜给我传字条，字条上写着：我们本可以是好朋友的，你非要我出招把你推进地狱，你才会醒悟吗？

说实话，她的字很好看，很清秀。

我没有回她的字条，过了一会儿她又传来一张字条，这次上面只写了三个字：你等着！

我没有在意，继续无视。到上午第三节课的时候，张雅茜突然消失了，整整一节课都没有回来，我不知道她去干什么了，也不知道她会再使出什么花招来。

第三节课下课的时候，她突然冒了出来，眼睛比之前更加红肿，她举着一个皱皱巴巴的粉色信封走到我座位前，哭着说：“夜雨你怎么可以这样？我好心好意想和你做朋友，你却把我写给泽的情书给偷出来扔掉，就算你也喜欢泽也没关系，我们可以公平竞争，可你怎么能用这样卑鄙的手段来对付我呢？”

原来这就是她的计划，真够毒！

她明知道我因为沉默寡言在班里没有朋友，又因为常考第一，班里很少有同学对我有好感，独自一人站在高处，当然会不胜寒。这样一来，她说的这些话全班同学就会相信，都会认为我是一个卑鄙之人，从而更加远离我，排挤我。

我平静地看着她哭哭啼啼，然后面无表情地说：“你喜欢泽就去追，

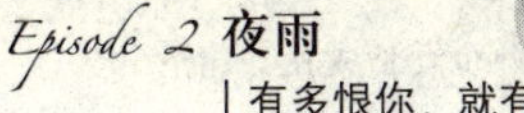

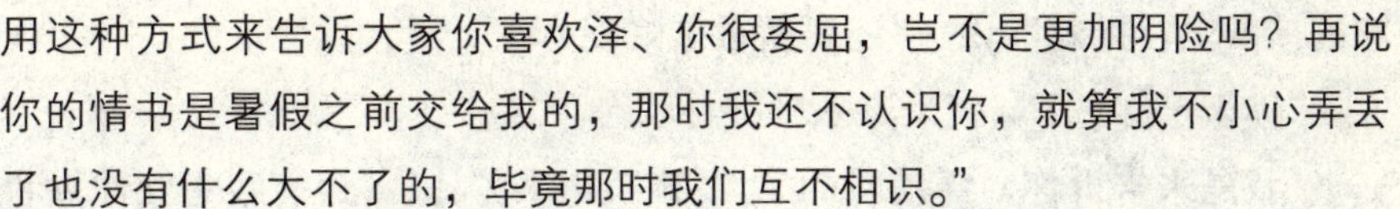

用这种方式来告诉大家你喜欢泽、你很委屈，岂不是更加阴险吗？再说你的情书是暑假之前交给我的，那时我还不认识你，就算我不小心弄丢了也没有什么大不了的，毕竟那时我们互不相识。”

“你怎么可以说谎？”她装出更加委屈的样子，“明明是我昨天才写好的情书，怎么成了暑假前呢？”

她这话一出，所有同学都把视线集中在我身上，眼神里都透着不相信。我明白他们肯定会去相信一个长得漂亮又活泼可爱的女生。

所以，我没有解释，坐在自己的座位上开始看书，对张雅茜继续编造的事实充耳不闻。可就在我安然看书的时候，张瑞泽突然拨开人群走了过来，我以为他是来替我解围的，站起来想对他笑。

令我没想到的是，他居然在我站起来的一瞬间，在我的笑容还没来得及对他绽放的时刻，给了我一个耳光，并大声宣布：“张雅茜是我的女人。”

全班立刻炸开了锅，我脸上火辣辣的。但我固执地仰起头，看着张雅茜一副胜利的表情，没有哭也没有抓狂，我很平静地面对着他们，从容不迫地收拾好我的书包，去办公室请了假，回家。

母亲没有在家，她身体好转后就一直四处去寻找打工的地方。我们之间的关系突然变得很好很默契，却从不交流。

我回到家脱下了自己的衣服，在厕所一遍又一遍地用凉水冲刷着自己的身体，胳膊上的“泽”字已经结疤，丑陋极了，张牙舞爪却又安安静静。

我的脸还火辣辣地疼，但我不想去想张瑞泽这样做的理由，我知道他一定有他的想法，总有一天他会回到我身边来依靠我，我对于他是最特殊的存在。

洗完澡后我躺在床上玩着我的美术刀。我发觉自己可能真的有自虐的爱好，每次一拿起刀子就有想要划破自己皮肤的冲动。

在我拿着美术刀快要不能自已时，有人敲响了我家的门。我光着脚跑去开门，门外居然是张雅茜。她不顾我的阻拦硬是闯进我家，坐在我家的沙发上，撇着嘴说："还真是很破烂呢！"

"你来干什么？"我又进入了战斗状态。

"我是来告诉你，泽是我的了，"她笑得很狡诈，"还有我想收你为我的好朋友。你就别再固执了，做了我的好朋友，你就不会因为生活困难而发愁了，我很有钱。"

"我不稀罕。"我说。

"但是你寂寞，"她严肃起来，"我也寂寞，只有两个寂寞的人才能心灵相通。所以你一定会成为我的好朋友，我们也一定会彼此谅解的。"

"呸！"我瞪她。

"你是因为泽而嫉恨我吧？"她又开始笑，"我很空虚，所以需要有男人来填补我的空虚，但泽不一样，我在他身上找到了爱情的感觉，我爱他。"

"爱，"我冷笑，"那你可以为他去死吗？你能吗？"

"我的爱只限于活着的范围内，死了还如何去爱呢？"她灵巧地绕过了我咄咄逼人的问题。

"你是胆小，"我大声叫喊，"我可以为了他去死，只要他要的，我都会给他。我这才是爱，即便死了，我也会爱，因为我在用我的灵魂来爱，我爱他胜过任何一个女人。"

"空话，"她轻蔑地笑我，"你用什么来证明呢？"

我挽起我的袖子，亮出我的伤疤给她看。我说："这些就是证明，最新最深的那道是张瑞泽让我去死的时候我用他给的水果刀割的，那些小伤口是我每次想念他的时候留下的，还有那个'泽'字，是我爱的证据，是不能磨灭的，你能吗？你敢吗？"

"你简直是疯了！"她颤抖着看着我的胳膊，站起来就往门口走，"你是个疯子！我不和你理论。但你要想一想，我和你都是寂寞的人，我们需要彼此相依为命，让心灵得到救赎。"

"我就是疯子！"我在她身后大声喊着，直到听不见她下楼的声音才停止。

是的，我就是疯子，我已经疯了，已经病入膏肓了。

因为我爱的人是一个难以捉摸，我根本无法掌控的男人，所以，我注定要卑微如尘埃，独自品尝这种切肤之痛。

3

我请了半个月的假，天天待在家里，只为了不见到张雅茜和张瑞泽恩爱的样子。

母亲天天很晚才回家，我有点担心她会不会再次酗酒。所以，每当她回家时我都会从床上跳下来，跑到客厅看她一眼才能安心睡觉。

张雅茜天天跑来找我，我真怀疑她脑子是不是坏掉了，不过她来有一个好处，那就是我可以吃到她带来的高级点心，那些甜蜜可爱的小东西让我的体重急速回升，短短一个星期我就恢复了原来的体重。

看到我不停地增重，张雅茜的心情特别好。她尖着嗓子嚷着："要不人家怎么都说甜蜜有毒，原来真是如此，你看你，为了甜点就不戒备我了，我是为了让你长胖长丑才请你吃的，我居心叵测。"

往往她这样说的时候我都躺在床上不理她，她在我家待着的大部分时间我都不理她，也不全是因为张瑞泽，即使我们之间没有张瑞泽我也不会理她的。

我是个不会有朋友的人，所以，我讨厌别人待在属于我的空间里。

"喂，"这天她来得出奇的早，应该是逃课了，"快放十一长假了，咱们出去玩吧！"

我不理她，可她并不在意，仿佛已经习惯了在我旁边自言自语。她又说："其实你赢了，张瑞泽又一次把我甩了，在校门口，当着很多学生的面。"

她的这句话让我很感兴趣，我侧过头说："很丢脸吧？"这样说其实是出于私心，我还是介意我在班里被张瑞泽扇了一耳光，当时我都不知道哪来的勇气让我没有想找个地缝钻进去。

"他是为了给你报仇，"她吸吸鼻子笑我，"没想到你这个家伙还真有魅力，把我的猎物都勾引去了。这可是我这么年来唯一的一次失手，不甘心啊！"

"为我报仇？"我翻过身，趴在床上面对着她。

"嗯，"她耸肩，"其实他早就知道我的小伎俩了，只不过是想让我丢更大的脸罢了。当时他扇你耳光的时候我还心存愧疚，现在连愧疚的影子都没了，全是嫉妒。"

我又翻身滚到床的另一边，用被子把自己裹起来，偷偷地笑起来。我就知道对于张瑞泽，我是最特殊的存在，谁都不能抢走他。

"你在偷着乐？"张雅茜的声音隔着被子听起来突然不是很讨厌了，我把被子掀开，故作严肃地说："我为什么要偷着乐？我是在想我应该去上学了。"

"你是想张瑞泽了吧？"她一语道破天机，不愧是个擅长耍心机的女人，真聪明！

"那又如何？"我一脸认真地说。

"随你便，"她摆摆手，"反正我是不会再自取其辱了，他就让给你了，不过我很好奇，你们之间到底是什么关系？真的是恋人吗？"

"不是，"我极其自豪地大声宣布，"我是泽的世界里最特殊的存在，他可以一段时间没有我，但不能一辈子没有我，只有我才能让他停靠。你们都是他的过客，我才是他永恒的、坚定不移的港湾！"

她愣了一下，然后耸肩，厚着脸皮说："那我是不是也能变成你港湾里的一艘小游艇呢？我也寂寞，我也空虚，需要找个最可靠的依赖。"

"我不需要朋友。"我一下子严肃起来，带有警告意味地对她说。

我不需要朋友，也不需要什么甜言蜜语，我是个输不起的人。一个张瑞泽的爱情已经让我倾注所有，也让我一无所有了，我又该拿什么去经营友情呢?

所以，我不需要，因为我的情感是如此贫瘠，只有一份就足够我拥有和付出的了。

“切，”她还是耸肩，似乎这是她的招牌动作，“那我走了，学校见，你一定会成为我的朋友的。”她说完就自己离开了我家，都不需要我下床去送。

这点，我是发自真心地喜欢。

星期五的清晨，我很早就起床了，在镜子前面梳了好久的头发，然后去了学校。我站在班级门口面带微笑地等着我的爱人，当他出现在我视线里的时候，我抬起胳膊来回摆动，大声喊:“早上好，张瑞泽。”

张瑞泽被我的举动吓了一跳。我开心地大笑，然后蹦蹦跳跳地进了教室，这是我自转学以来第一次在班里如此张扬。我不介意被大家当成神经病，我只想让张瑞泽知道，他让我感到了前所未有的幸福。

中午放学的时候，我跟在张瑞泽后面，一直不停地傻笑，弄得他一脸败给我的表情。终于在出了校门后他忍不住了，回过头对我说:“夜雨小姐，你跟踪人也不能如此明目张胆吧?”

我还在傻笑，满脑子都是张瑞泽无奈的表情。

能够再见到他，真好!能够被他用特殊的方式保护，真好!能够继续这样和他走下去，真好!能够一直这样看着他开心，真好……这些都是我想说的，但我说不出口，只能傻笑地看着他，满眼深情。

张瑞泽被我看得不好意思了，伸出手来挡在我的眼睛前面，懒懒地说:“你再看下去，我会以为你喜欢上我了。”

“我喜欢你。”我飞快地接了他的话。

他把手拿了下去，然后严肃地看着我。在我以为他生气了想对他道歉的时候，他突然坏坏地一笑，对我说:“咱们去海边吧，我的小仓鼠!”

哦，上帝啊!你听见了吗?

我终于等来了我的幸福，我的小爱人终于对我提出了约会的请求，我终于得到了我的爱情。

十一假期，我和张瑞泽去了海边。

我们是坐一辆外出办事的空巴士去的，这样很省钱。

在车上我们一路无语，缄默让我们之间的气场变得十分微妙。我能感觉出车里的空气似乎越来越稀薄，渐渐有些喘不过来气的感觉，我知道，这是我的心理作用。

我不知道是不是去海边的路途遥远的缘故，我开始晕车，有好几次差点吐在车上。这还不算什么，最让我没有办法接受的是，司机居然把我们扔在了荒无人烟的路上就不管我们了。

更令人气愤的还有司机把我们扔下来时说的话，他说："我可不想为了挣这点钱去洗车。"我又没有吐在他车上，居然这么不近人情。

"都怪你。"张瑞泽看着开走的巴士发牢骚。

"怪我？"我气得跳起来，冲他咆哮，"还不是你要拉我去海边，要不然我能被扔在这里吗？"

"那你为什么不早告诉我你晕车？"他狡辩。

"我怎么知道我会晕车？我一般都不晕车，再说晕车这事是我说晕车我就晕车的吗？谁规定不能突然晕车的！"我气极了，说了一堆连我自己都不知道的歪道理。

"你说顺口溜呢？"他听得有些发愣。

我气急败坏地跺了跺脚，转身背对着他说："你说怎么办吧！"

"还能怎么办？在路边等！看有没有路过的巴士可以拉咱们去海边。"他两手一摊，一脸无所谓地到路边坐下，坐下后还拍拍旁边说："你不过来休息会儿？一会儿要是再晕车的话我们可就真回不去了。”

我摆着一张臭脸到他身边坐下，心里却在胡思乱想：我们会不会就这样坐上一天，甚至在这里度过一夜，浪漫的一夜。

“在想什么？”他把脑袋凑了过来。

我立刻羞红了脸，刚才的那些胡思乱想全部消失了，心像悬在峭壁边上的一条丝带，荡来荡去，不真实又那样让人期待。

“没有。”我屏住呼吸把头往旁边靠了靠。

“告诉你一个秘密，”他说，“知道我为什么喜欢逗你吗？”

“为什么？”我傻不拉叽地瞪着大眼睛望着他，期待着他的答案。

他突然把头埋进双臂之间，哈哈大笑起来，笑得十分夸张。

“你在笑什么？”我很好奇：现在的他为什么又和以前不一样？他到底有几种性格呢？哪种是真实的呢？

“没有，”他强忍住笑说，“你不知道你有多好玩。”说着他伸过手来，捏了捏我的小瘦脸，然后又给我理了理被风吹乱的头发，用温柔的眼神看着我说：“你很专情。”

“那是因为对方是你。”我红着脸，心跳加速，却还是倔犟地仰着头，看着他的眼睛说出了一句肉麻至极的话。

“傻样！”他拿食指戳了戳我的脑袋说，“你再出这傻样，我可把你丢在这里了哦！”

这样温柔可爱的他我从未见过，他现在的表情仿佛刚出生的婴儿，不懂人世间的险恶，单纯而美好，憧憬着未来幸福的生活。

我拽过刚才他戳我的手狠狠地咬了一口，然后趁他大叫的时候站起来就跑，在离他有好几百米的地方坐下，冲他吐舌头。

我不清楚自己为什么会突然对他撒娇，虽然我撒娇的方式很奇怪。但我想他会知道我不是讨厌他、不是厌恶他，而是喜欢他，喜欢到需要用极端的方式表达出来。

我们一直等到日落都没有等来一辆车，哦，不，应该说这期间有过一辆摩托车经过，并且停下来询问我们是否有什么难处。当听到我们要搭车去海边的时候，他面露难色，最后表态他只能载一个人。

差点没让我气死的是，张瑞泽那家伙一听到这话，二话不说就要上车，还很豪迈地拍拍胸脯说："放心吧！我一回去就立刻找车来接你，你在这里等着。"

不过，我没有他想象的那么傻，我抱住他的胳膊硬是将他从摩托车上拽了下来，然后对好心人说："谢谢你了，我们再等等，祝你一路顺风。"

因为这件事情，他赌气好久没有答理我。反正有人陪我就行，不说话又跑不了，我这样想着心情立马变得出奇的好，一点都没有想回去的想法了。

"我说，"我凑近他，用肩膀碰碰他的肩膀，然后讨好地说，"反正看天色也不早了，不会有车来了，这里离海边又不是很远，咱们走去海边怎么样？"

他用看怪物的眼神看了我半天，很突兀地冒出一句："你想变成冰雕吗？"

"什么呀？"每次说话都这样，不知道一次说清楚。

"大小姐，"他说，"现在是初秋，你知道晚上的海边有多冷吗？你想变成冰雕，我可不想，要去你自己去，别拉上我当垫背的。"

"自己去就自己去。"我冲着他做了个鬼脸，气呼呼地往海的方向走去。张瑞泽无奈的跟在后面。

这里的风真大，越靠近海边风就越大。我的头发被吹在空中，凌乱至极，但我一直没有去管它，即使整理好了一会儿又乱了，白费力气的事情我没那个闲心去做。

我一直走，走到我认为我的腿已经快英勇就义的时候，我终于看到了黑洞洞的大海。一点都不美，但我仍然很高兴，虽然我看到的是晚上全无美感的大海，至少我又嗅到了海水的味道，感受到了海风的刺骨。这些告诉我，我还活着，完完整整地活着。

"晚上的海需要用另一种审美观来看。"在我张开双臂想放声大叫，把心中压抑至今的所有感情宣泄出来的时候，张瑞泽站在我身后这样说。

“怎样的审美观？”我转身看着他。他正望着大海，给人一种若即若离的感觉，好像他的人在这里，心却在彼岸。

“夜晚可以让人隐去虚假的面具，大海也是，夜晚会让它恢复本来的面目。”他的声音夹杂在海浪声中，好像是从遥远的海域飘来的一样。

“那你的真面目是哪个？”我用脚踢踢他的鞋子，不想让他说这些深奥的话来敷衍了事。

“你还真是，”他很挫败地抓抓脑袋说，“好不容易制造的忧郁气氛就这样被你破坏了。”

我被他逗乐了，怎么以前没有发现他具有搞笑的潜能呢？

“我们不会一晚上都在这里站着吧？”我问他。

“我又没说不让你睡觉。”他白了我一眼，根本就是在说“你白痴呀你，这种问题都要问”。

“在哪睡？这里有睡觉的地方吗？”我指了指周围潮湿的沙地。

他看了看四周，拉着我爬上了一块大石头，然后他把外套脱下来披在我身上说：“你要是困了就靠在我身上睡一会儿。”

我心跳加速地把头轻轻地靠在他的肩膀上装睡，幻想着他会不会趁我睡着了偷偷地亲我。请原谅我会有这种想法，但我真的是没有别的任何妄想，只想和他一直幸福地在一起。

或许正如那句俗话所说，恋爱让人变成了傻瓜。

“很奇怪，”他以为我睡着了，开始自言自语，“不知道为什么，我遇到喜欢的女生就会带她来海边，和她一起看日出日落，一起吹海风，看风起云飘。”

他这是在说我也是他喜欢的女生吗？

我偷笑，但因为太兴奋而没有控制住自己，肩膀颤动起来。张瑞泽感觉到了这颤动，低下头看我，然后很严肃地说：“你骗我，你没有睡着？”

“嗯，”我无辜地仰起头，“我没有说我睡着了呀。”

“我最恨别人骗我了！”他推开我站起身，跳下了石头，往公路上走，留我一个人坐在原地。

“张瑞泽你这个王八蛋！”我不知哪里来的勇气，在他身后大声骂他，“你无耻！你卑鄙！你下流！你神经病！你凭什么把我一个人丢在这里？你不是人，欺负人也没你这样的。”

可他根本不理我，径直走到马路上，又顺着马路往前走，天太黑我已经看不清他，只能模糊地看出来他的大体轮廓，但我仍能确定他在往前走。

“你算什么东西？我告诉你我才不稀罕你呢！你狂妄自大，擅自夺走我好不容易才赢得的荣耀，你根本就是一个小偷！我真讨厌你，恨死你了，要是没有你，我依然是那个耀眼的我，受同学们的羡慕，被老师疼爱，生活也不用这样窘迫！张瑞泽，你听着，我讨厌你啊！”我继续对着已经看不见他身影的远处大声喊叫，像一台录音机一样，机械地播放着在我大脑里回旋的话。

咸咸的海风将我的眼睛吹出了泪水。我的心悲戚得难以自持，泪水风干在脸上，一道一道的，像要吞噬掉我全部的皮肤一样，我心痛到了极点，突然再次冲着他离去的方向歇斯底里地大喊：“你毫不在乎我的感受，你自私妄为，你简直就是一个无可救药的败类，可是……可是，我是那么爱你，爱你爱到可以为你去死，你这白痴你知不知道？就算你是个王八蛋，我还是那么爱你啊！我爱你爱到可以去死，我有多恨你就有多爱你，你不知道！”

嗓子在喊完这句话后彻底哑掉了，我狼狈地坐在大石头上，看张瑞泽的身影完全消失。也许他就是我的劫数，注定要我为得到他而爱得如此决绝，如此深沉，如同远处咆哮着的深黑色的大海，有风时波涛汹涌，没风时却是隐藏在海底的暗涌。

5

转眼之间就是深秋，母亲已经找到了一份推销保险的工作，我们的日子慢慢地好过起来。

因为快要期末考试了，班里的气氛很紧张。张雅茜这段时间破天荒地没有来打扰我，而张瑞泽和我还是在谈着半吊子恋爱。

准确地说也不能是恋爱，因为他从未明说过要我做他的女朋友，一直都是这样模棱两可，没有一点真实感，好像随时他都会挣脱开我的捆绑，重获自由。

我胳膊上所有的伤口结的疤都已经掉落了，留下一道道发白且突起的印记，特别是那个“泽”字，明显又招摇。因此我从不在人前挽起袖子，我害怕别人看见它，看见我最深沉最寂寞的爱。

周末的时候我会到张瑞泽家找他，不知道什么原因，他家里一直都只有他一个人。我会在他家里给他做饭，看他叼着烟玩 CS，日子悠闲又美好。

有时候他会带别的女人回来，每当那时，我就会闪到一边或者下楼去散步，不打扰他们缠绵，并不是我大度，我只是害怕失去他。

天知道，每次看到他和别的女人在一起的时候我有多心痛，但我为了不失去他只能放任他，只要可以留在他身边，这一切我都能够容忍。

那天是周六，我早晨起床后就往张瑞泽家跑，在半路上我遇见了张雅茜。她正挽着一个高个子男生在逛街，看到我以后冲我招手，热情地向我介绍：“这是我男朋友吕安，不错吧？”

我没有想到她会和我打招呼，一时也想不出什么话题来，就顺着她的意思“哦”了一声。谁知道她听见我的回应后兴奋极了，高兴地拉起我的手对她身边的男生说：“这是我的好朋友夜雨，她可是全校第一呢！”

“你好，”男生伸出手来想和我握手，“我叫吕安。”

“嗯。”我点点头并没有和他握手。我对张雅茜说：“我要去找张瑞泽了，你们慢慢玩。”

“等一下，”她叫住我，“我刚才看见张瑞泽和一个女的回家了，你现在去只会自取其辱，你不如和我们一起去玩吧？”

“谢谢提醒，”我又像刺猬一样竖起了自己的刺，“无论有多少女人，最后能留在泽身边的只有我一人。这一点你最清楚了不是吗？”

“爱让人变得盲目，这句话一点都没错。”她又做出她的招牌动作——耸肩，然后挽着她那个正一脸迷茫的帅气男友约会去了。

我长舒了一口气，接着往张瑞泽家走，心里不停地安慰自己，好让自己自信一点。可当我到了他家门口时，却失去了敲门的勇气，我害怕再一次见到一些活色生香的画面，我脆弱的心脏已经经不起折磨了。

我蹲在张瑞泽家门口等他。直到中午十一点多他们才出来，从张瑞泽家出来的那个女人脸上化着浓妆，身材很火辣。我看见他们出来就立马站了起来，张瑞泽很平静地看着我，无所谓的样子。我等了一上午的委屈全部变成了气愤，我对着那女的扇了一耳光，破口大骂："你他妈真够贱的，别人的老公你也勾引，你是自己找不到男人还是没男人要你啊？我告诉你，你以后要是再敢勾引我老公，我他妈弄死你！”

那女人也不是省油的灯，一把揪住我的头发，把我的头往墙上撞，整整撞了五下，撞得我眼冒金星，差点晕倒。她用比我的还大还刺耳的声音说："谁他妈弄死谁还不知道呢！你连自己男人的心都管不住还好意思出来撒泼，看你这样就知道是个倒贴钱的货，扫兴！”

她在说这些话的时候张瑞泽一动不动地站在门口看着，根本没有要帮我的意思，并且还当着我的面在那女人的额头上亲了一下，哄那个女人说："亲爱的，你快迟到了，先走吧！”

“我会想你的，再见。”女人在我面前甩了个脸色，踩着高跟鞋下了楼，像条活脱脱的蛇妖。

妖女走后，我质问张瑞泽刚才为什么不帮我。他白了我一眼对我发火："你他妈是不是真有病？我哪里招你了，你要天天这样死缠烂打？我不喜欢你，你他妈给我滚！”

“那你就喜欢那个妖女？”我反问他。

“我爱喜欢谁就喜欢谁，还轮不到你来干涉！”他想把我关在门外面。我看出了他的动机，一个转身在他关门之际就闪进屋内。

“你不就是想和女人做爱吗？我也可以，我也是女人，你想要的，我都能满足你。”我红着眼咬紧嘴唇，把身上的衣服一件一件地脱下来，站在张瑞泽面前。

“你还真贱到一定地步了，”他一把揽过我，“那我就成全你。”

他将我推倒在床上，粗暴地吻着我。我真的很紧张也很害怕，紧紧闭着眼睛不敢睁开，但我一点也不后悔，真的是一点也不后悔。我的心告诉我，我很乐意这样做，我愿意成为张瑞泽的女人，愿意为他燃尽自己最后一点尊严和筹码。

我想我可以肯定的是，即便我在很久之后回想起这件事来仍不会后悔，或许那时我会忘记这天的天气、这天的心情，但是那种痛楚会一直留在我的脑海里。

我会一直记得我的爱情是这痛楚带给我的，而这种痛楚就是我一直依赖的爱情，只要我爱着就会痛，一旦痛了才发觉自己爱得更深了。

那天张瑞泽睡着之后，我光着身子从床上下来，到厕所的镜子前看着自己已经发育完全的身体发呆，然后在他家冲了一个凉水澡。我从来不知道，原来是如此的痛，这种痛是痛到骨头里，痛到血液里的，在你的身体里来回游走，能让你为之沉沦，又让你痛不欲生。

洗完澡后我又爬回他的小床上，我看见床单上那暗红狭长的印记不由得脸一红。我钻进被子里，贴着张瑞泽的后背痴痴地笑着，我轻声地自言自语：“我是女人，泽的女人。”自言自语完了又痴痴地笑着，在他的后背上用手指一遍一遍地写着“我爱你”。

这时他的手机振动起来，出于好奇我下床去书桌前拿起它，是一条短信，一个叫小瑶的人发来的。我看了一眼还在熟睡的张瑞泽，偷偷点开了这条短信，上面有一句话：泽，晚上我在三中门口等你。

我把短信删了，又把手机放回原位，装作什么也没有发生。我说过，我再不会让任何人抢走我的男人，我可以为了他隐忍，就可以为了留住他而不择手段。

我从张瑞泽的枕头底下摸出他的555，学着他的样子点燃了一根，深吸了一口竟没有被呛到，更奇怪的是，我居然觉得香烟能使我镇定。

于是，我披着一条长长的单子，坐在张瑞泽家的窗户边上，对着外面的天空开始抽烟。当我终于感到头晕并恶心想吐的时候，窗台上已经有七八个烟蒂了。

我无师自通地学会了抽烟，只因为我内心住着一个名叫“恐惧”的魔鬼。为了防止它吞噬掉我的信心，我必须用一种东西来控制它压制它，而香烟则是我最好的选择。

那天我抽完了张瑞泽整整一包555，然后穿好衣服，洗了把脸离开了他家。

我要去三中门口赴约，我不管她是小瑶还是小妖，我都要去。谁让她想要接近的人是张瑞泽，我爱的人是不允许任何人抢的，如果她抢了，那么我就算和她同归于尽也在所不惜。

出门之前我特意往口袋里揣了一把水果刀，我已经想好了，只要她离开张瑞泽，我就不会伤害她；如果她不愿意，我就划破她的脸，让她以后都不敢出现在张瑞泽的面前。

我在三中门口的面摊上吃了一碗炸酱面，然后一直站在门口等。到了晚上七点左右，我看见一个看起来很文静的女生走了过来，她停在我的左边等人。

我又等了一会儿，门口只有我们两个人，这时我才大胆地确认，那个小瑶就是她。于是，我向她走过去，气势汹汹地问她：“你就是小瑶？”

“嗯？”她吓了一跳，但还是乖乖地点头说：“是，我是小瑶。”

“去死吧，贱女人！”我学着中午那个妖女的样子，揪住她的头发，把她的头用力往墙上撞了一下，然后使劲一扯，将她扔到地上。

说实话，我当时很害怕，我从来没有做过这么刺激的事情，今天还是第一次。但是只要想到还在家里熟睡的张瑞泽，我就什么都不怕了，豁出去了，为了张瑞泽，我现在俨然变成了一个小太妹。

“你是谁？”这个叫小瑶的女生被我打了很不服气，没有哭反而仰起头和我叫嚣，看样子她也是一个外表文静，其实很闷骚的家伙。

“我是张瑞泽的女人，你给我离他远点，要不你就死定了！”我在说“女人”两个字的时候，舌头差点打结，心跳也加速了，却觉得特别自豪，特别是在这个女的面前。

“你叫什么？”她坐在地上没有起来，捂着头问我。

“夜雨，”我叉着腰瞪着眼，“你要来找我寻仇吗？尽管来好了，我和张瑞泽一个班，要是不服气就来找我，打架我随时奉陪。”

说完这些，我就兴高采烈地回家了，在路上我一直吹着口哨，小声对自己说：“哇，夜雨，你今天真的酷毙了，太帅了，你从来没有这么威风过。”

路过我家附近的小商店的时候，我跑进去买了一包555和一只打火机，把它们揣进兜里，一回到家就坐在床边开始抽。我体内那些蠢蠢欲动的恐惧又开始侵蚀我的大脑我的身体，所以我必须用香烟来安抚压制它们，让它们乖乖地回到我心底的阴暗角落里，不要来打扰我刚刚开始的美好生活。

我边抽烟边躺在床上想着下午和泽的事情，傻傻地笑了好久，然后灭了烟，翻身钻进被子里面睡觉，我相信今晚一定会有好梦。

6

但这个世界美梦很少有，噩梦却如影随形。

这天我在教室里做习题，班里一个女生叫我出去，说在学校小花园有人等我。因为张瑞泽今天没有来，我以为是他来找我，所以立即放下手中的习题去了小花园。

可当我到了那里才发现，找我的并不是张瑞泽，而是一群我不认识的人。

在这群我不认识的人后面，一个女生叼着烟站在花坛边上，小太妹的装扮。见我来了，她从人群后面走出来，在看到她的脸的那一刻，我倒吸了一口气——正是前几天晚上我在三中门口教训的那个小瑶。

她上前来推了我一把，流里流气地说："你他妈不是很牛逼吗？"

"你还是不愿意从张瑞泽身边滚蛋吗？"我完全不怕她，为了张瑞泽我都可以去死，还在乎她假惺惺的挑衅吗？

"我看应该滚蛋的是你。"她很大姐大地朝后面招了招手，接着那群人就把我围了起来。我刚想掏出兜里的美术刀和他们拼了的时候，我的肚子不知道被谁踹了一脚，痛得我蹲在地上。

"我看你还真是不怕死的贱人呢！"那个小瑶大摇大摆地走到我面前，"看来是该给你点颜色瞧瞧了。"她说着弯下腰来想揪我的头发。

我一把抽出兜里的美术刀，在她的左脸颊上划了一刀。

她尖叫着捂住脸，周围的人都吓坏了，面面相觑，不知该怎么办。她一边尖叫一边指着我说："给我打，给我使劲打，打死她这个贱货！"

可那群人并没有听她的，因为我正拿着刀子恶狠狠地看着所有人。我用眼神告诉他们：如果你们敢靠近，你们就会像她一样，被我划得满脸是血。

我就这样胡乱挥舞着刀子站了起来，然后大摇大摆地走回教室。我不在乎后果会怎么样，我也不管她会不会再来找我，我只要这一刻勇敢地宣布：张瑞泽是我的。

小瑶的哭声响彻了整个校园，也惊动了警察，第三节课上课的时候我被两名警察带去了警察局做笔录。这时我才害怕了，我害怕自己就这样被关进监狱，再也见不到张瑞泽了。

我在警察局看见小瑶的时候，她脸上的伤口已经被包扎起来了。她的母亲站在一边，看见我进来就向我扑过来，还好被警察给拦住了，不

然我想她一定会用她的长指甲刮花我的脸。

我在警察局一直待到晚上。我一言不发，无论他们怎么问，我都不说话，眼泪也没有掉下来。我固执地相信，张瑞泽一定会出现，会来救我的，可是，他没有来，来的人是张雅茜。

张雅茜只用一句话就打败了小瑶的母亲。她说："夜雨是出于自卫，你不知道你女儿那个嚣张样，带了一大群人去我们学校找夜雨的麻烦，要不是夜雨不小心拿刀子划伤了她的脸，夜雨一定没命了。"

"你怎么证明？"小瑶妈显然没有底气了，看来她心里也清楚自己的女儿是个什么货色。

"全校学生的眼睛都是雪亮的。"张雅茜仰着头，得意地对我做出一个成功的手势。就是这个手势，让我一瞬间泪如雨下。我想过所有人却唯独没有想到来救我的人会是张雅茜，明明我一直对她都冷冰冰的，真不知她怎么会如此固执。

我们从警察局出来时已经是晚上九点多了，路上行人很少，但灯火通明。她带我去麦当劳吃了一顿晚饭，然后送我回家。她走路喜欢边走边抬头看星星，她指着天空说："你能找到你的星座吗？"

我没有理她，继续往前走。她也不生气，笑呵呵地继续和我说话："你对我也太冷淡了吧？我对你可是好得没话说。"

"我不需要朋友。"我说。

"你需要。"她把手指摁在我的额头上，微笑着说，"当一个人的落魄被另一个人全部看到时，那么这个人就会不自觉地开始相信那个人，并且依赖他。"

"哼。"我轻哼一声别过脸。

"你和张瑞泽之间不也是这样吗？"她继续说，"因为他看见了你的落魄，所以你就对他放下了戒备，向往他的美好，然后爱上了他。"

"你胡扯！"我装作无所谓的样子，其实心脏的剧烈跳动已经泄露了我的紧张。

"你会和我成为朋友的，"她笑，"给人一巴掌再给他一颗糖，他就会忘了之前的痛，只记住糖的甜。所以你会记住我为你做的事情，感激我信任我的。”

“我要回家了。”我快步往前走，不想和她说下去，我真怕自己会不小心说漏了嘴，说出自己此刻是多么感激她，多么想要找一个朋友。

我一路上都低着头，风从我的耳边呼呼地刮过，不知不觉天气已经变得如此凉，已经快到冬天了，又要过年了。每次一想到过年我都会担心，因为我没有钱，不能买新衣服，不能吃好吃的，不能拥有大把大把的压岁钱。每次过年后，我都不敢站在人群中，自卑会将我吞噬。

想着这些，我感觉自己浑身冰冷，于是我把衣领紧了紧，加快了脚步。可当我回到家的时候，我傻眼了，家里又一次跟被洗劫了一样，一片狼藉。母亲缩在墙角抱着头，瑟瑟发抖，并且还在不停地重复着："我错了，我错了，不要打我，不要打我。”

我急忙跑过去看母亲，她一直抱着头发抖，嘴里重复着那些话。我一接近她，她就抖得更加厉害，嘴里的话也会突然变得大声起来。

我使劲摇着她，大声喊："我是小雨，你到底怎么了？你快给我说你怎么了！”

可她一点反应也没有，像个被吓坏了的小猫，缩在我的怀里。我无力地放开她，走回我的房间，地上同样是一片狼藉，我从地上翻出我的555来，然后离开了家。

我去了张瑞泽家楼下，站在阴影里抽烟，看到他房间的灯还没有关，于是想上去找他。我在最无助最虚弱的时候，只想到了他。

爬到三楼的时候听见他家的门打开了，我停住了脚步，一声不吭地听着上面的动静。我听到了一个女人的声音，她说："我明天再来，要记得想我哦！”

我的心一颤，这个声音不是别人的，正是张雅茜的。我无声地笑了，边笑边下楼，手里的烟头掉在楼梯上。我在马路上疯狂地跑了起来，我一边跑一边大叫，却一滴眼泪都没有。我将自己的外套脱掉，露出胳膊上的伤痕，然后挥着胳膊到处跑。

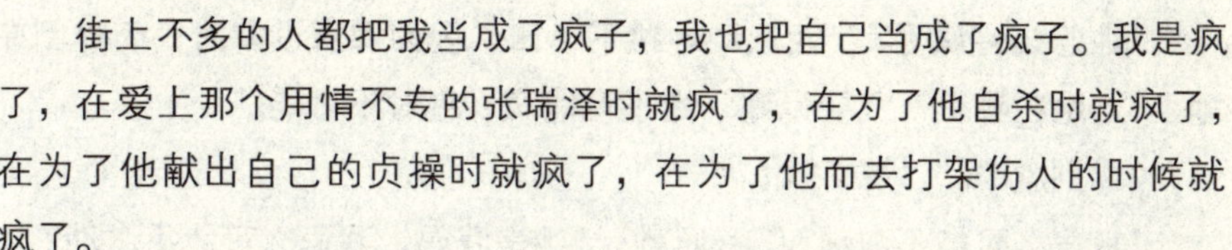

街上不多的人都把我当成了疯子，我也把自己当成了疯子。我是疯了，在爱上那个用情不专的张瑞泽时就疯了，在为了他自杀时就疯了，在为了他献出自己的贞操时就疯了，在为了他而去打架伤人的时候就疯了。

我大叫着跑到大桥上，越过了栏杆，看着脚下奔流的河水，想到了这么多年痛苦的生活，一种绝望冲上心头，如果我死了，所有的痛苦就都会消失吧？

我不想爱了，也不想再因为母亲而受苦了，更不想去相信虚无的友情了。我累了，于是，我闭上眼，张开双臂，想象着鸟儿飞翔的样子，前倾，然后坠落。

醒来时，我竟然在医院里。

我的视线被强烈的光线刺得有些模糊。张雅茜就在这时突然冲到我的病床边对我说："事情总要面对的，一死了之的人是懦夫。"她说完这句话还赏了我一耳光。

我被打得神志一下清醒了，怒视着她，虚弱地说："你口口声声说是我的朋友，居然还去勾引张瑞泽，你无耻！"

她冷笑，然后指着坐在我旁边的一个男生说："我是去找吕安的，他们俩是邻居。我一猜就是你这个家伙误会了，你怎么不弄清楚事实就妄下定论呢？"

我蒙了。他们是邻居？难道昨晚我听到的开门声是吕安家而不是张瑞泽家的，我因为没有勇气上去亲眼鉴定一下，所以误会得彻头彻尾，还萌生了轻生的念头。

我他妈真是个傻逼。

"关于你妈妈，"张雅茜叹了口气说，"她疯了。因为来讨债的人打了她，还威胁她。她受了刺激，所以精神失常了。我把她带到了我家，有保姆照顾，你不用担心，你家的债我也帮你还了，你现在就安心在医院躺着，好好养身体。"

"她怎么会疯呢？"我激动地跳下了床，因为浑身没有力气而跪倒在地上，"她在哪里？我要见她，她不可能疯，绝对不可能。"

"你别激动。"她拉住我。

"我怎么可能不激动？"我吼她，"她是我妈，我怎么可能不激动？"

张雅茜站起来，赌气地拉着我往外走。她边走边说："好，让你去见。"她拉着我下了楼，在医院门口打了一辆出租车，直奔她家。

在出租车上，我一直紧皱着眉头，我不能让母亲离我而去，我还没有报复，我还没有让她看到我幸福。所以她绝对不能有事，我要她看着我幸福，然后后悔曾经对我做过的一切。

"你不要太担心，"张雅茜伸过手来握住我的手，她的手很热，"我带她看过医生了，医生说过些日子说不定就会好，只是受了一点刺激，会好的。"

"你为什么要为我做这么多？"我从她的掌心里抽出我的手，"难道只为了和我做朋友？"

"因为我寂寞，"她笑着把手放回腿上，看着车窗外说，"夏天的时候，我因为无聊，晚上出去玩，路过大桥时看见你在仰着头看天。那时我就知道你是个寂寞的孩子，而我也同样寂寞，我需要你的寂寞来填补我的寂寞。"

我再没有说话，没过十分钟就到了她家。一栋不算很大的小别墅，橘黄色的，侧面有大大的落地窗，院子里全是花。

我跟着她进了她家，母亲已经睡了，小保姆是个长相很普通的矮个子女人，说起话来软绵绵的。张雅茜指着保姆说："你放心吧！她会照顾好你妈妈的。你看她一脸胆小的表情就知道她很听话的，不用担心会欺负你妈妈。"

随后的几天我都住在张雅茜家里。母亲真的疯了，她时而认得我，时而不认得我，但小保姆对她的照顾很细心，这样我才安下心来。我休养了几天就和张雅茜一起去上学了。

在学校里我没有看见张瑞泽，我忍不住向张雅茜询问张瑞泽去哪里

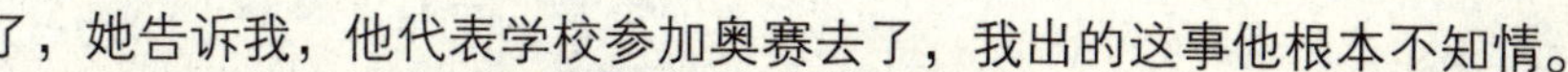

了，她告诉我，他代表学校参加奥赛去了，我出的这事他根本不知情。

我悬着的一颗心总算放下了，这几天我一直以为张瑞泽因为生我的气而不来看我、躲着我，原来是参加奥赛去了。说实话，当我知道他顶替了我的位置去参加比赛的时候我一点儿也不生气，反而很自豪，我亲爱的人和我一样优秀，我当然会很自豪。

他还要在比赛的市里待一个多星期。这一个多星期我一直住在张雅茜家，没有回过我那个一无所有的家。晚上我会和张雅茜一起去买菜，然后看小保姆下厨，学习做菜，吃饭的时候她总是抢着帮我喂母亲，眼神里满是温柔和欣慰。

我很感激她，和她的关系也就慢慢地变得亲密起来。她会在晚上敲开我的房门，递给我一罐啤酒，和我坐在她家的小阁楼上畅饮。偶尔她还会给我买555回来，陪我一起抽。边抽边数星星，她说："你知道吗？这感觉真好，有人陪我在空荡荡的房子里说话、抽烟、喝酒，这感觉真好！"

那一刻，我能真切地感觉到她的寂寞，是一种冰凉的寂寞。而这种冰凉的温度却吸引着我，让我慢慢地靠近她，想要给她自己的温度。

我灭了烟，握住她的手，用我从未有过的怜悯的口吻对她说："雅茜，我会在你身边，我需要你。所以，从今以后我就是你，你就是我，我们将形影不离，相亲相爱。"

我真的以为遇到了可以停靠的港湾，在有困难时可以寻求帮助的港湾，在失恋的时候疗伤的港湾，在被人唾弃的时候安抚伤伤的港湾。

只是当时我并不知道，轻易地相信一份友情是一件多么盲目且愚蠢的事。我们两个人的心本是相向而行的，就因为一瞬间的感动或错觉，盲目地排除万难互相靠近，以至于慢慢地偏离了各自的轨道，碰撞出了巨大的火花，然后被烧得遍体鳞伤，面目全非。

"我们一辈子不离不弃，"她也握住我的手，"好朋友，一辈子！"

我躺在地板上没有看她，但我能感受到她在颤动。于是我又点燃了一根烟，没有擦自己顺着皮肤流到地板上的眼泪，仅此一晚，我不想再伪装。

7

张瑞泽回学校不久之后，我们就开始期末考试，由于近期发生了很多事情，我的成绩一落千丈，连班级前五名都没有进。

班主任在班会上狠狠地批评了我，还因为上次的打架事件给我记了过。我默不做声地任他批评，我不想再惹事了，只想安稳地结束这一学期，过一个愉快的新年。

寒假的第一天我就去找了张瑞泽，他不在家。我站在他家楼下抽着烟等他，不久他就回来了，手里提着一大袋泡面，看到我，他惊讶地说："你什么时候学会抽烟了？"

"跟你学的呗！"我灭了烟，挽起他的胳膊，和他一起上楼。

"我想问你一个问题，"他在开门的时候说，"你为什么总能容忍我无休止的花心，你想过没有，如果有一天我不花心是因为我遇上了我爱的人，但那个人不是你，你怎么办？"

"等待，"我站在门口凝望着他，"除了等待我别无选择。张瑞泽，对于你的这份爱我已经付出了所有，你就是我的海洛因，你无时无刻不在控制着我的神经，让我不能离你而去。"

"那你会恨我吗？"他在我的额头上吻了一下。

"会，我会恨死你，甚至要不择手段地把你抢回来，"我面带微笑地说，"但这又有什么用呢？从你闯进我的世界开始，我就一直在按照一个规律生活：如果你伤害我，我会沉默，沉默过后是悲伤，悲伤完了会产生浓浓的恨意，恨过之后又会疲惫，疲惫到了一定程度，我就妥协了。"

"夜雨，"他把手里的购物袋放到地上，用胳膊环住我，将我紧紧地抱在怀里，"请原谅我的所作所为，但也请你记住，无论我走多远，我都会回到你的身边。”

你听过比这句话更美的承诺吗?

我噙着泪在他怀里笑了。我从来没有想过，我能等到这样一个承诺。

但我也没有想过，年轻时的承诺之所以能够惊天动地，不过是因为我们都还不成熟，容易沉沦在里面，或喜或悲，都不过是一句话的光阴。

这时，我身后传来了门锁开动的声音。我回过头看见雅茜从隔壁的防盗门后面探出脑袋来，她笑眯眯地说:“打扰你们甜蜜了，吕安说要你们过来一起来玩，我们两个人太无聊了。”

“好啊!”我说着不顾张瑞泽的不情愿，拽着他去了吕安家。

我们在客厅席地而坐，雅茜抱来好多罐啤酒。我们边喝边玩“真心话与大冒险”，我从来没有玩过这种游戏，确切地说是没有和人玩过游戏，所以我格外兴奋。

玩到第三轮的时候我输了，我选了大冒险。雅茜命令我亲张瑞泽一下，让她用手机拍下来。我愿赌服输，很高兴地按照她的指挥亲了张瑞泽。

张瑞泽好像有些不高兴，或许是雅茜用手机拍下来的原因，总之他板着脸回了家，并把我关在门外，任我怎么敲都不开。

这就是我们之间的关系，我永远无法掌控他。他却能轻而易举地掌控我的喜怒哀乐，我只能和着他的频率生活，快一拍或者慢一拍都会让他不高兴，离我而去。

雅茜站在我身后拍着我的肩膀安慰我，她轻轻地对我说了一句话，但我不知道她说的这句话到底是什么意思。她说:“有些事我们错过了或者放手了，以后都会觉得很遗憾。但是有些事情我们紧握着不放，得到的却是毁天灭地的绝望。”

“什么意思?”我问她。她却说:“你自己慢慢想吧!”

那天张瑞泽一直没有再出门，我在吕安家待了一整天，到晚上的时候才和雅茜一起回她家。路上她的手机响了，是一条短信，张瑞泽发给我的短信。

“你告诉夜雨我要回老家过年，到开学才回来，让她不要再来我家找我了。”

我看到这条短信忽然很失望。我对雅茜说：“咱们去大桥上吹风吧！”我本以为她会骂我神经病，没想到她答应了，她还买了两包555，装到背包里和我步行去了大桥。

我们两个人站在大桥的边缘上，一边抽着烟一边大笑，笑到眼泪都流了出来。我给她看我胳膊上的伤疤，她给我看她大腿上的刺青，然后我们紧紧地抱在一起，簌簌发抖地为彼此擦眼泪。

她在我耳边喃喃自语：“如果有一天你知道了真相，请你不要恨我，我是真的想要和你一辈子不离不弃的。”

“你在跟我说话吗？”我问她。

她摇头，然后蹲下来抱住自己，在手腕上用我的烟蒂烫了一个烟疤。她说：“这是对你的亏欠，你不要恨我。”我不知道她怎么突然说这些莫名其妙的话，但我是真的心疼，被烟头烫出一个圆形的伤疤该多疼啊！我抓起她的胳膊，用嘴慢慢地吹，心疼地问：“还疼吗？”

她摇头，眼泪却止不住地往外流。我们抽完了两包555，然后沿着长长的马路赤脚走路，又买了两罐啤酒，边走边喝，脚心很疼，心情却很好。

我们走回家，连衣服也没有脱就倒在床上睡了。半夜的时候我醒来，看身旁的她蜷缩着如同一个婴儿，只有害怕受伤的人才会用这种睡姿睡觉。我给她盖上被子，去浴室冲了个澡。

然后坐到窗边，我把窗户打开，晚上的风很凉，但很惬意。我在月光下摸出一根烟，点燃，对着自己的胳膊摁了下去，我不会欠任何人的，也不想欠，所以这份疼痛我要还给她。

第二天我醒来的时候雅茜已经不在别墅里了，她给我留了字条：夜雨，我要到国外和父母过年，保姆也请假回家了。对不起，不能陪你过年了。桌子上的信封里面有五百块钱，你可以用来买些好吃的东西。还有，钱旁边的那个盒子是送给你的新年礼物，希望你能喜欢。最后我想说，夜雨，能遇见你真好！

我没有拿那五百块钱，但盒子里面的礼物我收下了，是一件很漂亮的外套，米黄色的，棉布的，质地很柔软，摸起来很舒服。我带着还很疯癫的母亲回了我们的家。我把家里简单地收拾了一下，安顿好母亲，理清了我们所剩的钱，这些钱够我们生活一阵子的了。

母亲虽说疯了，但她并不乱跑，每天安静地坐在门口，呆呆地看着我，只有到了晚上的时候才会突然发抖，自言自语或者尖叫。

我在照顾母亲之余还要不停地打听去哪里可以打工，我需要找一份工作来养活我和母亲。到了一月中旬的时候更多的店铺都收拾东西准备回老家过年，工作更不好找。

就在我一筹莫展的时候，我的工作突然从天而降。

事情是这样的：那天下了很大的雪，我想去青年广场附近帮母亲买一副手套来御寒，在路上却碰见了以前住在我家楼下的大妈。她现在和以前完全不一样了，打扮入时还化着很流行的彩妆。见到我后，她很开心地叫住我，然后告诉我，她老公做生意发财了，全家搬进了小别墅。

她询问我妈妈现在怎么样了，当听到我妈疯了我在找工作的时候，她握着我的手说："夜雨，大妈一直喜欢你，你又听话成绩又好，现在生活困难了怎么不来找大妈呢？"

我对她礼貌地笑笑。她又说："我儿子的成绩一直提不上去，找了好多家教都不管用，要不你去给他辅导辅导，我每月付你一千五，你看怎么样？"

"大妈，"我保持着微笑，"我考虑一下，大家都是熟人，我怎么好意思收钱。"我是不想让她以趾高气扬的姿态出现在我的世界中，可以掌控我的生死大权。

"怎么不好意思？"她拉着我就往她的车所在的方向走去，"走走走，现在就去我们家认认门，以后天天去，你要是觉得工资少我可以再给你加。只要能让我们家安安把成绩提上去，付多少钱我都愿意。"

没办法，我只能跟她上车。令我诧异的事还在后面，她家的小别墅和雅茜家居然只有一条小马路之隔。当她把车停进车库向我介绍她家的隔壁是个很漂亮的女孩时，我有那么一小点错觉，这个世界小极了！

但是，当我见到她儿子安安的时候，我又否定了我刚才的想法，这个世界不是小极了，而是非常非常的小，小到所有的人都会在某一天突然和另外一个人有了关联。

是的，她的儿子安安就是雅茜的男朋友吕安。

吕安看见我也吓了一跳，但他装作很镇定的样子，对我伸出手说："你好，我叫吕安。"既然他装作不认识我，那我为什么不顺了他的意呢？

于是，我也伸出手，有礼貌地对他说："你好，我叫夜雨。"

大妈很高兴我能来帮她儿子补习，指挥着小保姆做饭，要留我吃午饭。我说了好多拒绝的话都没有拒绝成功，只得留了下来。

午饭前我待在吕安的卧室里。他拿着一本书，装作请教的样子坐在我对面，指着书上的一个例题问："你怎么会来我家，是知道雅茜的事情了？"

"她怎么了？"我警惕起来。

"没什么，"他转移了话题，"你很缺钱？"

"你家不是在张瑞泽家隔壁吗？"我也转移了话题，"怎么会住在这里？"

"你很喜欢张瑞泽？"他同样也避开了我的问题，追问他想要知道的事情。

"这和你没有关系。"我把他推到我面前的书又推了回去。

"那你刚才问我的问题也和你没关系。"他很聪明，让我怀疑这样的一个人成绩怎么会很差呢！

"我以后要给你补习，"我缓和了一下我们之间的气氛，"我不会说出你和雅茜的事情的，你不用担心。你只要好好学习，考出好成绩，我们之间肯定会相安无事的。"

"我和雅茜不是恋人，"他突然低下头，难过地说，"我不过是她的一颗棋子，用来掩盖所有的真相罢了。"

“你这话什么意思？”我突然有一种不好的预感，好像这种预感早就蛰伏在我的体内，在我的防御力低下的时候，突然冒出来，只在一个脆弱的瞬间，就会将我包围，铺天盖地。

“没什么意思，”他变了口吻，“爱得太深绝对是一种致命伤。我想劝你放开张瑞泽，你为了他做这么多真的值得吗？”

“值不值得是我的事情，”我不耐烦地说，“你先告诉我你和雅茜之间到底是怎么回事。”

他深深地看了我一眼，走到床前，指着外面灰蒙蒙的天空说：“我和你一样，都是爱上了天空中的飞鸟，为了得到这份爱飞越了千山万水，穿越了层层阻隔，以为在彼岸可以找到依靠。最后才发现，这不过是盲目的冲动，一刹那的痴心妄想罢了。”

“你这话是什么意思？”我问他。

“我们的人生不过是一场棋局，下到最后，每一颗棋子都因为千羁万绊而动弹不得，痛不欲生。”他惆怅地说。

我本想继续追问，大妈却在这时敲门叫我们下楼去吃饭。我便收了声，和吕安一起下楼吃饭，饭后我告别他们回了家。

回家路过大桥时，突然就想起了那晚我和雅茜没心没肺地哭笑，想起她在自己的胳膊上烫下烟疤时说的话，我的手不自觉地覆盖在我胳膊的烟疤上，没来由地想起了吕安说的那些话。

他说，我们的人生不过是一场棋局，下到最后，每一颗棋子都因为千羁万绊而动弹不得，痛不欲生。

8

新年我过得并不好，寂寞的新年不快乐。

过年后没有多久我们就开学了，我在班里见到雅茜和张瑞泽。他们和之前相比都没有什么变化，雅茜见到我很兴奋，跑来一直对我说她在国外的事情。

相比之下，张瑞泽对我就冷淡了很多。他一言不发地看着窗外，好像根本不认识我一样。我始终都无法捉摸透他，也不能从他身上得到我最需要的安全感。

他随时都会离去，而我，只能站在原地傻傻等待。

我每天都重复着三点一线的生活，白天上学，晚上去给吕安补习，十点以后回家照顾母亲，以至于雅茜每天都说我没良心，不陪她。

关于我给吕安补课和我已经知道她和吕安没有在一起的事情，我并没有告诉她。我不知道自己是出于什么心理，应该是自我保护吧！因为我对她开始有了小小的怀疑，之前头脑发热的冲动劲头已经过去了，剩下的只是信任和小小的怀疑，这看似矛盾，却真真切切地互相依偎着存在。

或许，我们存在的本身就是一个矛盾的结合体。

五月的一个周末，雅茜邀请全班同学去她家聚会，因为她的生日马上就到了，她想为自己开一个大型的生日 party，得到大家的祝福。

我因为要帮吕安补习赚取生活费，所以不能去。她很遗憾地说："我会给你留一块生日蛋糕的，记得晚上去我家吃。"

"好的。"我说。

可是那天吕安因为也想参加雅茜的生日聚会而推掉了补习。我们两个人一起去了雅茜家，由于我们去得很早，聚会还没有开始，只有零星的几个人围着雅茜在沙发上聊天。

我远远地看见张瑞泽也在客厅坐着，于是兴奋地想要跑过去跟他说话，我们从放假开始到现在还一句话都没有说过呢！可就在这时，我突然听到了雅茜说的话。她对着班里几个最八卦的女生说："你们知道吗？夜雨一直纠缠着张瑞泽不放，我手机里还有一张她偷亲张瑞泽的照片呢！"

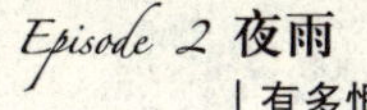

我被定在了门口。吕安也在我旁边停住，和我一起听雅茜继续说："明明我和泽才是天生的一对，夜雨还非要天天往泽家跑，勾引泽，真是不要脸！你们不知道她妈妈是个疯子，她家里欠的债都是我帮忙还的，不信你们问泽。"

张瑞泽坐在一角，没有想要参与她们对话的样子。但我还是听见他在雅茜说完这些话的时候嗯了一声，就是这一声，让我的欣喜全部碎掉了，心脏像被万箭穿了一样痛。

我没有走进去，而是拉着身边的吕安跑出了别墅。我不知道自己为什么会拉着吕安一起出来，或许是怕他进去后会穿帮，让别人知道我刚才站在门口听到了他们的谈话。

原谅我是个懦夫，此刻什么也不敢面对。

我拉着吕安跑回了他家，在他家的小阁楼里埋头坐在墙角，不肯出来。他迫于无奈，只好拿我最喜欢的555进去陪我，一起坐在阁楼里抽烟。他说："你现在知道了？我不过是她的一颗棋子，帮她掩饰，帮她瞒过你去和张瑞泽约会。"

"她不会这样的，"我突然哭着大喊，"她不会这样子的，她说过我们是最好的朋友，我们应该惺惺相惜。"

"就因为是好朋友才会这样，"他抽着烟说，"我也有过这样的感受。为什么自己的好朋友可以得到的东西我却得不到？我又不比他差很多。这样的心理在时间的渲染中慢慢地变成了妒忌，然后疯狂，不择手段。"

"我不信。"我瞪着大眼睛望着他，仿佛他此刻是我唯一的依靠。

"你刚才不是亲耳听到了吗？"他用手扳过我的脑袋，让我看着他的眼睛，"为什么要自欺欺人呢？其实答案是什么，你自己心里很清楚，不是吗？"

"我不信！我不信！"我抱着脑袋痛苦地往墙上撞，脚胡乱地踢着，然后突然站起来跑下楼，到厨房拿起水果刀对着胳膊上的那个烟疤不停地划着，直到吕安跑来把我手里的刀子夺了过去。

胳膊上开始大量地流血，我拒绝他给我包扎。我神经病地想：这是我友情的证据，既然我一直都没有拥有过友情，既然我只是被耍了，被背叛了，那我还留着它干什么呢?

它只会显示出我的愚蠢。

最后我还是拗不过吕安，被他摁在沙发上，看着他帮我把伤口包扎好。其实我最心痛的不是雅茜说我的坏话，而是她欺骗了我、利用了我；我最伤心的也不是张瑞泽冷落我，而是在别人诬蔑我的时候，他却不愿意站出来为我辩解一句。

吕安一边帮我包扎一边开导我："你不要想太多，有些时候还是放手比较好。"他的这句话突然刺激了我的神经，我跳起来推开他，大吼："现在叫我放手？我已经爱到绝境了，怎么放手？我为了他放下了尊严放下了矜持放下了我的人生，你叫我怎么放手？还有雅茜，我因为她慢慢地敞开心扉，现在却落得了一个被背叛的下场，你让我如何甘心？"

我说着就往外跑。我跑到了雅茜的家，我推倒了她的生日蛋糕，推翻了她的礼物，并揪着她的衣领骂她："你不是人，你不是人，你不配让我把你当朋友，你这个恶毒的女人，你会不得好死的！"

同学们都以为我疯了，上前来拉开我。我使劲挣扎，想要冲过去和她拼了，张瑞泽在这时走进人群，给了发狂的我一耳光。我的动作一下子就停了下来。我静静地看着张瑞泽，然后对他说："张瑞泽，你凭良心说，我为你等了多久，付出了多少，又受了多少伤，你还打我，你好意思吗？"

"滚！"他只吐出这一个字。

我绝望地环视四周，哈哈大笑，然后一个人流着泪离开了这个不欢迎我的地方，这个曾经承载了我最幸福的一份友谊的地方。在我走到门口的时候，雅茜追了出来，她拉住我的手说："对不起，夜雨，但今天是我的生日，我希望你能祝福我。"

真是好笑，一个利用了我的寂寞和信任而背叛了我的人，居然想要我笑着为她祝福。

我回过头把手搭在她的肩膀上说："好，我祝福你。我祝福你一辈子等不到幸福，一辈子寂寞，一辈子痛苦。”

她的脸色立马变得铁青。我没有管她在听到我的话后哭得如何惨烈，昂着挺胸地走出了她的视线。我沿着马路边缘走回家，因为没有穿外套，浑身都麻木了。

回到家后我没有脱衣服，进厕所冲了一个凉水澡，然后裹着湿答答的衣服钻进了被窝里，发着抖流泪。我发现，感情是一种颇奇怪的东西，它出现时远比理智敏锐，但到结束时，却迟迟不肯淡去。

无论友情还是爱情，都是如此。

在花言巧语的背后，永远都有人在说着谎言，颠覆不甘的情感。

三天后我去了学校，我的书包里带了一大瓶硫酸，是我以通厕所为由问楼下的老大爷要的。我有自己的想法，也有自己报复的方式。

凡是对不起我的人，他们都会不得好死。

我一进教室，大家都倒吸了一口气。我不理会，径直走到自己的座位上坐好，上课的时候我给雅茜传字条：我想我们之间需要好好谈一谈。

她回字条的速度很快，她说：我也是这样认为的。

愚蠢的她，以为我是真的想和她和好。她怎么会知道我的书包里此刻正放着一瓶足够让她毁容的硫酸？雅茜，不要怪我，这都是你先犯的错，是你先背叛我的。

中午放学的时候雅茜如约来到了我告诉她的地点——体育库房。我早在里面等着她的到来，背在背后的手里拿着那瓶硫酸，看见她进来我说：“你为什么要这样做？”

“嫉妒，”她很诚实地说，“你要知道，女人的嫉妒犹如洪水猛兽，特别是对于男人，有时未必很爱，只是嫉妒而已。”

“只因为嫉妒，你就把我推进这样的深渊？”我的手开始颤抖，“这算什么朋友，早知这样，你一开始就不应该接近我、帮助我。我情愿自生自灭也不要像个傻瓜一样被抛弃。”

“对不起，”她很诚恳地说，“造成的伤害我会尽力弥补的。”

“好啊！”我大笑，“那就用你的脸来弥补吧！”我把手从背后伸出来，拧开硫酸的瓶盖，恶狠狠地说：“我要把这一大瓶硫酸全部泼到你的脸上，让你以后都不能去见张瑞泽。”

“你别这样！”她吓坏了，腿都在发颤，动也动不了，只能哀声恳求：“请你不要这样，你让我怎样弥补都行，就是不要这样，被硫酸烧了脸，我情愿去死。”

“那你就去死！”我冲向她就泼了过去。她闪开了，然后冲上来和我争抢瓶子，就在争抢中硫酸不小心溅了出来，有一大摊溅在了她耳朵边的皮肤上。

她惨叫一声松了手。我吓了一跳，没想到真的会伤到她，赶紧把瓶子扔到地上，去看她有没有事。她捂着脸痛苦地叫着，我拉着她打了出租车去医院。

在医院医生问怎么弄伤的时候我吓坏了，我想她一定会报警，然后我就会被关进监狱，一辈子只能待在暗无天日的囚笼里了。

但我没想到，她居然对医生说是实验课上不小心伤到的。

这个女人，我仿佛真的从来就没有懂过她。

“你为什么要帮我隐瞒？”我在扶着她送她回家的路上问她。

“你现在还恨我吗？”她答非所问。

“恨。”我口是心非地说。

她笑了，很绝望的笑容。她不说话，死命挣开我扶着她的手，我拉不住她。她自己走回家，没有再和我说一句话。

在那之后的三天她都没有来上学，到第四天的时候我突然收到了一份快递。我打开看，是雅茜写给我的信。

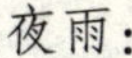

夜雨：

告诉你一个俘获人心的好办法，那就是伤害她，然后再帮助她，这样她就能马上成为你的朋友、你的依靠。我一直以来都是用这样的方法获得友情和爱情的。而你对于我来说，是唯一让我敞开心扉，可以没心没肺地大笑的人，应该算是我唯一的好朋友了。

还有一件事情请你原谅我，那就是在你拆开这封信的时候，我已经站在青年广场的大楼的楼顶上了，我要用死来让你记住我。不过你放心，我已经写好了遗书，我的死不会牵连你的。我只希望你能在日后的每天每夜都想起我，在找到另一个寂寞又可靠的女生做朋友的时候会想起我，然后用老气横秋的口气对她说："曾经我有一个好朋友，她为了我而死，只因为她想让我这辈子都无法忘记她。"

关于吕安，我想向你解释一下，他是个好男人，我却利用了他，你不要怪他，要怪就怪我、恨我。既然我们注定不能相亲相爱，那么你就用恨记我一辈子吧！

我承认我很变态，我也很坏，你遇到了我或许就是命运。

注定相识。

注定伤害。

夜雨，这辈子你都会活在我的阴影里，即使你和泽在一起，你也会永远记得我，永远。

雅茜

我的世界一下子安静了。我也不顾是在上课，立即站起来跑出了教室。我跑到校门口打了一辆出租车赶去青年广场，就在我快上出租车的时候，张瑞泽追了出来，和我一起上了出租车。

在路上，我的手一直在抖，张瑞泽把它握在手心里，好像在说："不会有事的。"我们花了五分钟赶到了青年广场，等我们赶到时，广场上已经聚集了好多人，他们都抬头看着楼顶。

我闭上眼不敢抬头看，被张瑞泽牵着往人群前走去。当我们在人群里用力地往前挤的时候，人群出现了骚动。我和张瑞泽被挤开，我不得不睁开眼睛。这时，我听见了尖叫声，然后是一个白影从天而降，落到我的正前方，地上瞬间鲜红一片。

我捂住了嘴巴，一点声音也发不出来。张瑞泽一把把我拉进怀里，挡住了我的视线，但我还是看见了雅茜摔到地上时看着我这个方向的眼神：决绝，不甘，得意。

她一定知道我会来看，然后故意在这个时候跳下来，让我记住她最后的眼神——一辈子都记住。

我推开张瑞泽，跪在地上剧烈地呕吐起来，却什么也吐不出来。我看见自己的手脚都变成了鲜红色，吓得闭上眼一直摇头，边摇边说：“不要怪我，不要怪我。”然后我站起来就跑。

我跑着跑着突然感到被一股力量冲撞了出去，耳边又响起了刚才雅茜跳下时响起的尖叫声，我感到自己的身体轻飘飘的，好像灵魂出窍了。

雅茜，我没有想要你死，从来没有。

Episode 3

钟小茴

活着，卑微如牲口，坚强如野兽

没人可以走进我的内心，洞悉我内心深处的不安。而那种朋友之间表面的和气和亲热，又是我所不屑的。因为一有风吹草动，利益纷争，朋友就会立即分崩离析，甚至反目成仇，针锋相对。

朋友，多可笑的名词？大概根本不存在吧？

还是一个人好，虽然孤独，但很安全。没有付出，没有在乎，就不怕伤害。

——钟小茴

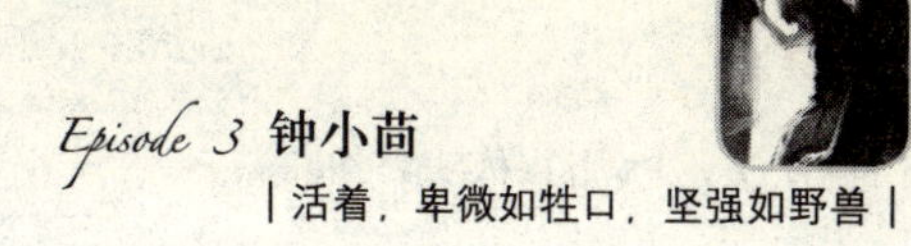

Episode 3 钟小茜

|活着，卑微如牲口，坚强如野兽|

1

如果用“我”作为主语造句，你会脱口说出哪几句呢？记住，是脱口而出！

我的答案如下——

我很漂亮。

我爱钱，超过爱这世上的一切。

我没有朋友，也不需要朋友，因为我不信任任何人！

我好孤独，却已经习惯用大笑来掩盖。

我很高傲，但内心极度自卑。

……

我，是个孤儿！

如果需要，我还可以一直这样造下去。只可惜，我现在必须停止。快十点了，我已经在床上躺了整整十二小时。睡觉是我现在最痛恨的事情。

我才十七岁，有大把大把的时间，最怕的就是无事可做。

所以，我决定去学校。对了，我还是个高中生，除了去学校打发时间，我还真想不出其他好的办法。

今天是礼拜四，记得在一本书上看过，礼拜四故事多。

今天的我，又会遇到哪些故事呢？

想到这儿，我就有点儿兴奋了，于是我决定再造最后一句——

我是个故事很多的女生，每天都有新的故事发生。

去教室的路上，总会有很多男生的口哨声围绕着我，我一直把这些当做傲慢的资本。说到傲慢，我想我是一绝。记得进高中的第一天我就在班主任面前上了一课，题目叫“目中无人”。其实也并不怎么过分，就是在她唠叨个不停的时候我倒头便睡，被叫起来后说了句“打扰别人睡觉是件很没素质的事”。也就是从那时起，我们伟大的班主任就把我归为朽木一类，扔在全班最后一排，再也不多看我一眼。

其实我压根就没指望在这个破高中能有什么成就，全市倒数第一的高中，你认为它是用来学习的吗？

今天我又是最后一个进教室的人，上午第三节课已经上了一大半，我照例是招呼不打一声就昂首挺胸地进了教室，完全不管不顾正在讲课的数学老师那气愤又难堪的表情。

心情不错，坐到座位上，我哼着小曲翻着昨天才买的《瑞丽》，看看有没有什么新款衣服。要知道我钟小茴可是全校的时尚代言人。毫不夸张地说，我要是穿个破麻袋来上学，第二天你就能看到全校都变成了麻袋市场。

这就是偶像的力量，让光荣更光荣，让愚蠢更愚蠢。

只是还没翻几页杂志，下课铃声就迫不及待地唱了起来。这让我不禁有些懊恼，今天应该再早来个十分钟，这样我就有时间多看几眼杂志了——要知道我的课间休息时间早就被排得满满的，不是收情书就是去剥削别人的零食，根本没闲工夫看杂志。

这不，铃声刚停止我的座位边就多出个留着平头的高个子男生。

“钟小茴，你好。”高个男生说话瓮声瓮气的。

我装作很有礼貌地抬头，微笑：“请问有什么事吗？”

真恶心，我他妈的怎么这么贱呢！这样娇柔的声音也能模仿得出来。

“你很漂亮，我喜欢你。”高个男生色迷迷地盯着我。

“那又怎样？”早就听得厌烦了的一句话，没有任何感觉。

“什么？”自信满满的高个男生被我问得有些昏头，“我说我喜欢你，我要做你的男朋友。”

“喜欢我的人都排成长城了。”我不屑地讽刺，“你就不要白费力气了，做梦也要有个尺度。”

不能怪我绝情，只能说明他太不自量力。我每天拒绝的男生有一打，他还不死心过来碰壁，不是不自量力是什么？

我从小就相信一句话：爱情算个屁，有本事你靠它吃饭！

“靠，我给你三分钟时间考虑一下再回答我。”男生显然已经恼羞成怒。

“我给你三秒钟时间，立即滚蛋。”我针锋相对。

“哈哈哈……”围观的同学发出一阵哄笑声。

“妈的，给你脸你不要脸。”高个男生的脸瞬间变成了酱猪肝色，气势汹汹地掀翻了我的桌子。

我事不关己一样地坐在原地，任凭他将我的座位弄得乱七八糟，一点害怕和委屈的表情都没有。

我是从地狱里爬出来的孩子，死神都夺不去我的生命，我还害怕什么呢？

“臭婊子，怎样？”那家伙一脸的神气，似乎掀了我的桌子是件很牛逼的事情。

唉！为什么这些男的骂人都这么没有新意？除了婊子就是不要脸，老娘耳朵都听得起趼了。

不过，我很佩服他的勇气，放眼全校还没人敢这样对待我。因此我猜这位在我眼前扬扬得意的高个男生应该是刚转校过来的。

“做得很好。”我露出了最妖艳的笑容，然后甩了甩披背长发，潇洒地走出了教室。

高个男生愣在原地不明所以，但我相信过不了多久他就会明白，不止是明白，还会刻骨铭心。

惹我的人，很快就会皮开肉绽。

我，就是一个恶魔，越是邪恶越是美丽。

洗手间里，我认真地化着妆，看着镜子中越来越漂亮的自己，有点糟糕的心情慢慢恢复。

身边的女生窃窃私语，却没人上前和我说话。事实上，我在学校根本就没有朋友。我不知道她们为什么不愿意接近我，或许是觉得我太优秀，和我在一起她们太自卑；或许因为我太强悍，和我在一起她们会吃亏，总之她们看到我就会远远地避开，像见到了鬼一样。

而我也讨厌和她们接近，因为我压根就不需要朋友。

没人可以走进我的内心，洞悉我内心深处的不安。而那种朋友之间表面的和气和亲热，又是我所不屑的。

因为一有风吹草动，利益纷争，朋友就会立即分崩离析，甚至反目成仇，针锋相对。

这种情况屡见不鲜，我已经彻底麻木。

朋友，多可笑的名词？大概根本不存在吧？

还是一个人好，虽然孤独，但很安全。没有付出，没有在乎，就不怕伤害。

我再次坚定了自己的想法，收拾起化妆盒，瞪了一眼偷看我的几个女生，“看什么看？再看把你们的眼珠子挖出来。”

女生们吓得屁都不敢放就跑开了。

我心里直乐，然后哼着小曲儿向教室走去。

刚回到教室，就见那个高个男生正在鼻青脸肿地为我收拾桌子。

冯仁盛气凌人地站在他身后，大声呵斥着，生怕不知道是他干的似的。

“小茴姐，对不起，我不知道，我浑蛋，我以后再也不敢了。” 高个男生悲伤得几乎泣不成声——真没出息。

我看得心烦，挥挥手让那个不自量力的男生赶快滚蛋。

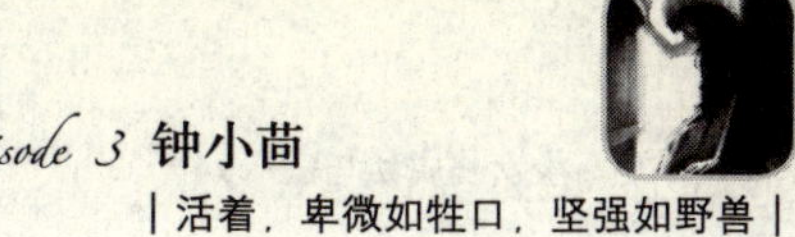

“谢谢小茴姐！”高个男生如获大赦，赶紧开溜。

“究竟要我等到什么时候？”冯仁看着我，眼里的深情能拧出水来。

“你心甘情愿，干我屁事。”对冯仁我从来就不曾温柔过。

“够味！”冯仁大笑，“这样才配做我的女人。钟小茴，总有一天我要你低声下气地求我。”说完，他才恋恋不舍地离开我们班。

教室里鸦雀无声，那些看着我的同学在面对我的目光的时候立即低下了头。我又得意又伤感。不得不承认，我在学校可以这么嚣张有一大半原因是由于冯仁罩着我。他是我们学校混混们的老大，只要说出他的名字，谁都不敢招惹。可就是这样一个大哥级的人物，却偏偏拜倒在我的石榴裙下，成了十足的情种。他几乎天天缠在我身边，为我花掉的钱都可以养活十头猪了，可我就是不动心。他拿我没辙，因为我对他说过，“除非让我心甘情愿地爱上你，要不然我死也不会跟你的”。就是这句话的威力让他对我百依百顺到现在。对于他的好意我从来没有拒绝过，毕竟在很大程度上，他对我来说比较有用，我从来不会拒绝任何白给的好处。每当有人找我碴时，他都会在第一时间冲出来替我解决问题，强得和终结者一样。

冯仁，冯仁，你他妈的怎么不直接叫疯人呢？被我利用了还甘心情愿，不是神经病是什么？

上课时，又有人给我传了张字条，上面竟然很好笑地写着：我去过妖妖，你的琴声听起来很寂寞。

我知道是谁写的，他叫许黎，一个很帅很单纯的男生，就坐在我前面的前面的右边。从入学到现在，我们总共没说过十句话，但他经常在上课时装作若无其事地看我。我知道这是喜欢我的表现。不过他和别的男生不同，从不主动追我也不给我写情书，却总是有事没事地写些关心我的小字条。还有，他的成绩是年级第一，在我们这所普通高中，他就是老师眼中的一个大宝贝。

我咬着笔杆思索了好半天，终于想到该怎么回他了：亲爱的许黎同学，谢谢你的关心。我的琴声是母的，没有公的当然会寂寞了，要不你来当公的琴声？

我看见他收到字条后半天没敢抬头。等再抬头偷偷看我时，脸已经通红，见我正在看他，吓得赶紧又低下了头。

天地良心，我真的不是故意调戏纯情小男生的。

手机突然响了起来，是妖妖的老板强哥的电话，我立即肆无忌惮地接听起来。

电话里强哥以命令的口吻让我半小时内出现在他面前。

我想骂娘却不敢，谁让我在他那里打工呢？而钱对现在的我来说又是多么的重要！

“去死吧！”挂了电话，我愤愤地骂了一句，然后背起包，大摇大摆地走了出去。

2

街上的人很多，每个人看上去都是那样高兴，这让我心里有点儿不是滋味。

不知道为什么，我就是见不得别人高兴，特别是比我高兴，妈的！

“嗐，美女。”身后突然传来一声轻浮的叫唤。

我回头，却没看到人。然后肩膀传来阵痛——我的单肩包已经在一个穿着三中校服的男生手里了。

“你他妈的想死啊！把包还给我。”等我完全反应过来时，那个男生已经跑出十多米远了。

我像个泼妇一样边叫边追，和我的美女形象判若两人，引得路人纷纷侧目。

根本没有人帮我，所有人只是好奇，甚至幸灾乐祸。

所以我说，人心都是自私歹毒的，只为了自己内心的喜怒哀愁，没有人真正在乎别人的感受。

只是我现在根本没有时间去感慨，那个男生越跑越快，越跑越远，最后消失在一片废弃的建筑工地。

世界仿佛一下子安静了下来，工地上没有一个人，只有乱糟糟的建筑材料。我大滴大滴地流着汗，因剧烈运动而引发的胸口的疼痛几乎要将我撕碎。

"浑蛋，快给我滚出来！"我抓狂大叫。

无人应答。

"Shit！"喉咙几乎冒出烟来，我绝望地扯了把头发，垂头丧气地准备离开。

"老婆，这么快就放弃啦？"

刚走到工地出口，左侧突然闪出了一个修长的身影，正是那个抢我包的男生。只见他用一根手指提着我的包，得瑟地一步步向我走来。

而他的语气更是戏谑，"老婆，你还真没耐心呢！一点儿都不好玩。"

"还给我。"我上前，一把抢回我的包，然后一脚踹向他："去死！"

他轻轻地避让开，皮笑肉不笑地看着我："看来他们没骗我，钟小茴果然很霸道哦！"

"干你屁事。"他竟然知道我的名字，看来这一切都是他故意安排的喽！他到底是谁？我充满了疑惑，却根本没时间再考虑，时间已经不多了，我得立即去妖妖。

于是我上前用力推了他一把："让开啊！"

这次他没躲闪，我结结实实地推在了他的胸膛上。他晃了晃，然后一把抓住我的手："先别走啊！你知道我为什么要抢你的包吗？"

他的眼神很得意，又有点儿狡黠，没等我回答，却自说自话起来："因为我听说追你很困难，所以就让你追我喽！"

说完，他兀自大笑起来，仿佛看到了特别滑稽的场景，笑完后又将脸凑到我面前："让我未来的老婆追得很辛苦呢！"

妈的，真是一个奇怪的人。

我也是怪人，所以我喜欢怪人，所以我竟然不是那么生气了。

我瞪他："以为自己长得帅就了不起？让我追你，下辈子吧！"

说完，我抱着包赶紧离开。

"钟小茴，你难道都不好奇你未来的老公姓啥名啥吗？"

"神经病。"

身后传来他很大声的声音："记住，你老公我的名字叫张瑞泽，你一定会回来找我的。"

"去死吧！"我同样大声回骂了他一句，一口气跑到大街上，伸手拦车。

出租车少得很，更要命的是几乎每辆出租车上都有人。

我在路边张牙舞爪地拦车，过了十分钟都还一无所获。我心急如焚，坐公车肯定又来不及了。怎么办？

就在我急得直骂娘的时候，一辆空出租车远远地向我驶来。

"停车……"我立即跳到路中间，伸开双臂把车拦了下来。

满心喜悦地刚准备上车，习惯性地摸了摸包，心立即沉了下去——钱包果然不见了，手机也没了。

"可恶！"我恨得咬牙切齿，犹豫着要不要先回去找那家伙。

"喂，你还走不走了？"司机不耐烦地催，"我很忙的。"

"多等一分钟你会死啊！"我不客气地回了句，心里直犯愁，就算现在回去要到钱包，时间也来不及了。而要是不能在规定时间赶到妖妖，我肯定会被辞退的。

一定不可以那样。天知道，那份工作对我来说是多么重要。我的学费，我的房租，我的零花钱，都得靠这份工作养活。

可没钱，怎么过去？

时间成了我最大的敌人，我突然觉得自己是那样渺小无力，平时的张狂和骄傲都不值一提。

就在我无计可施之时，一个穿着三中校服的女生跑了过来："同学，有什么可以帮你的吗？"

"钱。"我浑身冰冷，挤出一个字。

她立即掏遍了自己所有的兜，把全部的钱递给我："只有三十多块。"

"够了。"我立即上车，摇下车窗，"怎么还你？"

"你要去哪儿？"她答非所问。

"妖妖。"

"我也去，"她直视着我，"我和你一起去，你不用还我钱。"

我说过，很少有女生敢和我对视，她们都畏惧我的眼神。但现在这个女孩不一样，她的目光中丝毫没有恐惧，事实上，她的目光是那样空洞，没有任何感情。

潜意识里，我突然觉得她也是个怪人。

于是我点了点头。

"为什么去妖妖？"一上车她就追问。

"去弹琴。"我很反感她这样单刀直入地发问，显得我很被动，只是看在她帮忙的分上，我才冷冰冰地回答。

"你是在那里打工吗？"她仿佛自言自语，然后又摇了摇头，"怎么可能？"

"怎么不可能？"她的话让我觉得有点儿蹊跷。

"你叫钟小茴。"她突然冒出这一句。

"你认识我？"我坐不住了，警惕起来。

她继续答非所问："我叫夜雨。"

"你想干什么？"我几乎可以确定，和这个女孩的相遇绝非偶然。

"我想和你做好朋友。"夜雨很认真地看着我的眼睛，目光突然变得温柔起来，"钟小茴，我们是同类。"

"停车。"我像见到鬼一样大叫起来。

随着一声急促的刹车声，出租车生生地在马路边停了下来。司机不满地回头瞪我。而我则瞪着夜雨，然后用力推开车门，用不容置疑的口吻对她说："下车。"

终于在规定的最后一分钟赶到了妖妖。我隐藏起所有的不满和劳累，笑颜如花地对妖妖老板说："强哥，我来了。"

对于你依赖的人而言，他根本不会在乎过程，他需要的只是一个结果。所以我早就学会了不找任何借口。

强哥点头，亟亟地说："快换衣服，客人们都在等。"

"是。"我飞奔向后台。

别误会，我可不是什么坐台小姐，妖妖也不是什么夜总会，只是一家不起眼的小酒吧而已。我在这里弹琴打工，一小时一百元，每次最短两个小时，最长五个小时，一周三到四次，一月发一次薪水。

也就是说，如果运气够好的话，我一个月在这里最多可以赚到两千元，足够我的所有支出了。

而我除了要确保弹奏的效果外，更得随叫随到。我和强哥约定：如果每月迟到超过两次，我自动辞职。

说来好笑，也不知道从什么时候开始，这里的人喜欢一边听钢琴一边喝茶聊天，而且最好是现场版的，否则好像就没档次。

当然了，除非客人特别要求，强哥才会安排我现场弹琴，毕竟那是需要花钱的。

看来今天就是有客人特别要求。

你看，人和人之间的关系就是这样奇怪，那个提要求的客人我不认识，他也不认识我，但他一个小小的要求却能让我如此不安，劳累不说，挨骂不说，连包都被抢走。而他却不会为我的不爽去埋单，甚至连丝毫愧疚感都没有。

当然了，我也不需要别人的愧疚，那屁用没有。

很快换好了演出服，我款款走向舞台。脚下的木板吱吱作响，这声音是那样让我感到亲切和温暖。

是的，我喜欢这里，不但因为它是我的钱罐子，更因为我喜欢它那用木板搭成的简陋的舞台，喜欢在上面走动时发出的吱吱声。每次听到这个声音时我总能回忆起小时候发生的一件刻骨铭心的往事。

当时，还很小的我一个人被扔在家里，一点吃的东西都没有了，饿到极点时，我偷偷地爬进了邻居家的地下室。地下室的地板是木质的，很老旧，我在上面移动时发出了吱吱的声响，这让我更加紧张。最后我终于在地下室的一个角落找到了一袋已经发软的烂地瓜。

然后，我活了下来，卑微如牲畜，坚强如妖魔。

钢琴是我五岁那年开始学的，也不能说是学，因为我是陪读，陪房东的儿子学。也许是我天资聪慧，陪他上了三年课，我的钢琴早过了八级，而他连个毛都没考过。

房东总是拿这事到外面说道，说我妈当年就是一钢琴家，唱歌好长得又漂亮，做起了明星梦，后来被骗，生下我就死掉了。现在我居然也是个钢琴天才，唱歌好长得更漂亮，和我妈唯一的区别就是，我太不听话，太邪乎。

去他妈的，老娘的事还轮不到他们评头论足。

关于身世，我毫不在乎。

一口气弹了两个多小时，手指都麻了。赚钱真不容易啊！

别看我表面上心平气和的还挺享受，内心其实早已翻江倒海了，就想快点儿结束，我还得回去找那个浑蛋呢！

所以当那帮客人离开后，强哥示意我可以结束时，我赶紧下台换回了衣服。然后向强哥预支了一百元工资，立即冲了出去。

刚出门，又看到了那个叫夜雨的女孩。

她仿佛一直在门口等我，表情和两个多小时前没有任何改变和区别。

我本不想理她，只想快点打车到那个工地。

“我在等你。”她却直接迎了上来，拦住了我的去路。

“等我还你钱吧？”我嘲讽她，然后想了想，将手里的一百块甩给她：“拿去，不要找了。”

她没接，死死地盯住我，用毫无感情的声音说："我想和你做朋友。"

又来了，我的脑袋一下子大了起来，"滚开，我不需要朋友。"

"你需要。"她言之凿凿，"你只是不敢面对自己的内心。"

"说什么呢你？"我跳过去，憎恶地说，"在我面前扮酷是吗？别以为你很了解我，妈的。"

她丝毫没有退缩的意思，继续冷冰冰地说："我带你去个地方。"

我没响应，突然觉得好滑稽，怎么今天尽遇到怪人！

"你害怕了？"见我没说话，她开始使用激将法。

我明明知道，却没有办法不上钩："笑话，我钟小茴什么时候怕过！说，去哪儿？"

她突然仰头大笑，声音很尖，听得我全身不自在。笑了一会儿她死死地盯着我："那就跟我走。"

走就走，奶奶的，老娘今天豁出去了，陪你玩到底。

夜雨一路上一言不发，一直将我带到三中后面一个废弃的小工厂里，然后我们一直走进最里面的车间。她推开死沉死沉的大铁门，拉亮一盏吊在头顶上的小灯泡，接着熟练地坐在一只生锈的大铁柜子上，完全不理会站在门口的我。

我环顾四周，这里很空也很脏，只有最里面的角落有几个铁柜子。空气中到处布满了灰尘，昏黄的灯光在四周摇曳，拖下巨大的阴影，让一切都有些阴森的感觉。

"快说，你带我来这里干什么？"

她不回答，而是从书包里掏出一包烟，抽出一支给自己点上，津津有味地抽了起来。

沉默！

我站在一边等着她说话，只可惜她一直在抽烟，一根接一根。她抽烟的动作很老练，和她身上穿着的象征着好学生身份的三中校服很不搭调。

“你真的对我没印象了？”她将最后一支烟的烟头弹到地上，跳了下来，用脚狠狠地踝了几下。

“不就是问你借过钱吗？还能有什么印象！”我的语气虽然没有变化，内心却开始打鼓。此刻她给我的感觉和中午第一次见到她时截然不同。那时就觉得她很可笑，在我面前装酷，现在我却明白那种气质根本不是装出来的，而是发自内心的表现，谁能想到三中的天之骄子居然能如此老练地抽烟？还有让人不寒而栗的冰冷目光。

“贵人多忘事。两个月前……”她用鞋子来回蹭着她脚下的那片水泥地，好像很不情愿说出那件事情一样。

“两个月前到底怎样？”我最受不了有人吊我的胃口了。

她突然一脚踹向身后的铁柜，车间里立刻发出了巨大的声响，在回声里我听见她用很小却很狠的声音说：“两个月前，你救过被群殴的我，现在我来跟你说谢谢。”

说完她死死地盯着我，冰冷的目光中却开始慢慢地分泌着感激。

而我则拼命回忆，终于想起了两个多月前的一个傍晚，我实在太无聊了就到三中闲逛，想看看好学生们是怎么生活的，结果刚进教学楼就听到一阵女生七嘴八舌的辱骂声。好奇一向是我的特长，循着声音我来到二楼最拐角处的女生厕所。刚进去就看到几个女生正围着一个蜷缩在地上的女生拳打脚踢，边打边骂。我一边看一边乐，心想原来好学生也打架啊！下手还挺狠的。本来我是想看两眼就走的，她们爱怎么打就怎么打，打死算数。结果其中一个女生的话却让我不高兴了，她指着地上的女生臭骂：“去死吧！你也不看看你是谁，你连爸爸都没有，还好意思勾引张瑞泽，不要脸！”当时我就受不了了，妈的，勾引别人和有没有老爸有什么关系？于是我没忍住就过去吼了一句“在我钟小茴面前也敢打架，活得不耐烦了”，本来我还以为要和她们吵几句呢！没想到听到我的名字后她们像老鼠见了猫一样溜走了。看来我的威名已经传播到三中了。我很是得意，扔给那个躺在地上的女生一包湿巾就走了，根本没在意那个女生的长相。

没想到竟会是眼前的她。

接着心里突然又是一激灵——张瑞泽，好熟悉的名字——对了，那个抢我包的男生不就说自己叫张瑞泽吗?

我努力控制住自己的情绪，装作若无其事:“当时我只是嫌太吵了才制止她们的，你不用特意谢我。”

她不屑地撇撇嘴，又坐回身后的铁柜上，对我说:“有烟吗?”

“我不抽烟。”我说的是实话，虽然我是小有名气的不良少女，但我真的不抽烟，而且超级讨厌烟味，一闻到就会头晕。

“靠。”她说,“太他妈的荒谬了，说出去谁会相信你钟小茴不抽烟呢?你当我是三岁小孩哄呢!”

“靠!你靠什么靠?我还没有靠呢你就靠!”我实在受不了，很生气地说,“我他妈的就不抽烟怎么了?你不爽又怎样?”

我天生就是一个不甘压迫的女生，而她制造出来的压抑氛围让我已经忍耐到了极限。当我被这种感觉压迫得喘不上气来的时候，唯有奋起反抗。

“这才是我心目中的钟小茴。”她笑得很邪，语气却还是冷冰冰的。

我却油然而生起不少敬佩，我想她一定比我还恨这个世界，否则笑容不会如此没有温度。

“对了，我问你啊，”我装作不经意地问，“你们学校有一个人叫张瑞泽，你认识吗?”

她立即警惕地看着我。

“别紧张，我只是随便问问而已。”看到她慌乱，我反而轻松起来,“他是谁啊?”

她的眼神有点儿暗淡:“他是我同学。”

“同学啊!我还以为是你男朋友呢!或者是你暗恋的人。”我走到她面前，挑衅地说，“不管他是你的什么人，你因为一个男人挨打，可不光荣哦!”

“操!那些臭女人，我早晚会加倍还回来的。”她恨得直咬牙，眼神歹毒，散发着连我都望而生畏的仇恨。

“好了，你话都说完了吧？我得走了。”

“我也得回去了。”她从铁柜子上跳下来，“明天傍晚，我们在这里不见不散。”

说完，也不等我回答，她就跑了出去。

看着她的背影，我努力平复着心情，然后离开。

3

从小工厂出来，我立即打车赶到那个工地。

“张瑞泽，你给我滚出来。”对着空旷的工地，我大叫起来。

“老婆，我在这儿呢！”很快我就看到那个浑蛋叼着烟从一辆混凝土卡车后蹦了出来，满脸都是得意的笑容，“我说过，你会回来找我的哦！”

他手里拿着的正是我的手机和钱包。

我强忍住正从心底蹿上来的火气：“快把手机和钱包还我！”

“没问题。你来了，比什么都重要。”他竟出乎意料地乖乖将钱包和手机递给了我。

“卑鄙！”我赶紧接过来，骂了一句，然后转身就走。

“钟小茴，难道你对我真的一点儿都不好奇吗？”

我根本不想理睬他，只想快点离开——不知道为什么，我竟有点儿害怕这个男生，这是前所未有的感觉。

他突然从身后紧紧拉住我的手，在我耳边说：“我带你去个地方吧！”

“放开我。”我大叫，“张瑞泽，你要干吗？”

他不但没放手，握着我的手反而更用力，拽着我跑得飞快。

我挣扎了几下，决定放弃。

我不否认，我其实很喜欢这种感觉，很刺激很自由的感觉。在这一瞬间，我突然变得不再恐惧——我就是这样一个荒诞的人，做什么都随着自己的心情，情绪更是可以在瞬间转变好几次。

“你究竟要带我去哪里？”我甚至有些期待地问。

“秘密。”他头也不回地说。

这又让我很有挫败感，第一次有人这样不把我放在眼里，刚刚还说喜欢我，现在就不正眼看我一眼。

于是，我用力往前跑了几步，和他平齐，倔犟地看着他，毫不示弱。

他侧头看了我一眼，笑了起来。

这几乎是我第一次认真地观察他，他笑容的弧度偏向右边，看起来不羁又邪恶。

“你在笑什么？”跑步让我说话变得很困难。

他没说话，笑意却更深，仿佛天生就流着恶魔的血，让我不自觉地开始想要靠近。

我们一直跑到市中心的人民广场才停下来。

“你看，很多风筝。”他松开我的手，将包扔到台阶上，一屁股坐了下去。

天，他这样神秘且风尘仆仆地赶来，竟然是带我来看风筝！

无聊。我刚想离开，突然看到他目光忧伤地望着远处的天际，感叹起来：“你看那只风筝，是不是很期待飞向更高的蓝天？”

我顺着他的视线望过去，有一只风筝正在半空中飘摇，仿佛是在挣扎。

“绳子是它唯一的依靠。”我居然也跟着他神经兮兮地感慨起来，神情还有些游离。

“不错，还是我老婆有哲学细胞。”他突然认真地看着我，“虽然那么危险，但它还追求更高的天空，你知道是为了什么吗？”

我摇头，这个问题太怪了，我从来没想过。

“因为它想征服其他风筝，他要成为最瞩目的那一个。”他几乎是一字字地诉说着，“所以哪怕坠落，粉身碎骨，也不会放弃更高的追求。”

我突然不知道该如何接他的话，或许他根本不希望我接话。

我喜欢主导别人，我讨厌被别人主导。

我想我应该走了，在他身边，我觉得自己很乏力，这种感觉实在太难受。

而他似乎一下子就明白了我的心思，突然邪邪地笑着看我：“老婆，我知道你在想什么。你千万不要离开，否则我有的是办法让你回来找我，你就乖乖地在这里陪我，好吗？”

我竟然答应了他。

这个男生，他身上总有一种神秘的力量，让我恐惧，又让我向往。

我以为——或者说，我期待还会发生些什么，可是除了看风筝，还是看风筝。

当然也有聊天，虽然从头到尾我们没有说过几句完整的话，但我还是确认了他是三中的学生。请原谅我如此感叹，因为三中是全市最好的中学，里面的学生都是同龄人艳羡的榜样。真想不到三中竟然有他这样怪异的人，当然也包括夜雨。

看来那些华丽的光环下总有一些不为人知的丑陋。对此，我其实早有感受。

所以我坚决不相信那些道听途说的美丽，我知道，丑陋才是这个世界最真实的面貌。

因为我就是最大的明证。

漂亮、聪明……关于我，流传着多少褒扬的词汇。可有谁知道我的真实？孤独、穷苦，没有一丝安全感。

情绪突然低落起来，莫名其妙，又想起了那个狠心地离我而去的女人。

如果她还在，我是否就可以真的相信幸福？

“你不开心吗？”他突然幽幽地发问。

“怎么会？”我想也没想就否认了。

“你骗不了我的。”他霸道地扭过我的脸，眼睛直勾勾地盯着我。

他的自信让我反感，凭什么啊？没人可以控制我。

我用力将头厌恶地转到一边，却发现不远处有两个人正在盯着我看，指指点点，窃窃私语。

那两个人我认识，都是我们学校的混混，冯仁的小弟。

糟了，我暗想。只是担心很快便被不屑替代，那又怎样，我本来对冯仁也没有什么太大的期望。

该走的就让它走，强留也没劲。

想到这里，我反而释然，将头转过去，继续和张瑞泽看起了风筝。

只是那两个家伙显然不愿意罢休，很快便晃晃悠悠地走到了我们面前，其中一个高个的还阴阳怪气地冲我说：“嫂子好啊！”

“一边玩儿去，谁认识你们呀？别和我装熟！”我最讨厌别人乱给我戴帽子了，但我还是控制住了情绪，听上去有几分生气，又有几分戏谑。

高个儿脸上有点儿挂不住了，又不好冲我发火，就冲张瑞泽嚷嚷：“臭小子！谁允许你和她在一起的？”

张瑞泽一点儿慌乱的表情都没有，漫不经心地站了起来，嬉皮笑脸地说：“她是我老婆，我和我老婆在一起还得别人批准吗？”

我这才发现，张瑞泽其实挺高的，而且身材很好。不对比还真是不知道呢！只是他这样说话，不挨揍才怪。果然——

“找死！”高个儿骂骂咧咧地一拳打了过去。

张瑞泽的脸上结结实实地挨了一拳，应声倒地。

高个儿见状更是不可一世，上前用脚猛踹张瑞泽：“让你和我顶嘴，打死你！”

只是他的话还没说完，就被从地上跃起来的张瑞泽扑倒在了地上，死死地掐住了脖子。

一旁的矮个赶紧上前用拳头死死地捶打张瑞泽的后背，张瑞泽却丝毫不为所动，脸上挂着残忍的笑，嘴里则发出绝望的低吼，紧紧地掐着高个儿脖子的手更加用力。

高个儿脸色已经苍白，发出垂死的呻吟，挣扎的力度也越来越小。

我敢保证，如果不是我及时上前，高个儿肯定会被他活活掐死的。

“张瑞泽，你快松手，会出人命的。”在我和矮个儿的共同拉扯下，张瑞泽被生生地拉离了高个儿的身体。但他脸上的笑容并没有消失，看上去那样残忍，那样可怖。

矮个儿赶紧将高个儿扶起来，高个儿大口呼吸，不停咳嗽。

张瑞泽晃动身体，准备继续上前作战。

再狠的人遇到这种不怕死的，也只有退避三舍的份。

高个儿已经被吓得完全说不出话来，眼里充满了恐惧，再也不敢上前半步。矮个儿只好放了几句狠话，意思是走着瞧，此仇不报，誓不为人等，然后扶着高个儿狼狈地逃离了。

我在一旁也吓得说不出话来。张瑞泽满脸是血。但他一点疼痛的表情都没有。

我赶紧掏出纸巾，颤抖着手递给他：“你还好吧？”

“没事。”他接过，满不在乎地在脸上抹了一把，然后温柔对我说：“老婆，我们继续看风筝吧！”

4

我失眠了，今天发生的事情还真不少。

翻来覆去睡不着，我的脑子里总是闪现着夜雨那死灰般的眼神，张瑞泽那邪气的笑容，冯仁那痴情的话语，甚至，还有纯情男生许黎那害羞的表情。

当然，最多的还是她。

我开灯，抬头就看到了她的照片，照片上的她那么青春，那么美丽，那么亲切。

我眼前开始恍惚，情不自禁地伸出手，试图抚摸她的容颜。

却抓空。

然后泪流满面。

有的人一生都很幸福。

有的人从一出生就开始背负痛苦。

没办法，这就是命。

而我们能做的，唯有认命。

什么时候睡着的，我不知道，醒来时，已是下午两点。

迷迷糊糊地起床，房东老太不在家。这让我轻松不少，这个月的薪水还没拿到，交房租的日子却到了。每个月的这个时候，都少不了要和老太婆大吵一场，比我的老朋友都还规律，也更麻烦。

收拾妥当，我晃晃悠悠地来到学校。再过几个小时就是周末了，爽啊！

只是一进教室就觉得有点儿异样，我从在门口的同学的眼中看到了恐惧，更看到了幸灾乐祸。

恐惧不难理解，后者又是因为什么呢？

等到我走到位置前，脑袋嗡的一下。

我的桌子又被掀翻在地，桌洞里的东西散落一地。

我的脸色一定很难看，同学们开始窃窃私语，不少人脸上竟然露出了笑容。

我低着头快步走到讲台上，拍着讲桌恶狠狠地对全班同学说："谁干的给我站出来，要不老娘玩死你们！"

"不知道。"全班同学异口同声地说，显然都已经达成共识，不再怕我了。

"是吗？"我强压住内心的怒火，慢慢地走下讲桌，突然伸出手掀翻了第一排的两张桌子，然后很大声地说："他妈的那个人不承认，今天我就掀了所有人的桌子。"

说完，我从第一排开始一张一张地掀，没人敢阻止我，大家都傻在一边看着。

“钟小茴，你闹也要有个度！”就在我掀到第五排的时候，冯仁突然走了进来，一把拽住我的手，“和他们没关系。”

“是你弄的？”其实现在我已经心知肚明。

该来的总会来，该走的总会走。

他没说话，算是默认。

我怒不可遏：“你傻逼啊！”

冯仁的眼睛里像要喷出火一样，紧握住我的手腕，用近乎咬牙切齿的声音说：“贱人，你他妈的真把老子当猴耍！”

“你有种就再骂一遍！”我针锋相对，保证他从来没有见过我如此生气的模样。

他避实就虚：“你背着我和其他男人勾搭，还有理了？”

“是，我就勾引其他男人了，你管得着吗？你是我什么人啊！神经病，我讨厌死你了。”

“钟小茴，你……别以为我不敢揍你。”他冲我扬起了拳头，额头青筋暴露，定是气愤到了极点。

我知道，冯仁这种粗人，冲动时杀我的事情都做得出来。因此我嘴上虽然还不服软，却的的确确开始害怕起来。

所有人都屏气凝神，用期待的眼神看着我们，眼前这幕戏比他们预想的还要精彩万分。

面对我倔犟的眼神，冯仁脸部的肌肉急剧地颤抖着，空中的拳头却没有落下。我猜想他或许是后悔自己的举动实在决绝了，又碍于自己男人的尊严，覆水难收。

就在我们都骑虎难下的时候，突然——

“请你放过钟小茴，她是无辜的。”一个弱弱的声音突然响起，却是那么坚定，毋庸置疑。

竟然是许黎。

所有的目光顿时都集中在这个文静秀气的男孩身上。

冯仁的表情变成了匪夷所思，他立即松开了紧握着的我的手腕，一步步逼近许黎。

教室里鸦雀无声。

很快，冯仁就站到了许黎面前。他比许黎整整高出一头。

许黎因为恐惧而浑身颤抖，却依然没有退缩，皱了皱鼻子，结结巴巴地说："放过她吧！"

冯仁白眼珠一翻，突然伸出手掐住了许黎的脖子，将他死死地摁在桌子上，面色铁青。

"去死吧！你他妈谁啊？"

"我叫许黎，武力是解决不了问题的。"即使已经疼得难以呼吸，许黎还是坚持着他说教的风格，让所有人大跌眼镜。

"那我先把你解决了，让你出风头！"冯仁的满腔怒火正无处发泄。

可怜的许黎。我看着他，觉得有点儿感动，却又觉得他太傻。

冯仁的一个小弟突然上前，在冯仁耳边窃窃私语了几句。

冯仁立即松开了许黎，狠狠地警告他："出风头是要付出代价的，今天就当是给你一个小教训。"

然后又走到我面前，死死地盯着我。

我同样昂着头盯着他，一脸不服输的表情。

"唉！"他突然发出了一声长长的叹息，然后掉头就走。

仿佛千年万年的哀怨，都在那声叹息里完成。

我知道，我和他就这样结束了，虽然我们并没有开始。但这都使坚硬如我，也会为他这么多年的付出而动容，为此刻莫名的丢失而心痛。

罢了，还是那句话，该来的总会来，该去的总会去。

哪怕连解释的机会都没有。

我对依然傻站在远处的许黎笑了一下，是发自内心感激的笑容。虽然他够傻，并且也没有解决实质问题，更不可能成为我新的保护，但我依然为他的挺身而出而叫好。他比那些胆小卑微，却只知道在背后传播流言飞语的小人不知道要强多少。

看来今天是个倒霉日。

我已经完全没有心情继续在学校里待着了，沮丧地往家里走去，却没想到我的倒霉才刚刚开始。

回到家，房东正津津有味地看着那些恶俗电视剧。看到我，她立即蹦了起来，气势汹汹地拦住我，不让我进屋："先别进来，你这个月的房租还没有交呢！"

我无奈地看了她一眼："你能不能放一天假？都是老太婆了怎么还这么喜欢闹事，更年期滞后了？"

她搬起我书桌上的一堆杂志砸在地板上，朝我吼叫："没有钱就给我滚出去，你还真把自己当回事了。我是看你可怜才让你住在我家的，不交房租还找借口，真是没教养！"

从来就没有人告诉过我怎样做一个好孩子，也没有人让我懂得温暖和珍惜是一种什么样的滋味，所以，当被别人说我没有教养的时候，我总是理直气壮地大声反驳，我没爹没娘，谁他妈的告诉我什么叫做教养！

可今天我不想和她理论，我只想消失。

"走就走，烦死人了。"我气不打一处来，血气上涌，本来就郁闷的心情更是无以复加，连刚放下的包都没来得及拿，就走出了家门，用最大的力气将门摔上。

冲出门外好远，却依然清晰地听见老太婆的鬼嚎："你走，有种就别回来了！"

5

我决定赴约，去那个废弃的小工厂。

事实上，无家可归的我真的不知道还能去哪里。

我到的时候夜雨已经等在里面了。她还是穿着三中的校服，齐肩的头发斜扎在耳后，右手夹着一根抽了一半的烟，见我进来，她又吸了一口烟，然后把它扔到地上，踩灭了。

我装作若无其事，走过去冷冰冰地问她："你找我来又有什么事？"

"没什么大事。"她看见我来显然很开心，眼睛里有了一丝喜悦的色彩，"就是想看看你会不会来。"接着她走到我面前，迟疑了一下，拉起我的手把我拽到铁柜子旁边示意我坐下。她说："既然来了，我就和你聊聊天。我很久没有和人聊天了，有一年了吧！"

她的手是温热的，和我那冰块般的手不一样，也和我想象中的不一样。我从来没有牵过同性的手，这是第一次，虽然是被动的。

就那么一瞬间，我感受到她并不是我之前认为的那种恐怖女生，她只是不会和人相处罢了，于是我坐在她旁边问："要和我聊什么？"

问完这句话，我突然发现最近的自已变得好奇怪，以前我从不去管别人的事，总是独来独往，只要有钱赚就可以，但现在我竟然还有闲心坐在这里陪夜雨聊天，不奇怪才怪。

她绷着脸说："初中时，我们班有一个女生长得很不错，唱歌特别好听，家庭也很幸福，每天都笑得很甜，老师和同学都很喜欢她。"我很奇怪她为什么又恢复了那副死人样，但她把烟放回了书包里，好像知道我不喜欢烟一样，就这一点来说，我已经开始对这个谜一般的女生有所好感了。

"和我说这个做什么？"

她突然很夸张地笑了，还是那种尖锐刺耳的声音。她大笑着说："可是我看她很不爽，想知道我是怎么对付她的吗？"

我看了她一眼，她的表情怪异，但我还是礼貌地问了一句："怎么对付的？"

她收敛起怪怪的笑容，转过头看着我说："我从实验室里倒出了半瓶硫酸，然后偷偷地倒进了她的水壶里。"说完她又仰头大笑，笑的时候还说着："我就是见不得别人幸福，只要是我看到的我都要毁掉！"

一瞬间我的全身凉透了，不由自主地往旁边挪动，想离她远一点。她却一把抓住我的手，瞪着我问："你不会出卖我吧？"她那种眼神是我没见过的，也无法形容的，就好像被鲜血和欲望遮住了视线一般。

"你……你开什么玩笑！"我结巴了，我承认我是被吓到了。

她看着我的表情突然又笑了，但这次的笑是开心的笑，没有了刚才邪乎乎的感觉，我这才放下心来。我说："你在开玩笑对不对？"

"你说呢？"她把书包拿到腿上，"对不住了，我要抽根烟。"

真的是一个可以让人变成神经病的女生，我被她吓得出了一身冷汗。要知道，她刚才说的那件事可是犯法的，是要判刑的，即使我不是个乖孩子，我也知道无论怎样都不能犯法，更何况这种玩笑怎么能随口就说呢？

她抽烟的时候眼睛会眯起来，看起来好像很享受的样子，没有了平时的那种冰冷感，整个人显得温和多了，只不过有些小小的颓废。

我正欣赏着她抽烟的样子，工厂门口突然传来了脚步声和喧闹声。她很迅速地把烟灭了，拿起书包拉着我躲在了大铁柜后面，然后把手放在唇边。我心领神会地点点头，不发声响地和她一起看着外面的情况，感觉自己好像大神探一样，紧绷的神经开始兴奋起来。

不一会儿，就有几个人走了进来，看校服像是荷影私立高中的学生，有六个女生，其中一个被两个体形比较魁梧的女生死命地拽着，然后被用力推倒在地。接着她们从书包里拿出绳子，将地上那个女生五花大绑，动作娴熟；而那个被绑的女生则一脸的楚楚可怜，根本不敢做任何反抗，甚至连声都不敢吭。她们把她绑得结结实实的，然后围着她站着，将她的嘴巴用一块毛巾堵上，踢了她好几脚，说："看你还能撑多久，我就不信在这里饿上你几天你还是不给。”

说完，她们互相对望了一眼，就前后走出了工厂。

让我们没想到的是，她们居然在出去的时候把车间的那扇生了锈的大铁门给锁上了。我感觉像是世界末日来到了，夜雨似乎比我还激动，立刻跳了出去，边往门口走边骂。

我也跟着走了出来，看了一眼躺在地上的那个被五花大绑的女生，她的眼睛里写满了不可思议。我走过去将她嘴里的毛巾掏了出来，很无奈地说：“拜你所赐，我们都出不去了。”

倒霉的事情总是连成串的，就像是骨牌，一旦碰倒了一个就会不停地倒下一大片。我看自己注定要多管闲事了。要不是当时心软就不会惹上让我头痛的夜雨，我也不会碰上现在这档子倒霉到家的事情。

我给那个女生解开了绳子，强忍着心中的不爽对她微微地一笑，自己都纳闷为什么要给她好脸色看，但我们现在是一条船上的人。我的原则一向是在不伤害自己利益的前提下为所欲为，可从目前的情况看来，我们必须齐心协力，所以我要笼络人心。

夜雨骂骂咧咧地坐到我们跟前。我拉着那个女生的胳膊把她拽了起来。夜雨这才注意到我已经给她解开了绳子，很不爽地说：“很有闲心来当老好人嘛！你是不是早就知道门打不开了？”

“当然。”我轻蔑地说，“她们在外面用自己的锁锁上了，你在里面能打开吗？”

夜雨对于我的态度有些不能接受，冷冷地说：“你再用那种语气对我说话试试？”

“怎样？”我说，“你还能吃了我吗！”

“谢谢。”就在我和夜雨互相瞪着的时候，那个女生怯怯地道了声谢，然后又说了一句：“你们是好朋友吗？好朋友是不吵架的。”

好朋友？开什么国际玩笑？我钟小茴的字典里从来就没有“朋友”这个词语。

“放屁！”我和夜雨同时骂了句脏话，但不同的是夜雨骂完这句以后还补充了一句："你他妈的从现在起就给我闭嘴！"

不知道为什么，就在刚才她问那句"你们是好朋友吗"时，我的心里突然有一种很奇怪的情感油然而生。说不出来那是一种什么感受，但我知道自己从来没有这样的体验，好像有什么东西要在心底破土而出，那蠢蠢欲动的感觉让人心里痒痒的。

夜雨有些抓狂，不耐烦地走来走去，又对那个女生恶狠狠地瞪了一眼当做警告，然后坐回她的老位置——大铁柜上，拿出烟抽个没完。

"怎样才能出去？"夜雨突然扔掉手上的烟蒂，一把拽起女生的衣领，神情十分焦急，"你有手机吗？"

女生摇摇头。

"我有——但没带过来。"我看着夜雨的眼神由明到暗，心中觉得好笑，觉得她不是那样慌乱了。

"可恶！"夜雨看了我一眼，松开了女生的衣领，挫败地说，"我七点之前必须回家。"

其实我很想在此刻突然灵光一现，迸出无数个好主意，但此时此刻，我的大脑只有一片空白。

夜雨和那个女生都开始缄默，一个坐在地上一个坐回大铁柜上。有那么一秒钟，我居然幻想冯仁会来救我。可我知道这是多么不切实际！

"喂……"夜雨对那个女生说，"你叫什么？她们为什么要把你锁在这里？什么时候能来开门？"

"我叫李莉莉，"她看了我俩几眼，思忖了几秒钟，然后开始抽泣："她们是想问我要钱，但我真的没有钱了，她们就把我关在这里，说要是不给钱就不放我出去。"

"这种事情很常见，乖乖地给钱就好了。"

"你没听她说没有钱吗？"夜雨学着我之前的语气，轻蔑地看着我。那样子真的让人有种想上去扇她的冲动，我突然想起很久以前的一件事。

那还是在上初中，我在厕所听到有一群女生在议论我，记得有一个女生这样说："我看见她那张脸就想上去扇她，以为自己有多么了不起啊！那么傲慢，好像这个世界是她家的一样，真他妈的不爽！”

我突然间感到，原来我是这样地让人讨厌，但是我也没有说要让别人喜欢。所以，我就是我，钟小茴一辈子都是钟小茴，一辈子都不可能有朋友。

“没有钱就只能被关起来，不是吗？”我对着她莞尔一笑，一点生气的样子都没有。

夜雨惊得盯着我直看，好像在怀疑我是不是发烧了。

“可是……”夜雨还想说什么却被坐在地上的女生抢先了，“那些人说要把我关在这里三天三夜。”

我觉得这个玩笑开大了，要我们在这里面待三天三夜，姑且不说去不了学校，就是彻夜不归这件事情被房东老太婆知道了，关于我的传言又该满天飞了。

但是夜雨听了之后并没有像之前那样激动，而是失望地坐在地上，淡淡地看了我一眼说：“那就乖乖地等吧！不是已经没有办法了吗？”

我们谁也不吭声。不知道过了多久，门口突然传来了声响，我和夜雨迅速站起来跑到门口，用手使劲拍着铁门，边拍边喊：“里面有人，快开门。”

外面传来了我熟悉的声音：“这个锁我不会开，我去找开锁的，钟小茴你等一会儿。”

我的天，居然是许黎。

这真是件很神奇的事情，我从来没有想到会被别人救，而这个人还是许黎，而且连续两次。

我一直在怀疑，这会不会是他蓄谋已久用来接近我的手段？

包括下午在教室的英雄救美？

请原谅我的多疑，我真的不相信有人会真的无私地对另外一个人好，不求目的。

那天我们从里面出来时已经八点多了。门一被打开，夜雨就背上书包，一个箭步冲了出去，匆忙地消失在了夜色中，看来她真的是有急事要离开。

那个叫李莉莉的女生却没有急着离开，而是冲着许黎说："你真的是个英雄！"一副很崇拜的样子。

许黎却完全没有理睬她，只是关切地问我："钟小茴，你还好吧？"

李莉莉自讨没趣，讪讪地说，"那我先走了。"

只剩下我和许黎两个人。如果是在平时，我早就招呼不打一声地离开了，可我现在有的是时间，没有的是家园，于是我看着他，希望他主动约我。

可他除了脸红，并无所表示，好像脸红也是一件很享受的事情。

我知道，如果我等下去，可能他会脸红超过一小时也无话可说。对他这种纯情男人就得主动，当然了，我不可能主动约他的，于是我说："我给你个机会请我喝茶，有效期十秒钟，10，9，8……"

"你说什么？"他迟疑地看着我。

真是笨死了，我心里急，只能放慢速度："5，4，3……"

谢天谢地，终于在我说出最后一个数字前，他鼓足勇气："钟小茴，我请你喝茶吧！"

"好。"我很爽快地答应，转身离开。

他紧紧跟上："你喜欢喝什么？"

"随便。"我突然觉得这个人不但笨，而且不解风情。要不是老娘今天实在倒霉，才轮不到他请我呢！

最近的一家茶坊离这里有两站地的样子。一路上许黎始终都红着脸，且低着头，好几次都差点撞上对面走过来的人，然后赶紧说"对不起"，又狼狈，又可爱。

我叫了一声许黎，挑挑眉毛说："你为什么总给我写字条？"

"没……没什么。"他结结巴巴地说，脸更红了，"只要每次都能逗你开心让你笑，我就很满足了。"

才子就是才子，表白的话都文绉绉、麻兮兮的，不过听起来确实比那些什么"我喜欢你"、"我要做你的男人"之类的话要舒服很多。

很快便到了茶坊，我找了一个靠窗的位置坐下来，对服务员扬扬手说：“奶茶两杯，放珍珠不加糖。”

“我……不喝奶茶。”许黎结结巴巴地说，“喝水就可以。”

“不行，我让你喝你就喝。”我对他瞪眼睛。

于是，他刚刚恢复正常的脸又红了。突然他从包里掏出了笔和纸，趴在桌子上，认真地写了起来。

我好奇地看着他认真的神情，不知道他想要干什么。这时候的他像是一株珍稀植物，每一个枝杈每一片叶子，都吸引着我去探索。

过了好一会儿，他才停笔，然后怯怯地抬头看我。

我知道他写好了，放下水杯，一把夺过他手里的纸。

纸的最左边画了一个Q版的犬夜叉，拿着一把和他的Q版身材很不相称的铁碎牙，铁碎牙上面写着一句话：钟小茴，我一直都在注意着你。

哈，他原来是要用这种方式和我聊天。好吧，虽然有些无聊，但也很有新意，反正我现在也闲着，那就陪他玩会儿吧！但我首先要做一件事情，就是改改他总是脸红的毛病。

我在他画的犬夜叉下面写着：既然很久了为什么还这么喜欢脸红？你知不知道你脸红的时候真是可爱至极！

我才不会画什么漫画，就连写的字也东倒西歪的。

当我把纸递给他时，我清楚地看见他再次脸红。不得不佩服他，在我面前他就没有不脸红的时候，忸忸怩怩像那些古代的大家闺秀。

他很快又把纸递了过来，这次写了很长的一段话，我耐着性子一个字一个字地看：在初中的时候我就知道你了。你很有名，不仅仅是因为漂亮，还因为你很酷。你拒绝了一个又一个优秀的男生，并且总是不让任何一个人接近你，那种与世无争的淡然让我一直很钦佩。你也许不知道，我总是默默地观察你，我能体会到你内心的寂寞，如果可以，我能成为你的朋友吗？

他钦佩我？我看该是我钦佩他才对，这么长的一段话，把我都夸上天了，还说了解我的寂寞，我能不钦佩他吗？

于是我给他回了一句话：你是我见过的最能说的人，死人都能被你说活，活人能被你说死。

他看后尴尬地笑了笑，又写给我一句：你这是褒贬兼有。

“什么褒贬兼有？我是在夸你好不好！”我实在懒得写字，所以把想说的话直接说了出来，再写下去别人肯定会误以为我们是哑巴。

“嗯。”他低着头说，“那你答不答应？”

“什么答不答应？”我喝了口水，皱了皱眉头喊了一声，“再来杯热巧克力。”

“做朋友啊！”

“可以。”

他刚低下去的头立马又抬了起来，眼睛里闪着我读不懂的异样光芒，兴奋得犹如要被送进斗牛场的公牛，按捺不住地在座位上动来动去的。

再说一句大实话，我第N次被逗乐了，而且是很放肆的大笑，心里说不出的畅快。

好吧！好吧！我就暂收他为我的开心果，专供私人享用。

6

生活就是这样，一会儿高潮，一会儿低谷，一会儿快乐，一会儿悲伤。

郁闷的心情好不容易被许黎逗得有所起色，却很快又遭遇了致命打击——和许黎告别后，我又在街上游荡了许久，最后还是决定回家。

我宁可被老太婆再辱骂一顿，在她心中彻底地丧失尊严，也比像游魂一样飘忽不定强。

更何况，多年的艰辛早就让我能屈能伸。如果需要，我甚至可以向她道歉，以此换回一时的温暖。

事实上，这也正是我能够生存下来的主要原因。如果我真的是一个说一不二的人物，刚正不阿地生活，我估计早就饿死了。

只是这次的情况要比我想象中糟糕很多，刚到家门口我就立马傻掉了——我的东西竟然被变态老太婆给收拾成两个大包和一个行李箱放在了门口，就像要扔掉的垃圾一样。

我气冲冲地手脚并用地大力擂门，一边擂一边喊："把老娘的东西扔出来算什么？老娘又不是给不起房租，你个老妖婆快给我开门！"

但门纹丝不动，我接着擂接着骂，直到骂累了站在一边喘气的时候，她才把门打开了一条小缝："给钱，给了房租我就让你进来。"

我拿起一个行李包就要挤进去："我到中旬就把房租给你，现在没有领到工资。"

"那就等到有钱了再住进来。"她还是拦得死死的，我根本进不去。

我恼羞成怒地把包往地上一摔，冲她大声说："你又犯什么神经？我什么时候欠过你钱？你是不是一天不找我麻烦就难受？"

"钱！"她用比我大一倍的声音反驳，"你欠我的钱多了去了，别忘了你是我养大的，没有问你要抚养费就不错了，还敢不交房租就住在我家。你别把自己当个大小姐，没有钱就给我滚蛋！"

她砰的一声就把门给关上了，我站在原地半天没有缓过神来。我的天，她是真的要将我扫地出门了，这十六年来还是第一次。我不得不承认，我现在的确有些不知所措，傲慢的气焰全部不见了。我没有钱，没有住的地方，没有亲人，没有朋友，我第一次感到自己竟这样无助。

好吧好吧，我现在需要冷静下来好好想一下，要不然就真的要睡大马路了。

我蹲下来开始翻被老妖婆打包出来的那些行李，找出了手机，翻阅了一下电话簿，里面的名字少得可怜。

这或许就是我孤独的最大明证吧！

最先看到的是冯仁的号码，我却没有丝毫欣喜。因为我现在根本不可能和他联系，虽然我知道，只要我开口，他一定会来帮我，可是我不愿意在他面前放弃我的尊严，我开不了那个口。何况，今天他对我那么凶，我一定不能就这样便宜了他。

继续翻，心中突然亮了起来，我看到了张瑞泽的名字。

我不知道看到他的名字为什么会突然兴奋，只知道那是我最真实的感受。

这个和我只有一面之缘的男生，已经在我心中占据了不一般的位置。

只可惜兴奋感很快又黯然下去，并且被愤恨所替代。这个人不但抢了我的包，害得我狼狈不堪，而且还试图控制我的情绪。冯仁背叛我也是因他而起，他就是我的倒霉星，我怎么可以再和这种人联系呢？

绝不可以。

继续翻，却再也找不到能够依靠的人了。我真后悔，刚才没有问许黎要他的手机号，否则就有救了。

算了，看来我只能流落街头了。

只是我的个性不允许我就这样默默地离开，我到楼下的小超市买了一瓶矿泉水，全部倒在家门口，边倒边骂："老妖婆，出门摔死你！"

然后一只手拿起行李包，一只手拉着行李箱，绝望地离开。

街道上很冷清，没有人，风很大，我感到很冷。我拉了拉脖子上的围巾，心想现在只能去工厂将就一晚了，那里总归要比大马路好得多。

回到那个废弃的工厂，摸着黑走到最里面的那个车间，凭着记忆摸索着夜雨拉开灯的位置，很顺利地找到了灯绳。

眼前明亮起来，我长松了一口气。

我把行李放在一边，靠着夜雨常坐的那个大铁柜席地而坐，眼前开始恍惚、模糊。

直到现在我才明白，原来我也是这样的脆弱，这样不堪一击。

这个夜晚冷空气骤然来袭，我的手脚一直冰凉着，突然想起了很久以前看过的一句话：我颠覆了整个世界，只为了摆正你的倒影。

我颠覆了整个世界，是为了摆正谁的倒影呢？

又一次绝望地想起了我早逝的母亲。如果她看到了我现在的落魄，会不会后悔当初的痴情和妄想？会不会自责到号啕大哭？会不会过来给我一个拥抱，帮我驱走这该死的寒冷？

可是，为什么要我来承受？为什么要我来继续她未完成的悲痛？仅仅就因为我是她的骨肉？是她爱的证明吗？

如果是这样，我情愿永远不知道我有这样的母亲。

7

日子过得仿佛漫长起来，我终于挨到了发工资，谢天谢地，我还没有被活活冻死。

强哥不但给我发了薪水，还要请我喝酒，说是犒劳我的听话和勤奋。我一听是免费，就很爽快地答应了，并且还喝大发了，午夜才揣着我盼了好久用来救命的薪水摇摇晃晃地出了妖妖的大门。

我的酒量惊人，这都是以前在酒吧当啤酒小姐练出来的。但我今天确实醉了，我能感觉出来自己的意识在渐渐地模糊，视线里的东西也开始摇摇晃晃，可我仍然很高兴，很久没有这样尽兴地喝过酒了。

陌生的张瑞泽还有霸道的冯仁，两个人的面孔此刻在我的脑袋里不停地晃着，我总感觉自己只要一抬起双眼，就会在朦胧的视线里看见他们两个。

但事实上我没有看见他们，我却看见了另外一个人。

在快到小工厂的一个路口，我看到了夜雨。我跌跌撞撞地坐到她面前，本想质问她在这里干什么，没想到竟一个踉跄摔倒了。

她扶起我，慢条斯理地帮我整理了一下凌乱的衣角，然后说：“怎么？无家可归了？”令人厌恶的语调还是没有变。

我借着酒劲推开她，扶着墙才让自己东倒西歪的身体站直，然后我冲着她喊：“你装个什么劲？我看到你那副漠然的样子就讨厌，明明不是什么看淡名利的世外高人，还装什么清高！”

她还是最初的那副表情，对我说的话无动于衷，好像这个世界的任何事情都和她没有关系一样。

“切！”我愤愤地扭过头，不想再看到那张脸。每次看到她那漠然的表情我就会想到镜子中的自己，一样的虚伪，一样的做作，装成傲慢和不可一世的样子。

“你在说你自己吗？”她突然走上前了一步，一只手伸到我面前抓了我的一绺头发，用食指来回缠绕着，饶有兴趣地说，“你从一见到我就害怕我，不是吗？”

“什么！”我甩甩头发退后了几步，和她保持半米的距离。

“怎样？”她没再上前，而是嘲笑般地说，“被我说中了不是吗？我就是另一个你，所以你害怕看到你自己，害怕承认你是脆弱的这个事实，害怕看到像你一样把自己伪装起来的人，因为你会被类似你的人看穿。”

“放屁！”我抽出手来想要扇她，却被她死死地抓住了。她把我的手甩开，然后笑着对我侧了侧头说：“回你的小工厂拿上行李跟我走。”

“你到底有什么阴谋？”

“阴谋？”她歪着脑袋做了一个令我惊讶的表情，然后冲我眨眨眼说：“我只想带你去我家。”

“嗯噢……”我干渴的喉咙发出了低低的，连我也不明白的音节。我想我应该是同意了，因为我正鬼使神差般地向小工厂走去，然后开始收拾自己的行李。我已经完全不懂自己在做什么了，就听着她的指挥和她一起拉着箱子提着包去了她家，但当我见到她家的那一瞬间我的脑子中只闪过了一个念头：我被她给耍了。

我眼前的世界，简直只能用一个词来形容，那就是——废墟。

堆满了废纸和易拉罐的一小块空地上，一个低矮的破烂不堪的棚户立在那里，如果不是特别注意，根本不敢相信那竟然是人住的地方。

夜雨淡淡地看了我一眼，把我的行李接过去放在破房子的门口，回过头来对我说：“进去吧！这里就是我的家——这座城市最破烂不堪的地方。”

她说这句话的时候很失落又像是在自嘲，或许这就是她脾气古怪的原因，处在这个社会底层的人总是会被鄙视被嘲笑。

“嗯。”我点点头跟着她走进了那扇好像要烂掉的木门。我可以发誓，这一刻我再也没有了对这所房子的反感和厌恶，取而代之的却是一种温暖，一种被人信任的温暖。如果不是信任我，她根本不会这样在别人面前把自己最不堪的一面展现出来。

但是为什么在这之前她非得装成恶人让我反感呢？

进了门我又发现，屋子里面比我在外面看起来的还要破，我之所以这样说，是因为里面连灯都没有，只有一根快烧完的白色蜡烛粘在屋子中央的那张木桌上。

夜雨对我的惊异无动于衷。她在桌子底下摸索了一会儿，刺啦一声，点燃了新蜡烛。

她把蜡烛从桌子上掰下来，自顾自地去了我右边的小屋子里。我紧跟着她走了进去，刚进去就被地上的东西绊了一跤，脑袋重重地磕在床脚上，疼得我一激灵。我吃痛地慢慢爬起来，却听见夜雨咯咯的笑声，我霍地一下站直，冲到她面前想骂她几句，可是正当我要破口大骂的时候又被绊倒了，这次我的脑门直接亲吻了大地母亲。

夜雨还在没心没肺地笑着。

然后她蹲在我面前，把蜡烛贴近我的脸，我差点就以为她要毁我的容了。不过很快她就把蜡烛移开，幸灾乐祸地说：“看来也没摔成什么样。”

“你……”我咬牙切齿地瞪着她，我还从来没有被人这样羞辱过，正当我准备转身离开她这个破烂的家时，她又没头没脑地蹦出来一句：“既然没有什么大碍就赶快上床睡觉，明天还要上课，我可不想因为你而打破我的全勤纪录。”

我没有听错吧？她居然让我上床睡觉？我这才注意到，我的左边就是一张小床，难道她是要我和她一起在这张小床上睡觉？

“太搞笑了吧你？”我指着床说，“这么小的床要咱俩睡？而且你这里都没有暖气，会冻死人的！”

“所以才要两个人挤在一起睡！”她边脱衣服边说，“总比你一个人睡在工厂冰冷的水泥地上要舒服得多。”

我必须承认，她说的这句话很有道理，在小工厂住的这些日子里我没少受罪。这里再破也要比那儿强百倍。我仔细思忖着，夜雨已经爬上了小床，我心一横也脱了外套，躺在她身边，反正是免费的，不住白不住。

让我有些尴尬的是，一直以来，我都没有和别人靠这么近过，我甚至能听到她的心跳声和呼吸声，还有最要命的是我们盖着同一床被子，彼此的体温在这个寒冬慢慢地合二为一。

“知道我为什么选中你吗？”夜雨的声音近在耳边，听起来却一点都不真实。

“选中什么？”我尽量让自己减少呼吸的次数。

“我们真的很像，”她翻过身来面朝我，用胳膊揽住了我的腰，在我耳边哈着热气说，“我们都一样，都用面具把自己包裹得严严实实的，害怕被人知道自己内心的脆弱，害怕被背叛被出卖，所以身边没有一个朋友，只能独来独往。”

第一次被人这样亲密地抱着，我有些不自然，但我没有推开她。或许是因为在这样深冬的夜里，我的确需要一个身体来温暖我那毫无温度的心。

很快，枕在我肩膀上的夜雨就发出了均匀的呼吸声，可我却清醒得要命，我在思索着一个让我辗转反侧的问题。夜雨刚才那样说到底是什么意思？之前做的那些事情又是出于怎样的心理？而这些究竟和我有什么关系？我想得头又开始痛了，也许是酒劲又上来了，耳朵里也嗡嗡作响，有那么几秒钟我甚至觉得自己已经脱离这个世界了。

其实我一直都怀疑自己是有病的，活不了太长时间，因为我总是在深夜被耳鸣困扰着无法入睡。每当那时，我都会光着脚踩在冰凉的地板上，拿着她的照片在微弱的月光下仔细地看着她的模样。

我又一次不可救药地想到了她，而且还那样心痛。

如果我死了，见到她后会和她说什么？我无数次在梦中见到她向我招手，那样美丽且温柔的一张脸，可是在梦里，她总是在我快要接近的时候突然烟消云散，再也不见踪影。

耳边还是熟悉的嗡嗡声，我害怕这样嘈杂的声音。这会使我听不见自己的心跳，让我进入另一个世界，我害怕自己会在这样的世界里突然死去。

如果我真的死去，我不知道该怎样面对她，所以，我害怕死去。

我想，这或许是我畏惧死亡的唯一原因吧！

突然，门外传来了一阵乱糟糟的响声，好像什么器皿被打碎了一样，在这样宁静的夜，显得是那样刺耳。

夜雨却没有丝毫慌乱，而是发出了一声长长的抱怨叹息，然后下了床，走了出去。

我紧紧跟上，这个陌生的地方仿佛还很神秘。

在昏暗的烛光的映衬下，出现了一位满脸皱纹，年龄最少有五十岁的老女人。她进屋的时候还背着一只很大的编织袋，里面鼓鼓囊囊的，进了屋的第一件事情就是把编织袋里的东西倒了出来，动作小心翼翼的，好像里面是什么奇珍异宝一般。虽然我做好了心理准备，但是当那些东西被倒出来的时候，我还是受到了不小的震撼——里面居然全是易拉罐和塑料瓶。

其实，她刚进来时我本想问问夜雨，这个老太婆是谁，但我马上发现夜雨的脸色不对，于是收住了嘴静观其变。对我来说，察言观色是我无师自通学会的本领。

“你又拿这些破烂回来干什么！”夜雨激动地走到老太婆面前，用脚不停地踩着那些易拉罐和塑料瓶子，像和它们有仇似的。

“喂，你冷静一点。”我走上前拉住了她。她突然浑身一激灵，似乎反应过来我还在，停下了自己疯狂的行为。

我用余光注意到，旁边的老太婆默不做声地跪在被夜雨踩扁的易拉罐边，将它们又一个一个地捡回编织袋里，落寞地说：“这些都是钱，我知道你嫌弃我这个捡破烂的妈妈，但我也不希望看到你为了赚钱每天都去给人家补习补到很晚，我心疼你这么辛苦。”

“不需要！”夜雨冲着她大吼，“我不需要你的怜悯，如果你早有这份心我们能混到今天这种地步吗？”

“我也不想，”老太婆开始低声呜咽，“我也不希望你被瞧不起，你会……”

“够了！”夜雨打断了她的话，冲出了家门。

我愣在原地看了看还跪在地上的老太婆，说了一句：“阿姨，你别难过了。”然后追了出去。

我顺着那条小街一直追到头都没有看见夜雨的影子，只好不停地在附近来回徘徊，就在我准备放弃的时候，我突然有一种强烈的感觉——她在那个我住过的小工厂里。

果不其然，我刚进车间就闻到了浓烈的香烟味。我知道那一定是夜雨，只有她会那样不间断地抽烟，直到一根不剩。

“你来晚了。”她夹着烟，瞄都没瞄一眼就猜出来是我。

我站在离她两米处，看着她的侧脸问，“那是你妈？”

“我们都不想面对。”她仰起头吐出了一个烟圈，“但那是事实，我再怎么不情愿也改变不了。”

这一刻，我突然发现，或许就像她说的那样，我们是一类人，是那种在这个世界最不起眼的角落里孤独地挣扎着想要解脱的人，是想找到充满阳光出口的人。

“她是你的宿命。”我鬼使神差地慢慢靠近她，把手搭在她的手上。

“宿命！”她侧过脸望着我，泪流满面，“我只能认命，除此之外别无选择。”

我吓了一跳，第一次看见和我用同一种方式哭泣的人——泪流满面却又无声无息。

“或许，我们可以彼此依靠。”我的脑袋一片混乱，这句话脱口而出，我不清楚她听了以后是什么感受，但我明显地感受到她冰凉的手在微微颤动。

看着这样的夜雨我想到了自己在每个失眠的夜里无声的抽泣，那种让我害怕的声音此刻不停地在我耳边萦绕，让我的手脚也开始慢慢变凉。夜雨却在这时扔掉了手里的烟蒂，一头扑进我的怀里，号啕大哭起来。

刹那间，我像被施了定身术般呆站在原地不能动弹。她身上那种香烟和香水混杂的味道麻痹了我全身的神经，使我变得呆滞，无法推开她。第一次这样被人紧紧地抱住，她的气息就在我的脖颈处，暖暖的，痒痒的，给我前所未有的安全感，驱走了严冬的寒冷。

她哭了很久很久，到底有多久我不清楚，最后她低低地说，“咱们该回家了，不然她会担心的。”

我知道她口中的“她”是指她的妈妈，这又让我发现了我们的一个相似之处，我们都把自己的妈妈称为“她”，都被这样矛盾的情感纠结着。

我们回到家时已近午夜十二点。路上几乎没有人，呼呼的北风从我高领毛衣的领口灌进来，我却不觉得冷，我的手被夜雨牵着。我第一次觉得原来友情这个东西可以来得这么轻而易举，只要一句话一个眼神就可以，这是我做梦也想象不到的。

我正低着头想着这莫名其妙就降临在我身上的友谊，夜雨突然停了下来，我险些踩到她的脚。我疑惑地抬起头看她，发现她的视线正笔直地冲着前方。

我顺着她的视线望去，瞬间天旋地转——她妈妈居然在破房子门口洗着衣服，在这寒冬的午夜。

夜雨松开我的手跑了过去，把她拽了起来，大声斥责：“你就不能老老实实地待在家里不要给我添乱吗？”

“我只是想帮你干些活。”夜雨妈妈低着头，两只手因为不安和寒冷而来回揉搓着。

我以为夜雨会继续斥责她，可她没有，而是捧起她妈妈通红的手放在嘴边，一边哈气一边说：“要是有下次我就再也不原谅你了。”

她笑着看着夜雨为自己暖手，眼神温柔，好像一个听话的孩子。

我的眼睛有些发涩，胀胀的，像有什么东西快要涌出来一样。我别过了头，又找到了一个我们的共同点——无论我们怎样怨恨，对她们的爱总是会不经意地流露出来，恨也只是嘴上说说罢了。

但我也发现了我们之间最大的不同：那就是我今生都无法像夜雨这样，可以在她活着的时候把那份爱表达出来。我的她早已离我而去，并且再也不可能回到我身边，永远都不可能了。

那晚我为了忽然而至的第一份友谊作出了重大牺牲，我陪着夜雨用冰冷的水洗干净了所有的脏衣服。这对我来说的确是很大的牺牲，要知道我从来没有洗过衣服，以前都是用房东家的洗衣机洗，要是实在脏得不像话就干脆扔掉。

我的手一直浸在冰凉的水里，疼得发麻。我边冲着手哈气边洗着衣服，夜雨却突然笑了起来。她的笑声很清脆，和以前不一样，被冻得红红的笑脸因为笑起来而多了两个可爱的酒窝，有点奇怪的暖意，我也跟着她一起笑了起来。

我第一次知道原来这样清脆如铜铃般的笑声也可以属于我钟小茴。

“喂！”她用胳膊亲昵地碰了碰我的肩膀，“这样的感觉真的很好！”

“嗯？”

她眯起眼睛，笑着说：“有朋友的感觉。”她这样眯着眼笑的样子很好看，和白天冷冰冰的她判若两人。

我竟有些微微的失神，然后迅速地低下头，继续洗手里的衣服。

“哎！”夜雨突然凑到我耳朵边叫了一声，“你傻啦？”

“才没有！”

夜雨很快就收起了笑容，看着我的眼睛认真地说：“还记得我们刚见面的时候，我们只会互相撕咬对方的伤口，但我知道那是我想让你融进我生活的一种手段。因为对于毫无安全感的我而言，只有知道对方所有的伤痛才能毫无保留地将自己的伤痛展现出来，我想要依靠你就必须先伤害你。”

“为什么？”我不明白她是什么意思，似乎是一个很深奥的生存定律，若是换作以前，我一定会鄙视地哼一声，然后大摇大摆地离开。

“这就是我。”她的眼睛像一口深井，在那里我看不到任何多余的感情，或许就是因为这样，我才永远都不能理解她，我们才注定要面对别离。

看着她我发了愣，一时间竟忘了要说什么，却惊异地发现：在她面前我傲慢的气焰全部消失了，可以放下戒备，把伤痛剖开，展现在她面前。

这时，房子里突然传来了尖叫声，夜雨飞快地站了起来冲进屋里。

我紧跟在她后面进了屋，看见那个女人正发疯一样地手舞足蹈，被子被她扔到地上使劲地踩。我还没有见过这样的画面，被吓得站在一边不知所措。

我承认这一刻我确实逊得掉渣，但她那张面目狰狞的面孔谁看了都会不自觉地害怕。

夜雨用力把她拉到床边，紧紧地抱着她，一边拍她的背一边说：“没事了，没事了，乖。”

她似乎很吃这一套，慢慢地被夜雨哄着睡着了，两只手放在胸前，像一个涉世未深的小孩子一样沉沉睡去。

“她经常这样。”夜雨把她轻轻地放倒在床上，回过头对我说，“是被吓成这样的。”

我皱着眉头看着夜雨，我知道她们曾经一定遇到过很可怕的事情，但我不想过问，我明白那种被别人问到自己最想忘记的事情时的心痛。我只是走过去抱了抱她，然后说：“早点睡吧！明天你还要上课。”

我们上床睡觉。我第一次有了甜美而温馨的梦境，也第一次在睡前向上帝祷告：我，钟小茴向上帝起誓，如果让我一直拥有这份友谊，我愿意改邪归正，像夜雨一样做个好好学习的好学生，不再如此顽固地抵制别人善意的关心。

我想要一直这样下去，我希望时间静止，我希望不会被背叛。

突然，身边的夜雨推了推我，“睡着了吗？”

“还没。”

“我也睡不着，”她翻身，“上次你问我……认不认识张瑞泽。”

“嗯。”我感觉她有话要说。

“小茴，你说得没错，他是我深爱的人。”黑夜里，夜雨的眼珠无比闪亮，“我爱他，很爱很爱，甚至超过了我的生命。”

我没有说话，我知道，我现在应该做的只是倾听。

夜雨，这个让我恐惧又怜爱的女孩，这个极可能成为我第一个好朋友的女孩，她的成长究竟怎样，她的内心到底如何？她到底遭受过怎样的痛，她到底有着怎样的爱？

所有的所有，都是我渴望知道的。

答案，就在现在。

Episode 4

钟小茴

再过一次童年

我不明白，为什么每个人都可以在我面前袒露自己的伤心，让我看到他们受伤流泪的样子，那我自己呢？我到底什么时候才能坦然地面对自己对她的情感，什么时候才能从她所犯的错误中得到救赎？

我伟大的母亲大人，你能回答我的疑问吗？我什么时候才能甩开你的阴影，像个普通的孩子健健康康地生活呢？什么时候，才能得到救赎？

——钟小苗

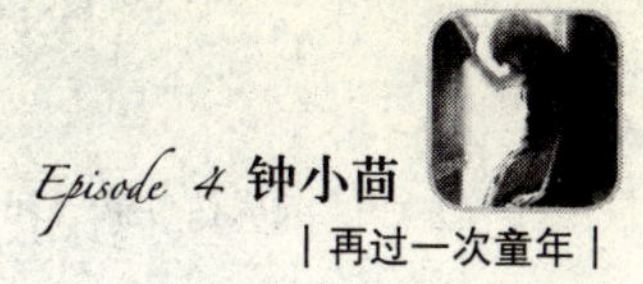

1

世界不大，生活很小。有些人你总归抬头不见低头见，比如冯仁。

自从那天在教室吵翻后，他就再也没有主动来找过我。但我们总是能在学校里见面，有的时候是迎面走过，有的时候是他突然从一边冒出来，有的时候是他从我身后快步走到我前面。

但不管怎样的相遇，总有同样的结局：那就是他总是表情冷漠对我置之不理，甚至会夸张地掉头就走。

好像他不立即走掉我就会上前赖住他一样。滑稽得可笑。

要是放在以前，我一定会高兴得想要去烧高香，可现在，我会很自责，我是真的伤害了他。

但我总觉得我和他之间不会就此作罢，没有什么理由，就是女人的直觉。

果然不出所料，今天我刚走进教学楼，就看到冯仁很酷地站在不远处的栏杆边，照例有几个小弟围着他。

看到我，小弟们一哄而散，只剩下冯仁站立不安，最后硬着头皮向我走来。

虽然我觉得有些异样，但已经习惯了和他的形同陌路，因此远远地就避让开。

结果他也立即改变路线，径直挡在我的面前，装作用深沉的口吻对我说："钟小茴，我有话对你说。"

我却没睬他。我的脸色瞬间变得阴沉，继续往前走。

"你聋了吗？听不到我的话？"冯仁这种人天生就是贱，好像不发火就不会说话一样。

我心中的委屈和愤怒却喷薄而出，半真半演地抱怨起来："你都要打死我了，还要说什么呢？你不是一看到我就跑吗？你不是早就发誓不再理我了吗？你不是对我恨之入骨了吗？你不是觉得我把你的脸丢尽了吗？你为什么还要找我说话？我们之间没什么好说的了。"

我敢发誓，我的表演比起琼瑶偶像剧里最滥情的部分也毫不逊色。泪水在眼眶里滚动，却不下滑，力度掌控得绝对恰到好处。

要不说冯仁是贱人呢，被我吼了一通，情绪反而好了不少，只见他发出了一声惊天动地的长叹："唉，事到如今你让我如何放手啊？"

这句话彻底暴露了他的小心思，也宣告了这场危机将以我的全面获胜而告终。我的心里已经乐开了花，眼泪却如泉涌般滑落下来。

倒不完全是逢场作戏，心中确实有很多委屈，战争时只知道坚强，落幕时才懂得悲伤。

冯仁看见我哭，吓得结结巴巴地安慰："我……我不是……不是在责怪你。"

"滚开啊！"我大力推开他，小跑着离开教学楼。窥视的人越来越多，我可不愿意在他们面前流泪，降低我的杀伤力。

冯仁很快就从后面追了上来，一把拽住我的胳膊把我拽到他身边，怜惜地帮我擦去泪水，我没有拒绝。这要是在以前我绝对会厌恶地打开他的手，但今天我希望他这样做，没有原因。

"你这算是为我哭的？"他欣喜地问。

"这很重要吗？"

"当然！"他很认真地看着我，"那表示你对我还有感觉。"

"有又怎么样？"我看到他心花怒放，又补充一句："没有又怎样！"

"哼！这些天我很痛苦。"冯仁立即做出一副痛苦的表情，"不过我想

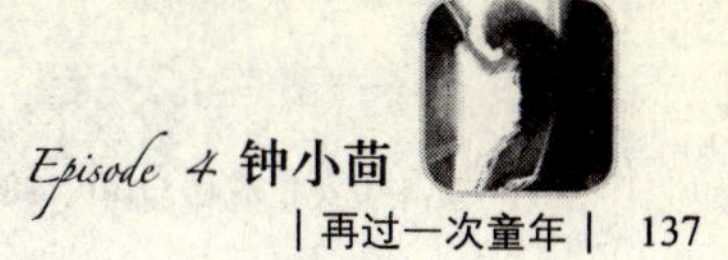

明白了，我不能就这样退出。那个张瑞泽能从我身边把你抢走，我现在就能从他身边把你抢回来，谁怕谁啊！”

说完他又换了一副温柔的表情：“何况你现在还为我流泪，我就更不能放弃了。你说得没错，幸福得靠自己争取。”

他紧握拳头，一副憧憬着美好未来的傻样。

我几乎要笑出声来了，我真的不记得我什么时候和他说过这种烂话，或许是为了打发他的追求而敷衍的理由。不过既然他已经度过了内心的扭曲，可以直面这件事了，那我干脆就和他把事情说清楚，否则不明不白的好像真的是我错了。

我用力吸吸鼻子，假装糊涂地问：“从张瑞泽那里把我抢回来是什么意思？”

“你不是他女朋友吗？”他傻傻的表情突然变得很忧伤，可怜巴巴地看着我，好像我抛弃了他一样。

“我是她女朋友？怎么可能？”我露出匪夷所思的表情，嘲笑地说，“这种事情的概率只有零点零零零零零一。”

“到底怎么回事？”冯仁也傻了。

“你先说为什么说我是他女朋友？”

“我的兄弟都看到了。”

“看到什么了？”

“你们亲密地坐在一起，他还摸你的脸。”

“那你还经常搂我呢，我是你女朋友吗？”

“不是……但是……”

“别但是了。我知道了，你的意思是我水性杨花，人尽可夫喽？”

“没有，小茴，你在我心中是圣洁的。”

“好吧！那要是我说我和那个叫张瑞泽的人根本没有一点关系，你相信吗？”

“相信……可是……”

“反正这事不复杂，如果你只相信你小弟，就不要再来找我了；如果你相信我，就不要再冤枉我。”

“好，我相信你。”他思考了很久，一副下定决心的表情，“但你们那天为什么会在一起？”

“我是被威胁的。你从来就没有关心过我，只知道吓我为难我。”我又开始悲伤。

“好了，你别难过了。都是我不好。”冯仁急得手足无措，“你快说吧！那个王八蛋到底怎么威胁你了？”

我将那天的情况说了出来，添油加醋。

“妈的，老子要他不得好死！”冯仁果然暴跳如雷。

“你想去打他吗？”我明知故问。

“当然了，今晚就去。”冯仁得意地说，“就算不是为了你，也得为我的兄弟出气，还没人敢这样欺负我呢！看着吧！我不玩死他，我就是他孙子！”

我暗自替那个张瑞泽感到伤悲。其实他和我也没有什么血海深仇，我也谈不上有多讨厌他，何况他还是夜雨深爱的人。在夜雨的故事里，我承认他也有那么一点点让人心动的资本。但不管怎样，他的确是我噩运的开始，他应该为他所做的那些来付出一点小小的代价，我现在的落魄也是拜他所赐，所以让他受点惩罚也是应该的。

呵呵，这就是我，哪怕是一丁点的委屈，只要有机会，我也会报复。

只是我害怕冯仁一冲动真的会下手过重，甚至会闹出人命。我不会心疼张瑞泽，他于我充其量只是一个熟悉的陌生人，但我害怕到时候夜雨会很伤心，我不能让我的朋友伤心，我必须有所控制。

所以我问冯仁：“你们晚上在哪里动手？”

“就到他们三中。”冯仁豪气十足，“这样才能让他知道我的厉害。”

“好，到时候我也要去。”

“没问题！”冯仁像打了鸡血一样，“小茴，我知道你是为了证明你的清白，我已经相信你了。不过你去也好，这样我会更有斗志的，等我把时间定下来，就发短信给你吧！”

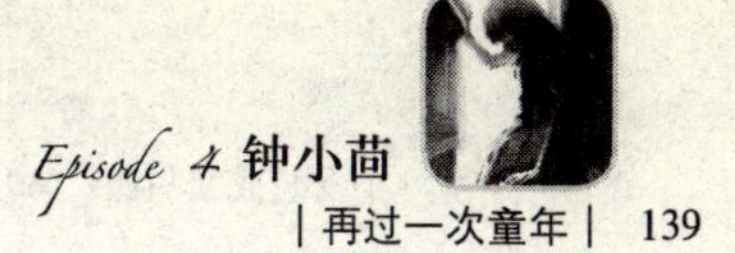

清白，哈哈，我心里冷笑几声。我还有清白吗？没有，我从生下来就负债累累，罪大恶极。哪怕我一辈子去偿还，也偿还不来我的清白。

所谓清白，都是狗屁！

2

上课时，照例收到了许黎的字条。不过和以往那种谈天说地的内容不一样，这次他直接向我发出了邀约：小茴，今天放学后，我想请你到我家做客。

我想了想，决定赴约。反正现在我也无家可归，无事可做，闲着也是闲着。

放学后，许黎直接打车带我回家，出租车很快来到市郊的一片别墅区。

虽然早有心理准备，但我还是惊讶了好久。据我观察，许黎的家是这片别墅区里面最大的一栋，我一直认为他的家庭应该还不错，没想到竟然会这么富裕。

“你家很大。”我故作镇定地说。

“谢谢。”许黎说着领着我上了二楼。

我从来没有来过这种别墅，好奇地东张西望。

二楼最右边的一个房间，许黎站在门口，手握住门把手，回过头问我：“你猜这里面是什么地方。”

“不会是鬼屋吧？”

“如果你晚上来的话就很有可能了。”他把声音装得阴森森的，故意吓唬我。

看来他也很有瞎掰的天分，我需要好好地向他讨教讨教。

“难道是琴房？”我能想到的只有这个了，因为我知道一定不会是他的卧室。这是女人的直觉，最最精准的直觉。

他脸上出现了不可思议的表情，紧张兮兮地问：“你会弹钢琴吗？”

“很专业哦！”我用自豪又带着玩笑的语气说。

“那么……”他拖长音调，推开门做了个请的动作，“欢迎美丽的钟小茴小姐来到我的琴房。”

我居然真猜中了耶！

我走进去，目瞪口呆地立在原地。里面除了一架钢琴别无他物，四周的墙壁粉刷上了嫩黄色的染料，钢琴右边是大大的落地窗。

许黎得意地说：“我只带你一个人来过这里。”

我没有注意听他这句别有用意的话，更没有去思考他真正想说的话是什么，只是激动地问他：“我可以弹一曲吗？”

“当然可以。”他对我宠溺地笑着。

记得九岁那年在电视上看到过这样一幅画面：一个一身白衣的女生坐在一架钢琴前忘我地弹着，她身后巨大的落地窗外，夕阳洒着余晖，几只天鹅正好飞过窗前。这画面看起来是如此地妙不可言，也就是从那时起，我爱上了钢琴，并且发誓，总有一天我也会像她一样，在这样美的背景前弹奏自己最喜欢的乐曲。

我慢慢地靠近钢琴，一步一步地，很轻盈很优雅，仿佛是怕惊扰了什么人的甜美梦境，或者是怕一不小心，让自己发现这只是荒唐至极的幻觉。但当我的指尖终于触及黑白相间的琴键时，我知道这不是梦境不是幻觉。一直盼望的事情马上就可以实现了，我都不敢相信自己会有这样好的运气。

手因为没有戴手套而有些冰凉僵硬，我对着手呵了几口气又来回揉搓了几下，手指渐渐恢复了知觉。我迫不及待地开始弹琴，我弹肖邦的《幻想曲》，我的最爱。

我一直弹一直弹，忘记了时间忘记了地点。我想起了那些曾经拼命想忘记的事情：被邻居的狗追得不得不爬上树，被房东骂出家门后在大街上过夜，被小朋友用石头丢……我想借弹琴来忘记那些不堪的记忆，可那些被忘掉的画面却越来越清晰。琴声仿佛成了时光隧道，带着我重温了不堪回首的幼年时光。

不知道自己到底弹了多久，等琴声停下来时我已经大汗淋淋，像经历了一场战斗，最终还是丢盔弃甲狼狈地逃跑。我掩面哭了起来，但没有一点声音。

“小茴，你居然能把肖邦的曲子诠释得如此淋漓尽致！”许黎的声音传进耳中，我一下子被惊醒了，自己居然忘了是在他家的琴房。

“是吗？”我哑着声音说，“我手都酸了，嗓子也哑了，能给我倒杯水吗？”

“哦。”他一脸歉意地说，“你看我被你的琴声迷得都忘了待客之道了。”

“没关系。”我故作轻松，把自己悲伤的情绪迅速隐藏起来。

他匆匆地走出琴房，丢给我一句：“等我一会儿，我给你煮咖啡。”

大大的琴房只剩下我一个人，我转头看向窗外，西边湖蓝色的天空慢慢地被柔和的橘色代替，远处的树影有些模糊不清，在深冬，这样的景色难得一见。

忽然感到很悲哀，或许九岁那年看到的那幅画面里的女生也是如此孤独，要不然怎么会在那样美的黄昏孤身一人，弹奏着只有自己才懂的乐曲？

这个世界，自己的悲伤只有自己懂。

许黎端着两杯咖啡进来时，我已经完全调整好了自己的情绪。

“尝尝我亲自煮的曼特宁，一般人喝不到的。”

“谢谢。”我说，“你是怎么煮的呢？”

他哈哈大笑：“当然是用咖啡豆。”

放肆大笑的他看起来如此温柔优雅，举手投足之间有着和同龄人不一样的从容和高贵，难道是因为有钱人的小孩都会接受良好的礼仪教育？

我故作矫情地说：“你在拿我寻开心！”

他不说话，喝了一口咖啡，脸上洋溢着幸福的表情。我也尝了一口他端来的咖啡，想知道是不是真的有那么好喝，让他喝一口就能够幸福成那样。

但是，我发觉我上当了。这杯咖啡苦得不能再苦，我喝了一大口，眼泪差点掉下来。

我吐着舌头说："怎么会这么苦！"

他呵呵笑着，把手里的杯子放下，走到我身边坐在钢琴凳上，手指在钢琴上轻轻地摁了几下，然后对我说："喝咖啡不能着急，慢慢地，一口一口地，那样才能喝出咖啡的回甘。"

"回甘？"我像个小学生一样发问。这不能怪我，我又不是专门研究咖啡的，怎么会知道这么多。

"对呀！"他耐心地为我讲解，"像曼特宁这种黑咖啡的味道是很有层次感的，有时先苦后涩，有时先涩后甘，这种层次感的先后就要看烘焙者的技术了。"

"好像很深奥。"我无奈地看着他兴致勃勃的样子。说实在的，我对这种饮品真的没有半点好感，相对而言，我更喜欢喝甜甜的热巧克力。

"那现在你再喝喝看，慢慢地含在嘴里一小口，细细品一下。"

"嗯。"我皱着眉头抿了小小的一口，苦感在味蕾上蔓延开，但慢慢地苦的味道就会变淡，舌头上有些涩涩的感觉，接着还有些甘甜。

"这就是咖啡的回甘？"我不禁小声地自言自语。

"就是这样子，"他突然提高了音量说，"苦尽甘来的感觉怎么样？"

"这个嘛……"我故意拖长音调吊他的胃口，接着古灵精怪地凑到他面前说："感觉还不差！"

他敲敲我的脑袋，又用那让我有点儿恶心的宠溺语气说："小茵就是爱调皮。"

"那当然喽！"我边说边喝咖啡，试着从里面找出幸福的味道来，可惜还是徒劳，无论我怎么品尝都没有他刚才喝咖啡时幸福的表情。

我无奈地把咖啡杯放在钢琴上，没想到手刚刚松开杯把就被他握住了。他把我的手放到琴键上，然后深情地望着我说："我们一起弹奏。"

深情的双眸像一汪海水，我有种溺水的感觉，呼吸已经不能顺畅。

"好。"我的声音轻得只有我自己能听到。

"要弹什么？"他还在望着我。

"弹各自心中的最爱。"我微笑着说。

十二岁那年陪房东儿子学钢琴的时候，从钢琴老师那里听过一个故事：如果一对彼此有感觉的恋人能够在没有商量好的情况下同时弹出同一组旋律，那么他们的爱情就会天长地久。

我扬了扬手，目不转睛地看着琴键轻声说："开始。"

悠扬的琴声在我们中间来回飘扬，空气中好像充满了暧昧又不安分的音符，不停地跳跃，不停地传递着一种叫做默契的情愫。

"看来我们是最默契的组合。"他说。

我提高音量："是最最最最最，无数个'最'，默契的组合。"

"呵呵。"他笑起来很好看让我有心动的感觉，"那你就是最最最最最，无数个'最'后面再乘以一千，最可爱的活宝。"

"你抄袭。"我板着脸装严肃，"我要告你侵权，让你赔偿我的损失。"

他再次笑出声来，他说："那我干脆把自己赔给你吧！我可没有钱。"

"值得考虑哦！"我像说悄悄话一样凑在他耳边说。我不知道自己为什么会做出这个动作，但我想这样趴在他肩膀上说悄悄话，很亲密又很暧昧。

"那要尽快，过期不候。"他还在和我开玩笑，只不过脸颊两侧有些微红，但这个害羞的表情我喜欢。

手机突然发出短信提示音，是冯仁的，"一小时后，我们在三中后门动手，等你"。

"我一定会深思熟虑后再回答你的。"我拍拍许黎肩膀，"但现在，本美女要走了，晚上我还有约。"

窗外已经暮色四合，我一想起和冯仁约好去三中收拾张瑞泽就迫不及待地想要离开这里。对我而言，报复的快感永远胜过爱情的甜蜜。

3

我直接打车到了三中。

风很凉，灌进脖子里让人忍不住浑身打战。我紧了紧衣领加快脚步，心马上就快速且剧烈地跳动起来，连是兴奋还是紧张都分不清楚。

三中的校园里还像以往一样宁静，路灯通亮，去往后门的路上没有一个跑出来玩的学生，这一点和我们学校有着天壤之别。我们学校晚自习是一天当中最热闹的时候，没有老师来看自习，大家想干什么就干什么，通常在校门口就能听见教室里的喧哗声。

快到后门时，我隐约听见了从那里传来了冯仁的叫骂声，还有殴斗时发出的动静。我邪邪地一笑，昂首挺胸地快步走过去。果不其然，在后门边一个阴暗的小角落里，张瑞泽正被冯仁以及五个高高壮壮的男生揍得蜷缩在地上，一动都不动，只有偶尔因为疼痛难忍而发出的轻微的呻吟声能够证明他还活着。

冯仁听见我的脚步声，警惕地回过头，“谁？”

“你姑奶奶我！”我大声地说。

看见我，冯仁像吃了兴奋剂一样蹿到我身边，搓着手讨好地说：“怎么样，满意吧？”

“嗯。”我看着倒在地上一动不动的张瑞泽点了点头，然后捏了捏冯仁的脸蛋：“你办事还真有效率，姑奶奶我今晚很满意！”

“小茴，你一个女孩子家，别整天老娘、姑奶奶的，多没素质呀！”冯仁拍着我的脑袋。

“要你管？”我往旁边侧了侧头。看他的手尴尬地停在空气中，我一如既往地摆出高傲的姿态。

冯仁有些不悦，似乎是因为我这个动作让他在他的小弟面前丢了脸。他愤愤地说：“钟小茴，你他妈的啥意思？”

我笑笑，很平静地说：“没有什么意思，只是不喜欢男人的手碰我。”

冯仁一副马上就要暴跳如雷的傻样。就在我等待他发作的时候，躺在地上的张瑞泽突然干笑了两声，用他那已经沙哑的声音说：“被一个女人耍成这样，真是笑死我了！”

我皱着眉头看着连爬起来的力气都没有了的张瑞泽抬起头，露出他那招牌式的嘲讽笑容，洁白的牙齿上染满了血渍。

冯仁正在为我刚才的动作而生气，被他这么一说更是怒不可遏，冲上前去对着他就是一脚：“本来想给你留条活路，现在是你自己找死，怨不得我。”

我的眉头又皱紧了些，怎么听起来这么像警匪电影里面的台词！我冷冷地说：“能不能成熟一点，别学什么电影台词。”

“电影源于生活。”冯仁一脸认真。

“妈的！”我大声说，“电影就是电影，只不过是夸大了现实的虚假产物。”

就在我和冯仁要因为一句无聊的台词吵起来的时候，张瑞泽又冒出一句：“老婆，你是在给我喘息的时间吗？”

“张瑞泽！”我深吸一口气，走到他面前，用很甜的声音说，“你的死活和我有关吗？”

他稍微挪动了一下身子，挣扎着坐了起来，背靠在墙上，喘着粗气说：“你怎么会舍得你这么帅气的老公死呢！”说着又笑了起来，但马上又因为剧烈咳嗽而变成痛苦的模样。

我慢慢地蹲下，用食指挑起他的下巴，故作可惜的模样说：“啧啧，瞧瞧这张帅脸蛋，一会儿说不定就会变成大花猫了。”

“那也不一定！”他突然露出了邪邪的笑容，在我还没反应过来的时候一把搂住我的肩膀，将我拉到他怀里。

接着低头吻住了我。

我觉得眼前一黑就什么都看不见了，耳朵里嗡嗡作响，嘴里充满了血腥味，连身体都忘了挣扎，有种莫名的恐惧一直萦绕在心头。等到我反应过来开始挣扎的时候他已经松开了我，还目不转睛地欣赏着我惊慌失措的表情，嘴角带着挑衅的笑容。

我用手背擦拭着嘴唇站起来，后退了好几步，连句完整的话都说不出来了，只是惊恐地望着坏笑的他说："怎么……怎么……可以……"

"张瑞泽！"冯仁怒吼着冲上去又给了他一拳，张瑞泽再次倒在地上。冯仁顺势骑在他身上不停地挥拳。

我的大脑一片空白，麻木地看着眼前血腥的场面。

就在张瑞泽很可能被冯仁活活揍死时，他突然像野兽一样咆哮着站了起来，冲到墙角处，捡起一块板砖，然后冲到冯仁面前，对准冯仁的头结结实实地拍了下去。

冯仁立即倒地，头上血流如注。

其他几个人吓得不知所措，赶紧凑到冯仁面前。

我刚想过去看看冯仁的伤势，张瑞泽却已经冲到我面前。

我吓得连忙后退："不要……"

"我们私奔吧？"他的嘴角周围全是鲜血，玩世不恭的笑容看起来触目惊心。

"私奔？"我已经完全蒙了，任凭他拉着我的手跑起来，就像上次一样。耳边的风呼啸而过，头发不停地拍打着额头和眼睛，让眼角有些微微发痒的感觉。

不知出于怎样的心理，我竟不想甩开他的手或者停下来。我想起夜雨所描述的张瑞泽，那个他和眼前的他判若两人。但此时此刻，我只想这样一直一直地跑下去，让风声代替所有的喧嚣，让视线里的景物都如此匆匆掠过。

那晚张瑞泽带着我一路飞奔到了火车站，然后和我一起窝在候车厅冰凉的椅子上等待着凌晨的火车，他说要带我去一个我不知道的地方。

其实我连自己是怎么想的都不清楚，跟着他跑过来，看他买了车票，又和他一起坐在这里乖乖地等待火车，一反常态地安静和听话，就连等车时他递来的一杯速溶咖啡我都轻轻地接了过来，不说话，一口一口慢慢地喝着，我们之间似乎不存在语言一般。

凌晨四点，我们一起上了火车。我在硬座车厢里沉沉睡去，梦见了很多乱七八糟的画面，但我记得最清楚的还是她。她用一只手指着天边说："小茴，要是你能够读懂命运的反复曲折，就不会再重蹈覆辙。"我慌张地朝她手指的方向望去，但一瞬间天黑了，她不见了，我一下子惊醒了。

火车还在慢慢地行进，车轮碾压铁轨的声音在耳边不停地回旋。我旁边的张瑞泽还在睡梦中，嘴角有细微上扬的弧度，似乎梦到了什么甜美的梦境。我侧过头，轻轻掀开了窗帘，最东边的天空开始泛白，太阳马上就要升起，这是我第一次在火车上看日出，我将窗帘全部拉开。

东边的天空慢慢地变成了金黄色，远处有连绵的山峦，我不知道自己正去向何处，但这一刻，我的心是前所未有的安稳，不害怕也不迷茫。我看着远处已经露出了一点的太阳，突然再次回想起我这十六年来的生活。无论苦痛还是饥饿，都从未有过这段时间这种迷茫的感觉，信任，背叛，友情，爱情，我终究还是不能操控它们，只能被它们操控。

这时，身边的张瑞泽醒了过来。他揉揉眼角打了个大大的哈欠，然后把手放在玻璃上画了一个小小的心，又用还沾着窗户上的污水的指尖点点我的脑门说："小茴的善良总会让我于心不忍。"

我没有说话，即使疑惑他这句话的含义，我仍不想说话。此时此刻，我只想为自己这荒谬的人生好好思索一下，思索我的未来到底该何去何从。

"喂！"张瑞泽敲敲我的脑袋说，"下一站就该下车了，现在外面很冷，你把我的外套披上。"说着就脱下了他那脏兮兮的外套，蒙在了我头上。

我没有动，视线就成了黑色的一片。过了好久，他替我把衣服拉了下来，太阳已经全部升起，突然袭来的阳光让我的眼睛有些不适，但很快我便清楚自己已经错过了想看的景象。

张瑞泽似乎看穿了我的心思，变戏法一样把手机从背后拿出来，对我说："给你看个好东西。"

我侧了侧头看过去，手机屏幕上是一张还有一半太阳藏在山后面的日出照片，就是刚才拍摄的，因为车窗玻璃好久未被擦拭过，照片看起来有些模糊。

"我讨厌你。"我哑着嗓子，"但并不排斥你。"

他好像被我的话提起了兴趣，把脸凑到我面前，不怀好意地笑着说："难道是被我这个无敌霹雳帅哥给迷倒了？"

"去死！"我生硬地吐出这两个字，然后把他的外套再次拉回头顶，将自己与他隔离开来，免得再次被他那些让人恼火的话语中伤。

或许是火车的颠簸和昨晚的那场闹剧让我身心疲惫，我竟然再次沉沉睡去。这次我并没有梦见她，而是梦见我在飞，云朵贯穿我的身体，悠扬的钢琴声在我周围飘荡。我远远地看见了好多人，他们也在飞。我看见了许黎，他正忘情地弹着钢琴，指尖飞速地抬起落下；我看见了夜雨，她正在这寒冷的冬天和一大盆脏衣服作斗争；最后，我看见了张瑞泽，看见了他坏坏的笑容，他说："钟小茴，你这辈子都逃不出我的手掌心。"

话音刚落，我就被火车的剧烈晃动惊醒，一扭头看见张瑞泽正在我身边坏笑。见我脸色惨白地醒来，他故意找碴，把脸凑近我挤眉弄眼地说："呀，这么快就想我了？想得都无法入睡了？"

"还没到吗？"我用手覆住脸，想让那些混乱的画面在脑袋里面好好沉淀一下，然后忘掉。

他一手扶住我的肩膀，把脑袋贴到我左边的玻璃上往外看了看，接着又坐正身子，很镇定地说："已经过站了。"

"什么？"我激动得一下子跳起来，胳膊正好撞上了对面的人刚拿下来的行李。因为力道有些大，那个人的行李从他手上掉了下来，砸在我们之间的桌子上，将水杯砸倒，水花飞溅。

我傻了好几秒，等反应过来的时候对方已经开始满脸愤怒地对着我骂骂咧咧："你没长眼睛吗？知不知道我行李里面装的什么……"这些话对我来说不算什么，我就当耳旁风一般地听着，可出乎意料的是，张瑞泽居然在他骂骂咧咧的时候一拳打在他嘴角，然后恶狠狠地说了句："我的女人可不是给你骂的！"

我再次被他弄得目瞪口呆，但我那聪明的大脑告诉我现在不是目瞪口呆的时候，我必须把这场风波给摆平，不然招惹来列车员麻烦就大了。

于是，我在那人怒气冲冲地和张瑞泽对视的时候把他的行李推下桌子，然后拉着张瑞泽使劲往另一车厢跑。我拉着他一节车厢一节车厢地飞跑，直到硬卧车厢才停下来。我甩开他的手，靠在吸烟处的一个大铁皮箱上一边喘气一边愤愤地说："拜托，你能不能不要给我惹麻烦？"

他不知从哪里摸出一支烟来点燃了，不急不缓地抽着，吐出三个烟圈之后终于开始了他的下文："这句话应该是我说给你听才对吧？刚才的情况明明是因你而起的，难道不是吗？"

"那我说过需要你插手了吗？"

"但你也没有说过不让我插手。"

我是不是脑子进水了，居然跟着这种家伙一起坐火车，而且他还是对我来说很重要的朋友夜雨深爱的男生。我猜我一定是那种贱脾气，觉得被打扰了一次还不够，希望让眼前这个无耻的人再将我的生活搅乱一次才会彻底醒悟。

就在我因为懊恼自己如此冲动地跟他一起出来而用力拍打铁皮箱的时候，火车开始减速，大批的人开始往我们旁边走来。张瑞泽一只手抓住我在人群里面挤来挤去，在火车刚停稳的一瞬间我们挤到了门前，列车员刚打开门他就拉着我下了车，直奔出站口。

一出火车站我就甩开他的手，和他保持两米的安全距离，面无表情地说："我觉得我们应该到此为止了。"这句话刚说出口我的心就颤抖了一下，就像有无数的小蚂蚁在我的皮肤上撕咬一般，说痒却疼。

"那可不行！"他又把脸凑过来，不知廉耻地说，"我怎么能把我亲爱的老婆大人一个人丢在这个到处都是坏人的陌生地方呢！”

我真是服了他，居然能在这种气氛里说出这样的话。天晓得，目前我身边最大的坏人正是这个笑得让人有些眼花缭乱的人。

“张瑞泽。”我正色，“我不想再和你有任何瓜葛了！”

“是吗？”他的笑容突然僵硬了几秒，只有几秒，以至于让我不停地怀疑是不是自己花了眼。他微微地抬高了头，用食指将我的下巴托起，力气大得让我不得不顺从地与他对视。他一字一句地说：“如果真如你所说，那你为何要一路跟着我来到这里？你大可半路逃跑，可是你没有。”

我尴尬地将视线勉强从他的脸上移开，嘴硬地说：“我乐意。”

“乐意什么？”他肆虐地说，“乐意跟老子私奔？”

“放屁！”我终于忍不住用力推开他，大声地骂，“你他妈算什么东西，凭什么这么跟我说话！”

“凭什么你心里不是很清楚吗？还需要我点明吗？”他贴近我的耳边，说话时一张一合的嘴唇偶尔触碰到我的耳垂，让我一下子就忘了自己该如何反驳，如何狡辩。

这一刻，我在心底对自己说：钟小茴，你这次失策了，你终究斗不过这个无赖。

但是，接下来的时间里他突然对捉弄我失去了兴趣，一个人自顾自地在这座陌生的城市走来走去，而我身无分文，除了跟在他身后别无选择。

我不清楚自己跟在他身后走了多久，只感觉自己浑身像散架了一般，双腿发麻，就在我认为自己将会这样累死的时候，张瑞泽突然停了下来，突兀地说了一句：“目的地到了。”

出现在我眼前的景象着实让我受了不小的刺激，就好比喝了一种无比清爽的饮料，冰爽的触感从喉咙一下子冲上了天灵盖，让我忍不住浑身打了一个激灵。因为，出现在我面前的是我所始料未及的画面——我居然看到了冬天的大海。

“怎么样？”张瑞泽在我激动得浑身颤抖的时候又一次凑过来，语气中充满毫不遮掩的得意。他将手举过我的头顶打了个响指，自恋地说："是不是感动得想要爱上我这个大帅哥了？"

"胡扯！"我故作镇定，"感动个屁！"说完却又莫名其妙地脸红了，或许是因为冬天的海风凛冽，一直没有吹过海风的我被吹得有些摇摇晃晃，脸颊发烫，迅速红了起来，像壮观的火烧云。

他被我突如其来的严肃表情逗得哈哈大笑，并且丝毫不留情面地嘲笑："居然有人可以一边生气一边害羞，什么叫做表里不一呢？你能给我解释一下吗，钟小茴小姐？"

"我懒得和你争论。"

"是无话可说吧！"他说完又开始了那嘲讽的刺耳大笑，笑声如一根根小针，直刺我的要害。

我发誓，这辈子还没有遇见过如此不要脸的人。他让我全身的每根战斗神经都伸展开来，像一只随时准备与敌人同归于尽的刺猬，绝望又不肯放下仅剩的自尊。好在他放弃了继续和我斗下去的念头，转身走向了海边，这才使我稍稍松了口气，跟在他后面，走向大海。

"我很嫉妒小茴你。"他蹲在沙滩上，伸手触摸着被海浪打上来的潮湿细腻的沙子。他说："你无论走到哪里都会被光环包围，总会被人关注。"

"关注？"我皱着眉头说，"关注能当钱花吗？能当饭吃吗？就和爱情一样肤浅！"

"可是和被忽略比起来，我更希望自己被关注，"他自言自语，"而不是一个人面对黑漆漆的家，一个人吃已经凉了一半的剩饭，一个人看书，一个人为自己的好成绩而欢呼雀跃，一个人，什么都是一个人……"说着他就自嘲地笑了起来，边笑边回过头，用复杂隐忍的眼神看着我，然后揉揉我的头发说："肩膀借我用一下可以吗？"

"哦。"我一瞬间有些大脑短路，莫名其妙地发出了许可的音节还点了点头，但旋即我就反应过来，退后了一步，戒备地说："你要干什么？"

但我还是晚了一步，张瑞泽捉住了我的肩膀，慢慢地把头搭在我的肩膀上，有气无力地说："你刚才说的那句话好像电影里面的台词，庸俗。难道你认为我会对你有非分之想吗？"

用这种语气说话的人，天底下还能再出现第二个人吗?

我想要用力推开他，没想到他居然顺势将我搂住，脸颊在我耳边蹭来蹭去。我仿佛一下子回到了那个夜里，在那间充斥着铁锈味道的工厂里，一个倔犟且孤寂的女生的泪水流在了我的肩膀上，让我在无数个难眠的夜都会再次感受到肩膀上炙热的温度。

而此时，我又一次被人这样抱住，强烈的熟悉感让我有些呼吸困难，一些细碎的画面不停地在我眼前纷飞。

张瑞泽低声说："小茴，只有和你在一起，我才有安全感。"

请原谅我的愚笨，我不明白他话里的意思，但我知道他一定是在想那些让他伤心的过往，要不然，为什么我的肩膀会有了湿湿的温热感?虽然不敢置信，但我还是作出了一个判断：他哭了。

他哭了。这也是我不推开他的另一个理由。

"那么，夜雨呢？"原谅我在这时提到了夜雨，我也不知道为什么，但我真的想弄清楚他们之间到底存在着怎样的羁绊，为什么夜雨会为了他付出这么多，而他却靠在我的肩膀上。

"只是一个很特殊的存在。"他的声音沙哑。

"她肯为你死，"我的声音开始颤抖，"这样你还没有安全感吗？"

"小茴，"他突然把揣进兜里的手伸出来握住我的手，"就这几分钟，请你不要跟我说夜雨。我只想这样静静地靠着你，缅怀悲伤。"

我收了声，身体僵硬，一动不动，脑子里却混乱极了，太多太多的大锁在我的脑子里面，而我却连一把钥匙都没有，什么都打不开，只能任由它们讥笑我。

我不明白，为什么每个人都可以在我面前袒露自己的伤心，让我看到他们受伤流泪的样子，那我自己呢？我到底什么时候才能坦然地面对自己对她的情感，什么时候才能从她所犯的错误中得到救赎?

我伟大的母亲大人，你能回答我的疑问吗?

我什么时候才能甩开你的阴影，像个普通的孩子健健康康地生活呢？什么时候，才能得到救赎？

4

从海边回来后很长一段时间，我都不知道该如何面对夜雨的眼神。我总觉得自己做了什么背叛她的事情，可天地良心，我和张瑞泽之间明明什么都没有发生。

为什么会这样？

夜雨却似乎没有察觉到我的不正常，她的笑容越来越多，对我的依赖也越来越大。

这让我很不适，但看着她幸福的模样，又不忍拒绝。

本来我以为她的快乐完全是因我而起，直到有一天她幸福地告诉我，张瑞泽现在对她的态度明显转变，甚至会嘘寒问暖。

可以想象，一个内心绝望的人突然收获了友情和爱情，那是多么美好的一件事啊！

我隐隐地感觉到了什么，但不确定，也没有心思去想那么多，经验告诉我，猜测未来是愚蠢的行为，你再聪明，也挣脱不了老天安排的那个局。

还是那句话，该来的总会来，该走的就让它走。

张瑞泽约过我几次，我都毫不留情地回绝了。我承认我惹不起这个人，和他在一起总会发生一些让我沮丧的事情。更何况中间还夹着一个夜雨，我不想因为我的任何行为伤害到我的朋友。绝对不可以。

朋友，我是什么时候已经将夜雨当朋友的？

心里的滋味很复杂，有点儿涩，又有点儿甜。

我想我怎么也做不到夜雨那么纯粹吧！她可以恨得绝对，爱得真切，丝毫不掩饰自己的情感；而我，却始终都在伪装。

寂寞时伪装自己很快乐。幸福时伪装自己很平静。

所以说，我比她更可笑，也更可怜。

冯仁命大，医生说，如果当时力道再大一点，他就可能成为植物人，现在只是脑震荡，不过一时半会儿上不了学了。

我去医院看了他，将他冷嘲热讽了一番。他却没生气，而是咬牙切齿地说等出院后一定要把张瑞泽大卸八块。

我根本没有心思理他的豪言壮语。因为我最在乎的工作丢了——妖妖竟然关门了。

强哥母亲突然脑血栓去世了，他要回老家陪父亲安享晚年。结算清我的工资后，他还多给了我一大箱白兰地。

我没有挽留，也没有拒绝，事实上，我的心很乱。

我得考虑新的生计来源，我觉得自己太他妈弱不禁风了。

抱着那箱酒离开，我不想直接回夜雨家，而是去了小工厂，把它放在大铁箱上面，撕开包装取出了一瓶，对着工厂里又黄又脏的墙壁说了句：“干杯！”然后拧开瓶盖，大口大口地灌着酒。

半瓶酒下肚，我开始唱歌，唱王菲的《我爱你》，一首歌被我唱得支离破碎，微微耳鸣的耳朵几乎听不懂自己在唱什么，只有断断续续的调调在小工厂里面不停地回荡。我边唱边喝，有时还手舞足蹈地跳上一段奇怪的舞蹈，一瓶酒很快就被我给消灭干净了。我摇摇晃晃地准备再拿一瓶酒，这时，我身边突然蹿出来一个人影，她站在我面前大声说：“请你把许黎让给我。”

我承认我醉了，居然出现了幻觉和幻听，还是一句“请你把许黎让给我”，我不是醉了是什么？

但当我伸出手在自己面前晃了晃后，我发觉这不是幻觉，眼前这个女生还在，并且更加坚定地说：“请你把许黎让给我！”

"那个呆瓜，"我打了个酒嗝说，"你喜欢拿去好了，问我做什么？"

"真的？"她很高兴，一下子握住我的手，掌心热热的温度让我瞬间清醒。我收回了被她握住的手，认真地说："假的。"

"什么？"她的眼神马上暗淡下去，这更让我想好好地逗一下她。我说："你是谁？凭什么让我把我男朋友让给你？"

"看来是真的，"她失落地说，"我是李莉莉，你不记得了？"

"我靠，"我懒懒地回答，"又是这句你不记得了，我上哪记住这么多人去？"但我的确觉得她很面熟，或许以前见过，只是我忘记了。

"你和你的朋友因为我曾被关在这里，是许黎救了我们，你不记得了？"她的声音很小，说话的时候身子还在发抖，好像害怕我会突然跳起来吃了她一样。

"哦，"我说，"我记起来了，你就是那个被人勒索不成，于是被五花大绑丢进来的女生。你看上许黎了？因为他那晚的英雄救美？"

她被我的几句话说红了脸，连忙摇着双手语无伦次地解释："不是你想的那样，就是觉得他很英雄，他还送我回家，还说我是个乖孩子，很关心我，还很……还很了不起。"

我眯起眼睛看着她那副害羞的可爱样，突然觉得她和许黎或许真的合得来，都那么啰嗦，那么喜欢说些不着边际的话，单纯到了让人发指的地步。

我从酒箱里拎出一瓶酒，豪气十足地说："你干了它，我就把许黎让给你。"我只是想吓唬吓唬她，想看看她惊慌失措的可爱样。谁知她竟当真了，接过那瓶酒，拧开盖仰头就喝，让我看得目瞪口呆。

我靠，我终于找到比我还厉害的人了。她竟然连眼睛都不眨一下就把一瓶酒统统灌了下去，并且在喝完后看着我，用无比坚定的口吻对我说："你可以把许黎让给我了吧！"

真是单纯到家的傻孩子，我一句玩笑话她都当真。她也不想想，许黎是个大男生，又不是物品，是我说给就能给的吗？

但是，看在她如此听话的分上，我决定也单纯一回。我信誓旦旦地拍着胸脯说："没问题，给你了！"说完我就咯咯地笑了。她仰着一张渐渐变红的脸感激地望了我一眼，然后直直地向后倒去，当我听到咚的一声时，她已经成"大"字状倒在了我面前的水泥地上。

我完全没有想过她会喝完那瓶酒，而且还会这样咚的一下倒在地上不省人事。我的酒彻底醒了，大脑飞速地运转，我是要送她去医院还是背她回家？要是去医院的话，我不能保证自己的钱够用，可如果不去医院，万一她是酒精中毒，出现意外怎么办？

正左右为难不知所措的时候，手机铃声又扰人地响了起来，我拿出来看，是许黎。我立即接了电话，没等他开口就用十万火急的口吻命令："你现在立刻马上赶来上次那个小工厂，晚了会出人命的。"

然后，我挂了电话，心神不宁地蹲在这个叫做李莉莉的女生身边，时不时地推推她，幻想着她会突然跳起来，做一个无比傻的动作，然后哈哈大笑说："你被我耍了！"

我后悔了。我情愿自己被她耍也不希望看到她有什么事，天地良心，我从未发自内心地想要去伤害别人，今晚这事我是无心的。

就在我越想越担心，想要打 110 报警的时候，许黎冲了进来。他气喘吁吁地说："出什么人命了？怎么这么大的酒味，你喝酒了？"接着他注意到在我身后躺着的李莉莉，傻了几秒钟才吐出一句："她怎么会在这里？"

"酒精中毒。"我可怜兮兮地望着许黎，以为他会把我大骂一顿。我早在接他电话时就做好了心理准备，即使被这个呆瓜骂一顿也比让她出事好。可他并没有骂我，而是把李莉莉托起来，背到自己背上，像是在说教又像是在自言自语："现在的女生呀，就会胡闹。"

"你不骂我？"我不可思议地看着许黎，一时间竟在怀疑，此刻在我面前的真的是那个又啰唆又傻的许黎吗？

"骂什么？"他疑惑，"不是要先送她去医院吗？"

"对对对，先去医院。"

我竟然被这点小事搞得心神不宁，难道是被刚才她直直地倒下时那响亮的落地声给吓到了？

上了出租车我不停地告诉自己这没什么大不了的，没什么好担心害怕的，大不了就是一条命，我赔给她，这样想着我就真不紧张了。

很快到了医院，医生急诊后，说是酒精中毒，得灌肠。

交完了相关费用，简易手术室里，我看着医生将一根导管从李莉莉的嘴里生生地塞了进去，然后李莉莉就开始痛苦地呕吐起来。

我的肠胃都搅拌在了一起，发誓今后再也不多喝酒了。

做完手术，我和许黎将李莉莉送回家。李莉莉的爸爸妈妈也没多问什么，冷冰冰地道了声谢，就关了门。估计他们对自己的女儿早就失去热情了吧！

看来不是有父母的就幸福。

走在大街上，我正思考着是立即回夜雨那里还是回老太婆那，许黎突然对我说："今晚，你住到我家吧！"

"啊！"我承认，我真的被他吓到了。

"你别乱想，我不会对你怎么样的。"他不停地解释。

哈哈，我还真不担心他会对我怎么样呢！我只是讶异他这种乖孩子竟然能够说出这样的话，于是我逗他："万一我想你对我怎样呢？"

"那也不能对你怎样。"他很认真地回答。

我立即偃旗息鼓，这个家伙，真的一点儿都不解风情。

"给我一个理由吧！"我已经做好了决定。

"我爸爸妈妈不在家。"

"干我屁事！"

"嗯，我家可以看星星，保证你在其他地方都没有见过。"他思考了很久，兴奋地对我说。

"这个理由不错。"我对他微笑，"我很心动，但今天不行，因为我得回去陪别人。"

看着他失落的表情，我情不自禁地笑了起来，安慰地补充道："放心吧！是个女孩，怪怪的，别乱想哦！"

说着，我在他脸上捏了两下，然后离开。

“小茴，你终于回来了，急死我了。”刚进家门，夜雨就围了上来，一脸焦急。

我的心一沉：“怎么了？”

“张瑞泽一会儿要来看我，你能不能借我件好看的衣服？”

天，他竟然找上门来了，这个家伙到底想干吗？

“怎么，不方便吗？”夜雨的表情一下子冷了起来，“不方便就算了。”

我赶紧恢复常态：“说什么呢你，随便挑就是了。”

“小茴你真好！”夜雨又一下子高兴起来，丝毫没有注意到我的不自然，然后兴高采烈地去我的行李箱里翻起了衣服。

看着她忽然像小孩子一样易变，我不知该说什么才好。我知道，这些都是她的本性，她或许就是这样一个天真的孩子吧！只是太多的不幸让她披上了冰冷的保护色。而在所谓友情和爱情的照射下，她的内心开始解冻，恢复本色。

可离开了保护的我们还能正常生活吗？

我竟然为她担心起来，一些不好的感觉在心底隐隐作痛。

傍晚，张瑞泽提着几棵大白菜来了，他一进屋就对夜雨说：“今天让你尝尝我做的白菜面。”他的眼睛连看都没看我一眼，仿佛根本就没意识到我的存在。

我得承认，他的演技很高很高，要远超于我。

因为此刻我分明有点儿不自然，愣在原地不知所措。

而夜雨则像个幸福的小女人一样从他手里接过白菜放到桌子上，傻笑着问：“外面冷吗？”

这句饱含着牵挂和担心的话被她轻易地问出，我的心没有缘由地泛起了涟漪，酸酸的感觉由心脏一直蔓延到每根神经，或许是那种名为嫉妒的情愫，可是我究竟在嫉妒什么呢？

她还是他？

张瑞泽用手抚摸着夜雨的脸，拉长声音说：“这两天老是下雪，我再这么跑两趟就成雪人了！”

夜雨被他逗笑了，用拳头轻轻地捶打他的肩膀说：“你讨厌！”矫情得要死。

这一切都被我看在眼里，心里翻江倒海。

张瑞泽又捏捏夜雨的鼻子说：“你快去买袋醋回来，要不我的面就没办法做了。”

夜雨调皮地敬了个礼，甜甜地说：“遵命。”接着就冲出了家门，连外套都没有穿。

我心里明白，张瑞泽这是使了调虎离山计，那天之后我就没有和他再见过面也没有再接听他任何一个电话，他现在的真正目的是和我单独谈一谈，或者还有别的什么。

果然不出所料，夜雨刚离开他就走到床边坐下，左手捏起我的头发在食指上绕圈，一边欣赏着我的警惕和愤怒，一边若无其事地说：“你为什么总是躲着我？”

我的心因为他的这个动作而被高高地拎起，但旋即就变成了厌恶。我狠狠地咒骂：“活该！”并将自己的头发从他手中扯回来，捋到脑后，高高盘起，用手腕上的头绳扎成了个髻，防止他再次做出这暧昧的、令我作呕的动作。

“张瑞泽，我是夜雨的朋友，无论你想干什么，有什么目的，都请你考虑一下夜雨的感受。”我尽量让自己看起来很平静，决定单刀直入。

“我没有什么目的，”他移开了那张自以为很帅的脸，“就想和了不起的钟小茴小姐玩个游戏而已。”

“我说过我是夜雨的朋友，难道你没听见吗？玩游戏这种事情，你还是另寻高人吧！”

他并不生气，还在笑，站在床边，双手抱胸，漫不经心地说：“你认为明天传出这样的一条消息会不会很有意思——钟小茴与她三中的好友夜雨争抢校草张瑞泽，心甘情愿做第三者，两人友情破裂。”

我近乎咬牙切齿地说：“你到底要做什么？”

他还没回答我，夜雨已经冲进屋来，大声问："你们在说什么呢？"一双大眼睛忽闪忽闪地望着我，里面充满了猜疑。

你说我这是何苦呢！

我决定离开。

夜雨当然不会挽留，爱情已经侵占了她的全部。

张瑞泽显然没想到我这么快就要走，当着夜雨的面又不好表现出来。但从他的眼神中，我知道，他一定不会就这样善罢甘休。

管他呢，我已经决定今生再也不答理此人了，绝不。

走出家门，我立即给许黎发短信：如果我现在想去你家看星星，还在有效期内吗？

只过了一秒钟的时间就收到他的回信：有效期一万年。

我开心地笑了，我喜欢这种感觉，安全，优越，或许我就应该选择这样的生活。

我的生活注定和张瑞泽无关。

5

我很快来到许黎家。我们相视一笑。

他牵着我穿过了有大大水晶吊灯的客厅，通过旋转的木质楼梯上了二楼，又拐了几个弯爬了一段小楼梯，别墅的阁楼就出现在了我眼前。

正如许黎所说，在这里看星空真是一种享受。大大的玻璃屋顶比起我曾住的那个房间不知道要方便多少倍，深冬的星空显得更加浩瀚无垠。我注视着它们，看它们忽明忽灭，被深埋在心底的痛苦折磨得泪流满面。

许黎被我的表情吓到了，一边给我纸巾一边安慰："小茴，你没事吧？"

“没事。”我擦干泪水，“你能出去吗？我想一个人待会儿。”

许黎还想说什么，却听话地离开了：“我就在外面，有什么事情你叫我哦！”

“谢谢！”我点头。等他关上门后，我就直直地躺在冰凉的地板上，胳膊交叉枕在脑袋下面，一颗一颗数起了星星。我突然又想起了妖妖木质舞台的吱呀声，想起了小时候老太婆总是把电视开得很大声，想起了光着脚丫在房间里走来走去的冰凉触感，想起了夜雨温热的呼吸停留在自己颈部的燃烧感……而此时此刻，我的耳朵又开始耳鸣，它们越来越猖狂，好像要把我吞噬，就好像我的大脑里被放置了定时炸弹，不停地滴滴滴地叫唤着，然后突然间爆炸，把我炸得粉身碎骨。

手机突然振动，在地板上发出了很大的声响，屏幕的光也将我身边的小范围照亮。我将手机拿起来，亮光刺得我的眼睛有些微痛，短信是张瑞泽发来的。看了短信后，我顿时浑身僵硬，他在短信上说：要不想让夜雨受伤的话，就不要再逃避我。

我想回信息，编了好几次，都写不下去，最后还是决定给他打电话。

令我气愤的是，张瑞泽居然挂断我的电话，并在我还没来得及再次给他打过去时又发来短信：这么晚打电话也不怕打扰到我和夜雨吗？

不用想我也能猜出他此刻是怎样的龌龊。我恨得浑身发抖，立即发短信问他：你到底想干什么！为了表达出我目前极其愤怒的心情还特别在那句“你想干什么”后面加了不少于十个感叹号。

可是他再也没回短信，于是我再次给他打电话。电话通了，不过没有人接，直到手机里传出好听的女声：“对不起，您拨打的电话暂时无人接听，请稍候再拨。”

我的思绪又要开始往外伸展了，脑子里却不停地回响起张瑞泽那句温柔无比的话——“今天让你尝尝我做的白菜面”，还幻想，现在他们会不会正在一起下面条，然后一起在这样寒冷的严冬吃着热乎乎的面条，隔着碗里薄薄的蒸汽深情地凝望彼此。

我深吸几口气把手机放回衣兜里，苦笑着摇摇头，我该怎么做呢？

冲回去把短信给夜雨看还是当面和张瑞泽对峙？无论怎么做都对我没有好处，反而还会伤害到夜雨或让自己难堪，而此刻最好的办法就是忘掉它们。

我告诉自己，什么都不要管，你还没有高尚到要去为了别人付出自己的尊严的地步。

手机的灯光不一会儿就熄灭了，四周再次变成漆黑一片，耳鸣又开始了，我却觉得前所未有的累。把手搭在肚子上，歪着头强迫自己睡去，我在心里反复对自己说：睡吧！睡吧！

然后，我就真的睡着了。

或许是地板又硬又冷，或许是没有夜雨的体温，我在半夜醒来。发现外面开始下雪，我有些不可思议地望着头顶的玻璃，细碎的雪花好像是迎面而来的一般，真实得让我总有种雪花落在脸上的错觉。

这是今年的第一场雪，姗姗来迟。

雪越来越大，很快玻璃屋顶上便积了厚厚的一层。我的视线也变得一片模糊，渐渐分不清黑色和白色的交界了。这让我想起很早之前看过的一部韩剧。那是一部名叫《我的女孩》的爱情喜剧，里面的女主角不知道自己生日的确切日期，只知道出生那天下着大雪，于是便把下雪天定为自己的生日，每当下雪时就为自己庆祝生日。

那么我的生日又是哪一天哪一个季节哪一种自然现象呢？

是否从未过过生日的我也可以随便把哪一天定为自己的生日？

这突然冒出来的念头让我有种窒息的感觉。我那些从不曾提起的童年，是我恨她的全部理由，那些事情一件一件地连接起来，让我一步一步地成长为孤独的钟小茴：我表里不一，我冷言冷语，我傲慢无礼，我自我隔离……而让我变成这样的过程，那不堪回首的小时候，我把它们全部变成一个个小纸片，装订好放进心里的最深处，不去触碰，不去回忆，并试图彻底忘却。

但在这样冰冷难眠的夜，我再次想起它们。无路可逃。

我昏昏沉沉地睡了一整夜，直到第二天早上我被手机短信惊醒，上面的内容让我触目惊心：夜雨受伤了，在医院。

我立即奔了出去，来不及向许黎告别。

在医院的门诊室我看到了夜雨。她手上缠着绷带坐在蓝色塑料椅子上，张瑞泽在她旁边，搂着她低声跟她说话。看见我，他站了起来，对夜雨说："小茴来看你了。"

夜雨抬起头，眼睛红红的，应该哭了好久。她一看见我又开始抽泣，肩膀一颤一颤的，我皱着眉头走到她身边，蹲下身替她抹去泪水问："怎么回事？"

身边的张瑞泽边拍着她的肩膀边对我说："都怪我不好，今早煮面时我不小心将开水倒到了夜雨的手上。"

他的语气很矫情，表情却一点儿痛苦都没有，甚至，我从他的口气中还听出了一点其他味道，得意和警告。

我想起昨晚的短信，恍然大悟。

"不怪你。"夜雨用另外一只好手轻轻抚摸着张瑞泽的手，"你也是为我好，要做饭给我吃，都怪我太笨了。"

怎么可以这样？一个心狠手辣，一个白痴愚蠢。

只是我却不能点破，因为我知道，我说什么夜雨都不会相信，反而会造成我和她的矛盾。此刻的她，已经是名副其实的爱情奴隶。

我长吸了一口气，将愤怒的心情暂时压制住，"没事就好，那我先走了。"

"小茴……"夜雨在身后叫我。

我却没回头，匆匆离开门诊，我真是讨厌死了这个地方。

"夜雨的伤只是一个小小的警告。"刚走到医院门口，身后就传来张瑞泽阴阳怪气的声音，"钟小茴，你最好不要再违抗我的意志，不然还会有更精彩的事发生。"

"你知不知道你这样很无耻？"我表情憎恶，狠狠地瞪了他一眼，然后继续往外走。

“那不重要。”他丝毫不介意我的厌恶，继续紧跟在我身边，“只要我想得到的东西就能得到。”

“你到底想得到什么？”我干脆停下来，用无奈的眼神看着他，我承认，我真的是服了这个人了。

“你想知道吗？”他露出得意的表情，“那就跟我走。”说完他快步往前走去。

我愣在原地，考虑了一会儿，然后跟了上去。

我决定不再逃避，因为这个人根本无法逃避。我要勇敢面对，有些事情，我必须弄明白。

就是现在。

一路无言，张瑞泽径直将我带到医院附近的成喜小区。

小区里有个活动中心，六七个小朋友正在那儿玩跳皮筋。虽然地上还有积雪，微微融化后显得有点儿泥泞，但这丝毫不影响他们的心情，依然跳得不亦乐乎。

张瑞泽径直走到那群小朋友中间，温柔地问：“你们可不可以带我们一起玩啊？”

小朋友们很天真地嘲笑说：“大哥哥，你都这么大了还玩跳皮筋，好丢脸呀！”

张瑞泽并不生气，笑嘻嘻地说：“是那个大姐姐想玩，你们就带她一个吧！”他说着将手指向我，随即对我温柔地一笑。

我跑过去一把推开张瑞泽说：“你他妈的神经病呀！我什么时候说要玩了？”

“你刚才不是说想玩吗？”张瑞泽被我推得差点摔倒，但还是乐呵呵地说，“怎么可以当着小朋友的面撒谎呢？而且，你这样随便说脏话会带坏小朋友的哦！”

“我爱怎么骂就怎么骂！”我高高地仰起头，不可一世地说。

“呵呵，”他对小朋友们笑着说，“不好意思啊！我女朋友脾气不好。”

小朋友们立即起哄："哥哥好笨，连自己的女朋友都管不了，好笨，好笨！"说着他们还拍起手来，像在唱歌一样说着"好笨"。

我的肺都快被气炸了，可张瑞泽还是无所谓地笑着，边笑边对我招手："亲爱的，快过来一起跳皮筋。"

我真恨不得把他的舌头割下来，看他还怎么乱说话！

就在我想要反驳并狠狠地痛斥他的时候，他已经一把将我拉了过去，非常孩子气地说："快点准备好，学着他们的动作。"

我不屑地甩开他的手，嘲讽地说："你还能再弱智点吗？"

他用他最擅长的挑衅口吻说："如果你连这么弱智的东西都学不会，那你岂不是更加弱智？"

那群小毛孩听到他的话又哈哈地笑起来。

我看着他咬牙切齿地说："跳就跳，我还怕你不成！"可我刚说完便明白自己中了他的激将法。他一直在用各种方法来控制我按他设定好的计划行事，一步一步地，慢慢带我走向他的目的地。

"卑鄙无耻！龌龊下流！"我边跳边说。

"你最好专心跳，"他说，"要是你跳错了就要蹲下来学兔子围着我们跳一圈。"他的话马上引起了小朋友们的热烈回应，他们很大声地说："好！"

我晕。

为了避免让他有机会再次羞辱我，我乖乖地闭上嘴跟他们跳。可是，没一会儿工夫，我竟然觉得越跳越有意思，有种时光倒流的错觉，忽然感觉自己回到了八岁时的光景。

那时我躲在墙角看同学们聚在一起跳皮筋，当时他们脸上的笑容让我既羡慕又憧憬。我想过去加入他们，可理智告诉我，就算我过去，他们也不会和我一起玩，我还会因此丢掉我的高傲和自尊。所以，我自始至终都躲在角落里观摩，就像放风筝一样，从一开始的羡慕到后来的不屑一顾，那些和童年有关的游戏都不曾陪伴过我，我一直孤身一人，高傲地漠视着所有人。

我从来都不曾料想，这看似幼稚简单的游戏居然这样烦琐。当我第四次踩到皮筋时，和我一家的那个小个子女孩终于开始发牢骚："大姐姐你太笨了，比大哥哥还笨，你小时候肯定没有人愿意和你一起玩。"

我的脑子里轰的一下炸开，这句话像一根藏在内衣里的头发，不停地扎着我的皮肤，无比疼痛却找不到它隐匿的地方。

"是啊！"我脸色惨白地说，"的确没有人愿意和我玩。"或许是我的真情"演出"到了一定的境界，说话的小女孩竟拽着我的胳膊说："姐姐，对不起。"我低头看她，她那清澈的眸子里充满了歉意。

多少次我在梦中曾幻想过，她陪在我身边，像个普通的母亲一样陪在我身边，即使会发生争吵，即使会闹矛盾，可我仍可以用这样清澈的眼睛望着她与她讨论人生，讨论梦想，讨论未来，讨论下一秒何去何从。只可惜，我从来不曾拥有过，不管是在她身边的日子还是这样的眼神，我从来都不曾拥有过，就像那些童年的欢乐。

"有什么好对不起的，"我揉了下发酸的鼻子说，"你又没有说错什么。"我十分可耻地想，如果我在他们面前做一个温柔的姐姐，那我会不会能从他们身上找回我丢失的童年呢？

我从来没有像现在这一刻，想要找回我丢失的纯真和快乐，找回那些原本属于童年的东西。

"你们继续玩，"张瑞泽从身后拥住我的肩膀，"我要带女朋友去逛街了，不然她会不高兴的，下次再来和你们一起玩，好不好？"

孩子们很吃他这一套，而我也没有推开他，任由他搂着我对他们说："下次请你们吃棒棒糖。"他的话再次得到大家的热烈欢迎，几乎每个孩子都开心地问："大哥哥，你什么时候再来？"他很会推卸责任，伸手指指我说："那要看我女朋友了。"

孩子们的视线又聚集在我身上。一双双充满期盼的眼睛望着我，让我突然感到炙热，我红着脸不好意思地笑笑，温柔地对他们说："周末好吗？"

他们异口同声乖巧地大声说："好。"

张瑞泽拥着我离开了活动场，刚离开孩子们的视线，我就推开了他，冷冷地说："你现在该给我解释一下你一开始说的话的意思了吧？"

"不急，我现在想知道对我如此冷淡和暴力的钟小茴为什么刚才会那样温柔地说话。"他点了一支烟，津津有味地吸起来。

我皱着眉头忍受着被风吹得扑面而来的烟味，还是很冷淡地说："这和你无关。"

他优雅地弹掉有些长的烟灰："既然是我带你来的，你就必须告诉我，这一点我想我无须对你过多解释。"

"哼，"我不屑地看他抽着那根只剩下烟蒂的烟，"那要看我有没有那个心情了。"

他丢掉了烟蒂，轻轻地踩了一下，接着一字一句地说："如果你不听话，报复可是会出现在夜雨身上的，今天早上的事只是一个小警告，警告你以后要乖乖地听我的话。"

我愣愣地看着地上被他踩扁的烟蒂，一时间竟不知道该说什么。他居然用这样的招数来对付我，他了解就算我和夜雨不是朋友，我也会被他这个威胁所控制。我讨厌欠别人的，更不可能让自己欠夜雨的。

"你到底想怎样？"我抬头直视着他那与我只有几厘米之隔的眼睛，并固执地一直直视，直到他说话为止。

他移开他的眼神，一只手又放回兜里，看着远处，眼神没有焦距地说："你只要为我办一件事情就可以了。"

我咬紧嘴唇，生着闷气说："好，但你不能再伤害夜雨了。"

他似笑非笑地拍了一下我的头，却不表态。我气愤地对他吼："你听见没有，我让你以后不许再伤害夜雨！"

他突然很夸张地笑起来，捂住肚子的手臂剧烈地颤动。

我平静地看着他笑，直到他笑够了，止住笑后，我才镇定地说："你发誓你不会再伤害夜雨，我就答应听你的。"

谁知他根本不接我的话："为什么你总是对我凶巴巴的呢？"说完，他又点燃了一支烟。

“因为你欠骂。”我很平静地说。我不停地跟自己说只有平静才不会上当，我的生气和愤怒只会让他更加得意，我要保持冷静，以不变应万变。

“呵呵，”他抽着烟说，“是是……老婆说我欠骂，我就欠骂。”他拿着烟的手指还在我脸上慢慢地划过，手指的温度和浓烈的烟草味留在我的脸上，挥之不去。

我真的再次想宰了他，最好是把他大卸八块，凌迟处死。但最可耻的是，有那么一瞬间，我居然有了希望他的手指继续留在我脸上的念头。这个想法彻底激怒了我，我近乎发狂，恨不得退后几步，狠狠地扇自己几巴掌，然后镇定地告诉自己：他是个卑鄙小人，你在乱发什么情？真他妈的没出息！

“请你不要绕开话题，”我还残留的一丁点理智帮我保持了冷静，“直接回答我的问题。”风不知何时大了起来，头发被风吹得十分凌乱，打在脸上有些麻麻的阵痛。他的刘海被风吹得左右摆动，烟味也被风带得很远，或许是吸烟的缘故，他在开口时声音很哑。他说：“见到那样单纯的孩子们，你会不会想要重新过一次自己的童年呢？”

我脑袋又被轰的一下炸开，但我仍强作镇定地说：“我从来不曾后悔过什么，更不会想要重新来过，那都是懦弱的人思考的事情。”我不明白自己这样说的理由，或许是为了我那不可一世的自尊，或许是为了掩饰自己强烈的不安，或许是……我也不清楚的理由，不清楚的欲望。它一直控制着我，使我不断地对周围的人说谎，并将自己伪装起来，远离人群。

可张瑞泽并不想从我这里得到答案，他怅然若失地望着灰压压的天空，用上次在海边的那种语气说：“我很想重新过一次童年，如果那样我一定不会让自己那么孤单。我会交好多好多的朋友，一起做游戏，不会只为了想要得到大人们的关注和赞许而努力学习，错过那段最单纯美好的时光。等我觉悟的时候，一切都回不去了，而我一直以来所做的那些为了吸引别人的目光而付出的努力，原来是那样的渺小，还比不过一张帅气的脸庞，比不上你的一个微笑，很可悲，不是吗？”

又是在向我倾诉心事吗？那为什么每次都要先挑衅一番才开始呢？是像以前夜雨说的那样，只有伤害了才敢放心地相信吗？

他没等我说话，继续说：“你知道征服的意义是什么吗？”

他忧郁地看着我，我心里一颤，鬼使神差地摇了摇头。看到我有了回应，他很欣慰地笑了，不得不承认他的那个笑容让我有些沉醉。

他就一直挂着那个迷人的笑容说：“旅行的意义是为了找到一个只属于自己的唯一，而征服的意义就是确定自己是别人的唯一。关于这两者的区别，如果不能分清楚，那你会一直浪费宝贵的时间，因为你根本不知道自己想要的是什么。”

我的思绪似乎被他完全牵制了，茫然地问他：“那你想要什么呢？”

听到我提问了这个问题后，他的眼神一下子亮了起来，又恢复了那玩世不恭的笑容，坚定地说：“我要成为别人眼中的唯一。所以，我注定要不停地征服，来确定自己的存在感。”

“那夜雨也是你要征服的对象吗？”我的神经一下子紧绷起来了，我害怕他会坏笑着回答我：“是的。”如果那样我该怎么劝阻和安慰夜雨呢？

他没有回答我这个问题，又轻巧地绕了过去，他说：“钟小茴，你才是我一直想征服的对象。你说，我该拿你怎么办才好？”

我该拿你怎么办才好？

“那夜雨算什么？”我又把话题绕了回去。

可他再次绕开了我的问题，继续他的话题：“究竟怎样才能俘获你的心？”

“张瑞泽，我不明白我们为什么总是以这种模式来对话和相处，我想和平共处也不会对对方有任何影响，我们何乐而不为呢？”我好脾气地跟他探讨，虽然我有不可一世的自尊，但在不出卖自己自尊的情况下，我可以考虑放下架子，放软语气，当然这是为了达到我的目的。

“因为我欠骂。”他用我说他的话把我堵得无话可说，“美女，经常生气可是会长皱纹的。”

"不需要你操心。"我冷冷地说。

"不操心。我就是想知道小茴今天玩得开不开心。"说完他又点燃一支烟，凑到我面前，将一口烟全部吐在我脸上。

我没忍住，咳嗽出了声。然后他开始大笑，一面笑一面继续抽烟。

"很不开心，所以我要走了！"我止住咳嗽，眼睛看向别的地方，有些心虚。

"你撒谎。"他分明看透了我的心，"你骗不了我的。"

我低下了头，我不能让他看到我的眼睛。

只是脸很快被他的手抬了起来，接着嘴唇突然变得温暖且潮湿。

我瞪大眼睛傻在原地，木头般地任他亲吻着。反应过来时我用力推开他，并突然扬起手，用尽全力抽了他一耳光。

"张瑞泽，你浑蛋，你这样对得起夜雨吗？"

"这和别人无关。"

"可是我做不到。她是我唯一的朋友。"我莫名其妙地落了泪，"我们不可以，真的不可以。"说完我拼尽全力跑开了。

张瑞泽没有追上来，放任我没有方向地奔跑。

我的眼前更加模糊，我要去哪里？我不知道。我到底要什么？我不知道。

我什么都不知道了。

6

日子不紧不慢地过着，生活似乎又回到了原点。

很快放了寒假，于是我变得更加无聊。夜雨整天都忙着打工，空下来就和张瑞泽在一起，我连见她一面都不容易，更不要说像以往那样促

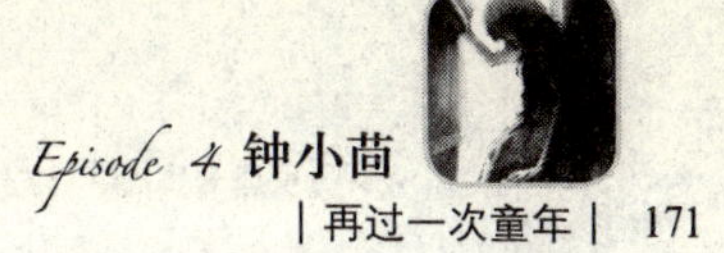

膝长谈了。

我倒没什么太多想法，看着夜雨一天比一天高兴，我也觉得挺开心。

这天我窝在夜雨的小床上津津有味地看着舒仪的《曾有一个人，爱我如生命》，正哭得稀里哗啦之际，手机突然振动起来，是许黎的短信：小茴，我可以请你出去玩吗？

真是可爱的家伙，居然对我还用“请”字，看在他如此尊重我的分上，我就勉为其难地答应了。其实，我真的是无聊透顶了，不然我怎么会连这种感伤的书都看得乐此不疲呢？

迅速地收拾了一下自己，我在镜子面前照了照又转了个圈才出门。外面风很大，将我好不容易才绾起来的发髻吹得有些乱，碎头发散下来扫在脸上，痒痒的感觉让我想起了张瑞泽的那个吻。

它很潮湿也很柔软更撩人心弦，但我丝毫不能为之所动，因为我钟小茴不会轻易地被这样的男人征服，更不可能做出抢好朋友的男朋友这样过分的事情。

十分钟后，我在公交车站等到了坐着出租车风尘仆仆赶来的许黎。他红着脸对我微笑：“我来晚了，对不起。”

“是挺晚，”我抬起手腕装作看表似的拽了拽袖子，“那你要补偿我一顿午饭，最好还附带一顿冰激凌大餐。”

“午饭没问题，但是冬天吃冰激凌对胃不好，换一个怎么样？”他目光真诚地看着我征求我的意见。

“我不管，我就要吃冰激凌。”不知道为什么，在许黎面前，我突然很想蛮不讲理——虽然我平时就很蛮不讲理，但现在的蛮不讲理和以前是不一样的。我是说，蛮不讲理的背后仿佛还有点儿撒娇的意思。

话一出口，我就发现周围的人都满眼笑意地看着我和许黎，而许黎也突然变得十分局促，我这才意识到许黎害羞了。

“切。”我撇嘴，然后大步流星地往前走。说实话，我也不清楚自己对许黎是怎样一种感觉，只觉得在他身边很开心，因为他是这个世界上唯一对我不会有任何城府、不会暗中算计我的人。

许黎跑了两步和我并肩，他一边跟着我的步伐走一边兴奋地说："小茴，咱们去游乐场好不好？"

他的话还没落音就被脚下的井盖绊了一下，一个踉跄差点摔倒。我停下来，看到他红着脸拍拍裤子并窘迫地扫了我一眼的样子，就情不自禁地想起了张瑞泽。

和他在一起从来都是他在主导，什么都是跟着他走顺着他的心意；而许黎，是个只会顺从我的心意的小男生，那么我在张瑞泽面前也会像许黎在我面前这样狼狈吗？

答案无从得知，我也不想得知，我笑着走过去拉起许黎的手："好的，今天就听许黎大才子的安排，我们去游乐园玩，然后吃午饭，不吃伤胃的冰激凌。"

许黎愣了一下，拉着我到路边拦了一辆出租车，并打开车门让我先上车，然后关上车门自己坐到副驾驶的位置上，对司机说："请送我们去游乐场。"

哦，真是懂礼貌的家伙，知道给美女开车门，还知道自己坐到副驾驶的位置上去，最最最难得的是，他居然会对出租车司机说"请"。这样尊重每一个人的孩子，恐怕全世界只剩他一个了吧？

我们到游乐场的时候，许黎付了钱先我一步下了车，飞快地帮我把车门打开。我按捺住心底想要翻滚的得意，面带微笑地下了车。我一向最讨厌献殷勤的男生，但这一切在许黎面前就全部变成了理所当然，没有做作，没有目的，只是单纯地对我礼貌和尊重。这样的感觉让我犹如吃了蜜一样，我从小到大都没有过这样的感觉，更没有人怀着这样单纯的心理对我好过。

所以，我竟有一小点想要哭的冲动。

但是我控制住了自己的情绪，我对许黎微笑，和他肩并肩地去买票，然后像一对普通的情侣一样看起来无比亲昵地走进了游乐场。

这一刻，我也不是没有想过，如果我选择了身旁的许黎，那么自己的生活就会远离那些复杂，变得干净透明起来。我也不用在夜雨和张瑞泽之间左右为难了。

但我了解，许黎只是我偶尔能依靠的一座山，并不是我的归宿，毕竟心动这种感觉从来就没有在我们之间存在过。

“小茴，我们先玩什么？”他指着手里的票望着我，“你喜欢刺激的还是浪漫的，还是说你想先去吃棉花糖买纪念物？”

“嗯……让我好好考虑考虑，”我装作深思，心里却反复提醒自己把刚才的想法忘记，好好地度过这原本应该是快乐的一天。于是我把胳膊一伸，指着在所有设施里面最高的摩天轮说：“我要去坐那个，边吃冰激凌和棉花糖边坐。”

说完，我想起来自己说好不吃冰激凌的，便又补上一句：“啊，不吃冰激凌了，吃棉花糖吧！咱们边吃棉花糖边坐摩天轮好不好？”

“好，”他把手里的票给我，转身跑去买棉花糖，“等我一会儿。”

我拿着票左顾右盼，游乐场有很多小孩子，多半是父母陪着一起来的。他们个个脸上都露出满足的笑容，手里拿着好吃又好看的零食。

看见他们，我不自觉地想起以前，小时候自己总是一个人坐在路边看别的孩子和父母一起逛超市买好吃的东西，有时会因此而难受得不想吃饭。

“小茴，你怎么来了？”我还沉浸在过去一些琐碎的回忆中，一个熟悉的声音搅乱了我的思绪。

我回过头看去，是夜雨。

她正穿着加菲猫的卡通衣服，手里拿着一大摞宣传单，脸上有惊喜，但更多的是疲惫和尴尬。

“你怎么会在这里？”这次惊讶的人变成了我。

她嘿嘿地笑着，拍了拍自己手中的加菲猫笑脸说：“我来打工，除了给小孩子做家教以外我又找了这份工作，因为我想在年后买一部手机，不然联系泽很不方便。”

她笑得很傻却十分好看，原来为了爱情而努力真会让人变得焕然一新。但看着她日渐消瘦的脸，我还是忍不住心疼：“不要太累了，你看你都瘦成什么样了。”

“我就知道小茴最关心我了。”她裹着她那肥肥的加菲猫衣服扑上来抱我，我吓了一跳，但心底像有什么东西化掉了，印出了浅浅的印记。

“你们在干什么？”许黎买棉花糖回来，看见我和一个大加菲猫抱在一起，惊得舌头都有些打结了。可还没等我说什么，夜雨就蹦到我前面打量着许黎，然后用很八婆的口吻说：“我是小茴的好朋友夜雨，你就是小茴的男朋友吧？那你们好好约会，我要去打工了，拜拜！”

“喂。”我本想叫住她，可她拖着肥肥的加菲猫外套跑得比兔子都快，我无奈地对许黎翻个白眼，无奈地说：“她就是这样，你别被吓到了。”

“不会，”他把一团粉色棉花糖递给我，“给你的棉花糖。”

“我们去坐摩天轮，”我一边吃棉花糖一边往前走，“很早就从电视上看见过，但从来没有尝试过坐在里面是怎样一种感觉，好兴奋哦！”

“只要小茴开心就好。”他语气诚恳，笑容温柔，让我有些内疚。

如果没有夜雨没有张瑞泽，我应该就不会和他出来玩了。他只不过是我用来忘掉烦恼的开心果，可他对我的利用毫无察觉，并以我的快乐作为他开心的动力。

你说这样的好人怎么会让我遇上呢？

利用这样一个善良的好孩子来改善自己的心情，我真是该千刀万剐。

我们在摩天轮下面排队，队伍走得很慢。我们等了将近二十分钟，终于将要轮到我们。

我兴奋地将手机从包里翻出来，想要在上摩天轮的时候照相。就在这时，张瑞泽突然走了过来，他很有礼貌地对许黎说：“不好意思，你能帮我一个忙吗？”

许黎全然没有看见我阴沉着脸瞪着张瑞泽，还好脾气地问他：“请问有什么我能帮上忙的吗？”

“我女朋友生气了，她穿着加菲猫的卡通服在发宣传单，你能帮我把这个给她吗？”张瑞泽从衣兜里掏出一张字条递给许黎。

许黎接过字条，突然想起了加菲猫是谁，对我说：“小茴，那个加菲猫不就是你的好朋友吗？”说完他又指了指张瑞泽，问我：“他是你好朋友的男朋友？”

“是的。”我说。我真搞不明白张瑞泽又想干什么，但在这里我又不能拆穿他，只能顺着他的意思演下去，更何况，夜雨本来就是他女朋友，这一点我并没有说谎。

张瑞泽拍着许黎的肩膀，一字一顿地说：“拜托了，她就在过山车那边。”

许黎认为张瑞泽是在信任他，他重重地点点头，对我说：“小茴，你等我一会儿。”然后就往过山车的方向跑去。

他刚离开，张瑞泽就忍不住捧腹大笑。他边笑边上气不接下气地说：“这么白痴的男人你也会要，钟小茴，你是不是高度近视啊？”

“你想怎样？”我极度不悦。

“不想怎样，”他似笑非笑地揽过我的腰，把我手里的票夺了过去交到检票员手里，“我就是想和我最漂亮的老婆一起坐摩天轮。”

这个卑鄙的小人，原来他早就知道我在这里。他早不出来晚不出来就是为了等待时机，好在打发走许黎之后立马和我坐上摩天轮，这样就算许黎找回来也找不到我了。

他揽着浑身僵硬的我上了摩天轮，然后搓着手说：“好在天气不是很冷，不然要冻死我了。我在旁边等得很辛苦呢！这样你都不领情，我真的很伤心！”

我瞪着他不说话，说实在的，我对着眼前这张笑得很得意的脸并不生气，只是在心里悄悄打着小鼓。我害怕我和他之间会发生什么，又或者说，我正在期待着我和他会在这狭小的空间里发生什么。

“怎么，我亲爱的老婆因为可以和我一起坐摩天轮而乐傻了？”在摩天轮开始升空的时候，他把手放到我眼前晃了晃，弯起来的眼睛泛着点点邪光。

“这样夜雨会很伤心的。”我又提起了夜雨，不可否认，我又一次有私心地想要从张瑞泽嘴里听到有关他对夜雨的感情。我也不清楚自已到底想确认什么，但就是想要这样说这样做。

“妈的，”他皱起眉头，“你能不能不要一和我在一起就谈论夜雨，我现在和她在一起不过是为了有机会接近你。钟小茴，我如此爱你，难道你还感觉不到吗？”

我好像被冻住了，身体动不了，视线也移不开。在我眼中，张瑞泽皱着眉头，嘴角倔犟地扯出一个下滑的弧度，眼睛看着远处，脸上有着淡淡的红晕。

这句话把我们的气氛搞得很怪，我轻声咳嗽了几声，有点结巴地说：“我不想让夜雨受伤，许黎才是我喜欢的男生。他是我的男朋友，能给我依靠，能让我依赖，所以，我和你之间是不可能的。”

他把视线移到我脸上，忧伤地说：“如果没有夜雨，我们之间是不是就能简单很多？”

我心乱如麻，把脸别过去贴在玻璃上看下面那些犹如蚂蚁般的人影。

记得以前有个传说，如果情侣在摩天轮到达最高点的时候亲吻，就会得到天使的祝福。

现在我和张瑞泽坐在这个格子里，到达了最高点，我们却各看一方，各怀心事，这就意味着我们本来就不是一个世界的人，也不可能顺利地相爱。

我们，注定是两个毫不相干的剪影，各自过着各自混沌的生活，彼此不扰。

7

从摩天轮下来后，我一眼便看见了夜雨和许黎。

他们两个人站在摩天轮下，他们的表情告诉我他们各有所思。但最重要的是，夜雨此时正眯起眼睛看着我，她边看我边走到张瑞泽身边，板着脸问："你们怎么会一起从摩天轮上下来？"

"因为排到小茴了，检票员非让我们上去，没办法我们就上去了。要怪就怪你生我的气好了，你要是不生我的气不就没有这些事了？小茴也不会因为我约不成会。"张瑞泽很聪明地把问题绕到夜雨身上，让夜雨认为是自己错了，和我没关系。

"那我错了嘛！"夜雨撅着嘴，来回晃着张瑞泽的胳膊，把我和许黎晾在一边。

"我们先走了，"我仰起笑脸，"夜雨你要注意身体，不要太累，我要继续我的浪漫约会去了。"说完我拉着许黎快步离开了摩天轮下面，往游乐场大门走去。

"小茴，我们不玩了吗？"许黎在我身后问。

"不了，"我停下脚步，对他抱歉地笑笑，"我现在突然感觉很饿，咱们去吃东西吧！"

"好。"许黎很爽快也很乐意，没有看出我心里的兵荒马乱。

对我来说，张瑞泽就像是一株罂粟花，迅速地进入我的世界，强行开满了我的心田，容不得我反抗就吸引了我全部的目光。即便我很肯定地告诉自己不喜欢他，不能喜欢他，不要喜欢他，可这样的自我暗示到底能撑到什么时候我自己也无法确定。

过马路的时候，在我们前面走着一对母女。小女孩的气球突然被一阵风吹跑了，飘到马路中间，小女孩顾不上看车就往马路中间跑去，被妈妈一把拽了回来。小女孩哭着说："那是爸爸买给我的，爸爸买给我的第一只气球，你给我捡回来，我要气球。"

我看着小女孩因为哭喊而变红的脸觉得十分悲伤，或许她的家庭也并不完美，所以一个小小的气球就会让她这样难过。

我看着她，鬼使神差地冲到了马路中间去捡气球。这时一辆飞速行驶的汽车冲出十字路口，向我驶来。我被吓坏了，一动也不能动。许黎大声叫着我的名字让我躲开，但我怎么也挪不动我的腿。许黎焦急地跑过来拽住我的胳膊将我强行拉了起来，往前一甩，汽车就从我们身后呼啸而过了，只差那么一点点就要撞上。

我们两人摔倒在马路边，我的脚踝磕到了马路沿上，咯噔一下，疼得我差点昏过去。我第一次知道，原来许黎的力气这么大，足以把我拽起来并扔出去。

但我忍住疼，拿着气球走过马路，把拴着气球的绳子交到小女孩手里，我拍着她的头说："爸爸留下的回忆一定是最好的回忆，你要健康地长大，快快乐乐的。"

我想我一定是被之前张瑞泽那一番找回童年的狗屁言论给感染了，不然我这是犯哪门子神经，居然为了一个和我毫不相干的小女孩差点送了命。但当我抬起头看见小女孩的妈妈向我投来感激的眼神的时候，我的心里暖暖的，嘴角也不自觉地漾出一抹微笑。

"姐姐，谢谢你！"小女孩的声音很甜，"姐姐真好，我一定会每天都很开心的。"

"要乖哦！"我拍了她的脑袋上的毛线帽子一下，毛茸茸的很温暖。

"姐姐，再见！"小女孩对我招手，嘴角的酒窝看起来很可爱。

我也笑着向她招手，目送她牵着妈妈的手走远，然后转身对早就走到我身后的许黎苦着脸说："我的脚伤到了，可能走不了路了。"

"没事吧？"他紧张地蹲下身，想把我的靴子脱下来一看究竟，"很严重吗？用不用去医院？"

我翻着白眼艰难地把腿往后挪了一下，不冷不热地说："你现在看什么啊？你又不是医生，再说现在让我脱掉靴子你要冻死我啊！"

"对对对，你看我笨的。"他转身在我面前蹲下，示意我爬到他背上去，"这一段路很难打到车，更何况积雪这么多，出租车很少来这里。你先上来我背你走一段，等看见出租车你再下来。"

我犹豫了一小下，然后爬到他的背上。他显然从来没有背过人，在我上去的那一瞬间他差点摔倒。但他很快便稳住自己，背着我站起来，一步一步往前走，走得很平稳也很小心。

许黎的外套是卡其色的，有股透明皂的味道，这味道像是镇静剂，让我本来躁动的心安稳下来，并趴在他背上哼起歌来。我发现许黎的脑袋上有两个旋，老人们都喜欢说，有两个旋的孩子聪明，看来这话一点没错，许黎就是一个活生生的例子，他聪明到了让很多人嫉妒的地步。

只可惜，这个可怜的孩子一遇上我就会变得迟钝和慌张，还要忍受我时不时的坏脾气和突发状况。那句话怎么说的来着，英雄难过美人关，看来就算是一个单纯美好的聪明孩子，也难逃爱情这场劫难。

我的脚在医生的左检查右观察之后，终于被下了结论——扭伤。

于是许黎又给我开药又帮我买饭，忙活了一下午，在将近四点的时候才把我送回了夜雨的小屋。当他背着我走进小屋时，夜雨愣了一下，紧接着跑上前来询问："小茴受伤了吗？"

许黎把我放到床上，对夜雨讲了我受伤的经过，并嘱咐她要让我按时敷药，说完这些，他就悄无声息地离开了，这让我更加自责。

你瞧瞧，你居然这样残忍地对待一个好孩子。我在心底无比鄙视自己。

夜雨给我铺好床，然后出去买晚饭，留我一个人在床上。

我把腿跷起来，拿过医生开的药，往脚踝上涂抹，可能因为我的柔韧性不是很好，我怎么也涂不匀。也可能是我今天摔倒的时候伤到了背和腰，只要我一使劲弯腰背就会痛。

在我烦躁地把药扔出去发脾气的时候，一个声音蹿进了我的耳朵："哟，想我想得都发脾气了？"

我惊得回过头，张瑞泽站在门口，笑着看我。

我的神，他是什么时候来的？站在那里看了我多久？

他叹了口气，慢慢地走过去把我扔了的药捡了回来，不顾我复杂的表情，坐到床边抓住我的脚为我涂药膏。我下意识地往回缩，却被他死死地抓住。他抬起头，用我不容拒绝的口吻说："别动！"

很神奇，我听到他的话，体内的每个细胞都安分下来，乖乖地，一动不动。

他微低着头，额前的碎发挡住了大半个脸，只能看见还带着笑意的嘴角。我看着他的嘴唇想起在小区那个潮湿的亲吻，脸突然就烫了起来。

我一直注视着他，而他并没有发现我的视线，专注于为我涂药膏。这画面要是被画出来一定是暧昧又温暖的吧？因为此刻我的心里也是甜蜜又温暖的。我神经兮兮地想，若此生都能让他为我涂药膏，那我也不枉此生了。

就在这个时候，我听见门砰的一声，我迅速转过头去，正对上夜雨的眼睛，愤怒、猜疑、嫉妒和悲痛，这些我都能看得出来。于是，我像触电一样迅速收回了腿，疼得我眼皮直跳。

“我在帮小茴涂药。”张瑞泽特自然地站起来对夜雨说，仿佛这一切都无所谓，像玩过家家一样，没有丝毫慌乱或愧疚的表情。

“哦。”夜雨的语气又生硬了。她看向我：“小茴要和我们一起吃晚饭吗？”

“不了，”我虚弱地挤出一丝笑容，“我去找许黎。”

“她是怎么受伤的？真神奇，”张瑞泽问夜雨，“难道是在雪上滑倒了，平衡能力不会这么差吧？老婆，你可千万别被她传染了。”

“你就会这样哄人。”夜雨被张瑞泽逗得绽放出笑容。

夜雨开始对张瑞泽详细地讲解我是如何受伤的。随着她的解释，张瑞泽嘴角的弧度越来越大，即使他不表现出来，我也看得出他心里的激动。我想我了解此时他在想什么，但我冷冷地对夜雨说：“我的事不想让无关紧要的外人知道。”

夜雨委屈地看着我，坚定地说：“张瑞泽不是外人，他是我男朋友。”

从来没有见过她那种表情，也从来没有听过她用那种语气跟我说过话，而我今天全见到了，这都拜那个可恶的败类张瑞泽所赐！

好的！我现在就从你们眼前消失！这里不欢迎我，我就走！反正我一直都是多余的，反正我不可能有朋友，反正我就是那种一直让人骗着玩的白痴！

我跳下床，忍着痛走到我的行李箱旁，麻利地从里面拿出一件外套套上，把手机放进兜里就走出了房门。夜雨追了出来，她拉住我的胳膊小声说："对不起，小茴，我也不知道自己为什么会变成这样。可是你不要生气，要是没有张瑞泽我会死的，我一定会死的！"

我一定会死的！

我被这句话惊得不知该说什么好，看着曾经对我冷言冷语讽刺后，又来信任我收留我的夜雨低声下气地向我认错，我终究还是心软了："我没有生气，只是不想当电灯泡！"

钟小茴，你能不能有点骨气呢？这样轻易地就被打动了可不是你的风格，你又是被谁灌了迷魂汤？你真的认为你和夜雨可以做相亲相爱的朋友吗？别傻了，难道你没看见她那猜疑的眼神吗？

我没有夜雨那般的勇气，所以我不配拥有爱情。

夜雨为了张瑞泽可以放弃所有，甚至杀人，我又怎么能喜欢张瑞泽呢？

我不能。

绝对不能！

Episode 5

钟小茴

这次我真的认命了

我把外套脱下来，抱膝坐在地板上，看着夜雨的背影心里有说不出的苦涩。或许任何人都是寂寞的，到最后都无法结合在一起。而现在我和夜雨之间的距离，不是用一个拥抱一句问候就可以填满的，我们谁也逃不开那份寂寞，只得一次又一次彼此靠近，然后伤害彼此再互相分离。

——钟小苗

1

脚踝上的伤慢慢好了，但每次想起一些事情时它就会突然疼起来，像在提醒我有些事情不能触碰，有些感情不能再加深似的。

夜雨的心事比以前更重了，有一次她竟然在我们准备睡觉时突然对我说："小茴，如果你喜欢上了张瑞泽，一定要告诉我。"

我吓了一跳，舌头打结地安慰她："你乱想什么，我喜欢的男生是许黎，你忘了吗？"

"我没忘，"她皱起眉头，很纠结的样子，"但我总觉得你和泽之间怪怪的。"

"切，你别忘了，我最讨厌的人就是他。"我捏着夜雨的脸蛋说，"你就别乱想了，就算我喜欢上了你家张瑞泽，我也不会和你抢。我会安安静静地退出，祝福你们，这样行了吧？"

"小茴最好了。"她马上咧开嘴笑得跟个傻姑一样，抱住我的脖子，亲昵地用脸颊蹭我的胳膊。

她的头发划过我的脸，有些痒又有些轻微的疼。我摸着脸傻看着躺在身边开心不已的夜雨，再次坚定了不见、不理张瑞泽的决心。

我绝对不能伤害夜雨。我唯一的朋友。

只可惜，所谓誓言大多荒唐。那个晚上，我又收到了张瑞泽的短信，他让我去小工厂等他，他说有重要的话要对我说。

我挣扎了很久，狠下心肠给他回了两个字：做梦！

他并没有和我想的那样立即又回短信。我等了足足有一小时，仿佛一个世纪。

匆匆穿好衣服，我对夜雨撒谎说许黎有急事找我。

夜雨没多心，只是叮嘱我路上小心点。

我内疚且心急，只想快点离开，不愿面对。

推开小工厂的车间大门，拉开灯，看到了一脸深沉的张瑞泽。他穿着深灰色的外套，看起来有些单薄，寒夜中瑟瑟发抖。

“你到底还是来了。”他的声音仿佛有点儿忧伤。

“你找我有什么事？”我突然觉得很委屈，但依然假装冷漠。

“做我的女朋友吧！”他没有嬉皮笑脸，而是很认真地看着我。

“不可能，”我后退，大叫，“你别痴心妄想了！”

“是吗？”他冷笑道，“可是你来了。”

“可这并不能代表什么，我可以来，也可以走，立即走。”

“不要。”他仿佛真的很害怕，却很快又恢复了他常有的不羁神态，“好吧！我说不过你，也不想说服你，但我想和你打个赌。”

“什么赌？”

“我赌你一定会对我动心，钟小茴。”

“我为什么要和你赌？”我尽量把话说得理直气壮，但我心里清楚，他刚才在念出我的全名时，我的心跳有种停止的错觉。钟小茴，钟小茴，一瞬间，我觉得自己的名字好听极了。

“你问为什么，”他的笑容慢慢地演变成自信，“因为你已经对我动心了！”

“放屁！”我因为心虚而故意提高音量，双手叉腰，踮起脚尖，仰着头对他说：“我是不会对你这种烂人动心的，绝对不可能，你死心吧！”

他不怒，对我神秘地一笑，然后拉起我的手说：“这是第几次拉你的手了呢？”说完又自言自语道：“应该是第四次了，感觉还和以前一样，会让我心跳加速。”

我迅速抽回手，恶狠狠地骂他："无耻！"

他并不在意，而是转身走了两步，然后转身，弯腰，伸出胳膊对我做了一个请的姿势，说："请，我的女王。"

"干什么？"我紧张地问。

"去验证一下你是不是会对我动心，"他说，"如果不去，就说明你已经对我动心了。或者说，是小茴你不敢承认，更不敢去试验，怕露出马脚。"

"走就走！"面对别人的激将法，我总是无计可施，只不过这一次，其实是我愿意。

工厂外面，横了一辆自行车，好像是他上次载我去看日出的那辆。我站在自行车旁等他用钥匙开了锁，慢慢往前骑，我跑了几步，跳坐到车后座上，扶着他的外套，不自觉地把笑意隐进黑暗里。

"知道我第一次见你是什么时候吗？"在我偷笑时他开始随意地和我聊天，听起来并不像是要和我斗嘴，于是我放下了本来就所剩无几的戒备，用轻快的语调问他："什么时候？"

夜里的风很凉，吹在脸上有刺痛的感觉，我不自觉地朝他的后背靠近了一些，耳朵却费力地等待着他的回答，争取不放过任何一个音调。可即便如此，我还是听不出来他说话时的音调，只在风中听到他断续的声音传过来："是高三开学的第一天。"

"不会吧？"我认为他又在拿我寻开心了。

"这种事情我骗你对我又没好处。"他说，"你的名字我在高二时就听说过，但一直没见过你，直到高三开学的那一天。那天我因为要去医院，所以报到时比别人晚了将近一小时，我快要进校门的时候看见了你，你正大摇大摆地从三中出来，看门的老头当时差点没气得背过气去。"他故意把最后一句话说得很大声很夸张，好像要表示对我的崇拜一样。

"貌似是有这么一件事情。"我乐呵呵地说。两条腿来回荡着，身体飘忽忽的，不知是他骑得太快还是我想到了韩剧里面的浪漫情节，里面都是男主角像这样骑单车载着女主角一路狂奔，看起来既浪漫又温馨。

呸呸呸！钟小茴，你又在胡思乱想些什么！

“当然有，”他说，“不是貌似好不好！”这语气听起来像个较真的小孩，让人忍不住想发笑，但并不是那种嘲笑，而是淡淡的微笑。

“有有有。”我连忙说。

“这才乖。”他满意地点点头，并且幅度超大，看起来很傻。

“切，”我若无其事地问，“我们要去哪里呀？”

“秘密。”他又卖起了关子，但我喜欢他这样。因为每次他都可以带给我惊喜，无论他是不是经常做令我厌恶的事情，但有一点是毋庸置疑的，那就是只有他知道我真正想要什么。

“这是征服的一小部分对不对？”不知为什么，这明知故问的问题一出口我就害怕答案，此刻的自己就像一只掉进陷阱里的小鹿，六神无主。

“或许吧！”他说，“你这么问是因为有所期待？”

“什么期待？”我大声说，“你别臭美了好不好？我只是想弄清楚你到底有什么诡计，省得再被你耍来耍去，像个没脑袋的猴子一样。”

“你现在是不是心跳加速？”他问。

“放屁。”我骂。心中却对自己说：钟小茴，他是一个泡妞高手你又不是不知道，你可不能喝他的迷魂汤！他对付女生很有一手，即使你不小心沉迷其中也不要醒悟，那只是他的手段，不能继续上当。

“你这么大声是用来掩饰你的心虚，不是吗？”他仍用富有蛊惑力的声音引诱我。但我使劲掐了自己一下，抬起头，迎着风说：“我有什么可心虚的，要是心虚我就不来了。我要来证明你的那点小伎俩对我来说根本没用！”

“是的，”他说，“要是这么容易就追到你，你就不是钟小茴了，不是吗？”

“那当然。”我很神气地说，但马上反应过来他还是在算计我。他这句话的弦外之音就是说我能被追上，只不过是要费些工夫，于是我立即补上一句：“不是不容易追，而是你怎么也追不上！”

“不跟你绕了，”他说，“我们到了。”车子一个急刹车，他单脚撑地，回过头来看着我，又对我扬扬头，示意我下车到旁边的空地去。我翻了个白眼跳下车，没好气地说："这里什么也没有，带我来这里干什么？"

"这里原来是花园，地上全是草坪，现在是冬天，所以光秃秃的，不好看。"他停好车子，带着我往前走了几步。不远处就是一个很大的人工湖，他在离湖边很近的一棵只剩下树干的树边蹲下，然后开始背对着我弄着什么东西。

"你在干什么？"我边说边走近想看他在做什么，可我很快就被他阻止了。他起身挡住我的视线，喝令我站住，然后转身对我说："闭上眼。"

"你要干什么？"我警惕地看着他。

"闭上眼。"他再次重复了一遍他的话，"乖啦！"

"哦。"我听话地闭上眼。我一闭上眼他便把手搭在我的肩膀上，推着我往前走。

走了两三米，他突然停下说："就站在这里，别动，一会儿我让你睁眼你再睁眼。"说完他松开我的肩膀，匆匆往回跑。

我安静地听着他的动静，盘算着他会要什么花样，还不忘提醒自己无论如何也不要被他的花言巧语所迷惑。可就在我不停地提醒自己的时候，他突然在我耳边轻声说："老婆，请睁开眼。"

我慢慢地睁开了眼睛，惊讶地看到他居然拿着一盏大大的孔明灯站在我面前，蜡烛的火焰被风吹得有些摇曳，纸糊的灯身已经鼓鼓的，好像早就做好了飞上天的准备。

"这是干吗？"

"从我的衣兜里拿出笔来，"他说，"然后在上面写下愿望。"

我大脑短路般地按照他说的做，从他兜里拿出黑色的签字笔，然后傻呵呵地问："怎么写？写什么？"

"用手写，"他坏笑着说，"写钟小茴喜欢张瑞泽。"

"滚。"

"开玩笑。快写，一会儿蜡烛烧完了就飞不起来了哦！"

"到底写什么？"

“随便写，轻点就行，随便想写什么就写什么。”

我手忙脚乱地拔下笔帽，可还是不知道写什么，于是又可怜兮兮地望着张瑞泽说：“写什么我不知道呀！”

“服了你了，”他一脸挫败地说，“写希望天天快乐行不行？”

“行，”我点头，“什么都行。”

“写呀！”他又把孔明灯往我这边移了一下，我很小心很轻地在那层薄薄的、感觉快要被烧着的滚烫的纸上写着：希望天天快乐。“乐”字的最后一笔刚写完，他就松开了扶着孔明灯的双手。孔明灯呼啦一下就飞得老高，接着又慢下来，一点一点向远处慢慢地飘去。

“这样愿望就能够实现了，”张瑞泽看着飞远的孔明灯轻声说，“我们的愿望都能实现。”然后他微微侧头看着我，嘴角的笑容在黑漆漆的夜里显得格外不真实。

“你的愿望是什么？”我低下头别扭地问。

“你说呢？”他凑到我耳边反问我。

我马上感到自己脸上的温度在急速上升，为了不让自己出丑，我转过身，背对着他说：“我怎么知道你的愿望？”

他没有再凑到我面前，而是退后几步对我说：“回头。”

我应声回头。他又蹲下身，从兜里取出一只小盒子。我看不清楚那是什么，他打开盒子拿出什么东西，轻轻一划，周围一下子亮了一些，原来是火柴。他把火柴放到自己脚下，接着我的眼前出现了一瞬璀璨的火花，只有两秒钟，但我清楚地看见那些火花在我和张瑞泽中间画出了一颗心——很大很亮很短暂的一颗心。

“小茴，”他看我的神情突然严肃起来，“陪我一起……”他的话说到一半突然顿住，接着他向我走过来，手插兜里，摆了一个酷酷的pose说：“怎么样，动心了没有？”

我愣了，反应过来时他已经走到湖边。我转身看他的背影，不知为何竟情不自禁地思考起来刚才他那句未说完的话到底是什么，他刚才点燃的那颗心又是什么，难道真的只是想要征服的一个把戏吗？

我努力地笑了一下，强迫自己不要再胡思乱想。最近自己总是一反常态地去想些什么，我明白这对我来说没有任何好处，不管自己真实的想法是什么，追根求源弄清楚只会让自己陷入困境。所以，我情愿相信自己什么也不知道，什么也没想。

"喂，"我叫他，"你不会是想让我在这里待一晚上吧？"

"过来，"他回头对我招招手，"有好东西给你看。"

"什么东西？"我背着手走过去，弯下腰看他在湖边弄什么。

"这个，"他举起一只小纸船对我说，"我在给它弄蜡烛。"他从地上拿起很小的一根蜡烛点燃，然后用蜡油将蜡烛粘在纸船上，接着将纸船放进人工湖里，拍打着没有结冰的湖水边缘，让纸船沿着湖边慢慢地漂到另一边。

"这又是什么？"我在他身边蹲下，看着他往湖水里面放进一个又一个点着蜡烛的纸船。直到半个湖边都被纸船上的蜡烛点亮了，他才说："很漂亮吧？"

"嗯。"我点头。我从来没看过这么好看的景象，没有结冰的人工湖边缘全是昏黄的烛光，像一条蜿蜒的灯笼小路。

"要是夏天会更漂亮，湖中心没有结冰，船就会漂到湖中心去，"他说，"天气预报说今天的温度比前几天都要高，我就带你来放纸船了，喜欢吗？"他扭过头看着我，在一明一灭的光线的映衬下，他的表情温柔了许多。

我低头说："喜欢。"

就在我不知道该怎样让这种暧昧的气氛快点终结的时候，张瑞泽突然很温柔地叫我的名字："小茴。"

我抬头，在他的眼睛里看到了不一样的自己，忸怩又羞涩。而他却一直注视着我，直到我慌乱得想要起身逃跑时，他才用手轻轻捧住我的脸，然后在我的额头印下很轻又很热的一个吻，说："谢谢你！"

我仿佛被扔进了云端，找不到重心和落脚点，而本应该是惊慌的情绪却因为额头上那轻如羽毛又炙热的感觉变得平静无比。此时此刻，我像得到了力量的女巫，什么都不怕。

2

我回到夜雨家时已是凌晨四点多。我进屋的时候很小心，不让自己弄出一丁点声响。

进屋后我把手机调成静音模式，然后悄悄地换上睡衣，轻巧地爬上床，在夜雨身边躺下，把手机放在枕边，闭上眼，准备睡觉。可我怎样都无法入睡，心脏依然异样地跳动着，甚至我自己都能清楚地听到它强烈且快速的跳动声。我猜想，那频率或许已经足以让我变成心脏病患者。

当我一次又一次地睁眼闭眼后，我决定给张瑞泽发条短信。我慢慢地把手机攥到手里，用被子将自己蒙起来，在被子所围成的狭小且沉闷的空间里翻开手机的翻盖，看到手机屏幕上显示有一条未读短信，发信人是张瑞泽。

我赶紧点开短信，上面只有寥寥的三个字：休息吧！时间是一分钟前。我攥着手机，不知该回什么，最终我什么都没有回，而是关了机，抱膝蜷缩在被子中间。我在想张瑞泽发这条短信时会是什么表情什么心态，我在想他在我的额头上印那个吻是出于什么心理，我在想自己为什么会无缘无故地总是因为他而心神不宁，我在想，或许他不知道，我因为他那个轻如羽毛的吻而有了安全感，前所未有的安全感。

“前所未有的安全感，”我轻声在被子里面说，说完又使劲摇头，“钟小茴你在瞎想什么，他不过是想用这种手段征服你罢了！怎么，你还真动心了？真没出息！”

话刚出口我便收了声，竖起耳朵听夜雨有没有被吵醒，好在她睡得很沉。我长出了一口气，在心底骂自己：你根本不懂什么是爱，更何况你也不会去爱！

我心烦意乱地坐起来，又腾的一下子倒下去，就这样来回折腾了好几次，夜雨被我吵得翻了个身，口齿不清地说："别闹了，快睡觉。"接着又睡过去了。

我坐起来注视着夜雨，仿佛看到了另一个自己。其实我常常在想，如果我像夜雨一样极端和勇敢，那我现在是不是也像她一样，变成了一个恋爱中的幸福小女人呢？

只是，她的幸福真的能够久远吗？

而破坏她幸福的人会不会正是她唯一的朋友我呢？

强烈的内疚感再次袭上心头，我决定要做点什么。

是的，如果我无法逃避，就只能补偿。

第二天一大早，我就给冯仁打电话。铃声响了好久才被接起，然后就听到冯仁扯着嗓子迷迷糊糊地嚷嚷："谁啊？大清早的打电话，让不让人活了？"

"你老娘我！"我大声吼了一句。夜雨猛地睁开眼，坐起来茫然地看着我，揉着太阳穴说："大早上的你这是在干什么呀！"

我对夜雨做了鬼脸，然后又继续凶巴巴地对手机说："你老娘我叫你起床你有意见？"

电话那头的冯仁听出是我的声音，马上变了态度，打着哈欠说："十分乐意，怎么会有意见？"

"这还差不多！"我指着枕头让夜雨继续睡觉，她翻着白眼又躺下，还不满地翻了个身。我吐吐舌头继续对冯仁说："我要你帮我个忙。"

"什么忙？"听声音冯仁已经完全醒了。

"帮我卖掉二十瓶白兰地，一瓶一百，怎样？"说这话的时候夜雨又翻过身来，瞪着大眼睛听我说话，看表情像是对我的话很感兴趣又很好奇。

"不好卖啊！"

"你到底卖不卖？不卖我就找别人去，别磨叽！"

“卖，”他耍嘴皮子，“就算是砸锅卖铁也要把它卖了。”

“哦，”我偷偷地瞥了一眼夜雨，露出得意的表情，然后又恶狠狠地对冯仁说了见面的时间和地点。

“什么酒？”我刚挂了电话，夜雨就开始发问。

我把手机放好，躺下，望着脏兮兮的屋顶说：“白兰地，妖妖老板走的时候留给我的。”

夜雨将手搭在我的肩膀上，用力将我的身子扳向她，很认真地问：“你缺钱？”

她的表情很复杂，里面夹杂了太多的感情，但我能够感受到她的那份心。她在关心我，担心我。

我伸过手捏捏她的脸蛋，用牛烘烘的口吻说：“你瞎担心什么呀！我不缺钱，只是想把酒卖掉，放着也没用，你就别乱想了。”我努力安慰她，心里却像吃了蜜一样甜滋滋的，我一直盼望能够被夜雨重视，能够经常被她关心，现在，好像真的如愿以偿。

“真的？”她还在试探我是否在骗她。

“放一百二十个心。”我认真地对她保证。或许是我的表情看起来十分可信，她不再怀疑，一面笑一面揪着我的耳朵来回揉搓，像在捏橡皮泥一样。我不出声也不阻止，任凭她揪着我的耳朵玩。过了一会儿，她很好奇地说：“好神奇，你的耳朵好软，好像没有耳软骨一样。”

“这就叫做个性。”我神气地晃晃脑袋，枕巾被我弄得皱成一团。夜雨立马皱起眉头，装作生气地说：“你再欺负枕巾我就把你扔出去。”

“哦，”我也装出生气的表情，“那我就先把你踹下床去。”说完我们互相凝视对方，然后不约而同地大笑起来，夜雨边笑边说：“怎么感觉咱们都好适合讲冷笑话哦！”

“因为……”我拖长音调，“我们的存在本身就是一个冷笑话。”

听到我的话，夜雨愣住了，我也呆住，不知道应该再说些什么。但夜雨很快就缓过神来，若有所思地说：“没错，我们的存在本身就是一个冷笑话。”

我说了一句如此白痴的话，而这句话又是真实的，是中伤我们的现实。

“对不起。”我说，“我没有讽刺的意思，是无心说出来的。”

“我知道，”夜雨善解人意地点点头，轻轻地抚摸着我的头发说，“其实我都知道，你对我的好，对我的担心，我全看在眼里记在心里。我也明白你会因为我而苦恼，突然多出来一个朋友我也会不习惯，以前的自己总是我行我素，而现在却要去考虑另一个人，这样的困扰我们都一样。所以，不用太过改变，我们是一类人，无论怎样，我们都可以互相谅解，不是吗？”

“嗯，我很开心你能这样说，”我对她很灿烂地笑着，又将她的手握在我的手心里，“有时我还在想自己真的逊毙了，无缘无故地还会想起你，也会因为你而改变自己的一些想法，明明我们没有在一起经历什么特别的事情，却在不经意间让对方慢慢占据了自己的心底。这种感觉，应该就是友情吧！”

“友情如此……”夜雨顿了一下，有些不安地把手从我手心里缩回去，紧张地看着我说：“那爱情也能彼此体谅、互相礼让、和平共处吗？”

“什么意思？”我尴尬地闪躲她的视线，不清楚自己为什么会在听到她的这个问题的一瞬间有种心虚的感觉。

“小茵，”她用手扳住我的头，强迫我看着她，“你真的不会跟我抢泽吧？”

我感到自己的脑袋轰的一下子炸开了，仿佛暴发了山洪，自己被滚滚而来的泥浆和石块砸在底下，无法喘息也无法发出任何呼唤声，绝望的恐惧不停地涌上心头。但我表现得很镇定，心里的感觉被我微笑的表情掩盖得很严实，我对她笑着说：“不会。”

夜雨像是放下了心里的一块大石头，表情一下子变得轻松起来，她搂着我的脖子靠近我，柔声说：“我最近变了很多对不对？”

“嗯。”我心不在焉地应付。

“变温柔了对不对？”她还在自我陶醉。

“嗯。”

“你不要老是嗯嗯的，”她撒娇，“是不是不习惯我这样？觉得很没骨气对不对？”

“哪有那么多的对不对、是不是？”我敷衍，“只要自己开心就行了。”

“就知道小茴你最好了，”她在我的锁骨处亲了一口，“不会反对我和泽在一起。”

我浑身僵硬，这种亲吻所带来的触觉和张瑞泽的亲吻完全不同。这个吻更加柔和，更加温暖，更加贴近我跳动的心脏。也许我僵硬的时间过长，夜雨发觉我正在别扭地保持着之前的动作一动不动，连呼吸都几乎轻到消失不见了。她仰起头不好意思地笑笑，然后把手收回去，放在胸前十指交叉，满怀欣喜地说：“为了泽，变成什么样子我都愿意。”

“爱情的力量？”我问。

“嗯，”她郑重地点点头，“我喜欢泽已经好几年了，我从未奢望过能像现在这样和他在一起，但当这一天真的到来时，我觉得自己已经被幸福冲昏了头，连呼吸都会觉得空气很甜。说来很奇怪，现在的我，就连对以前自己最讨厌的人也能笑出来。”

“那很好！”我坐起来，翻开手机看了一下时间，然后对还躺着的夜雨说：“我起床了，一会儿要去见冯仁。”

“用我陪你吗？”她躺着一动不动，眼睛睁得大大地望着我。

“不用，你还是去和你家泽约会吧！”

“呜呜，”她委屈地说，“他说今天有事情不陪我了，真是的，每次都说有事却不告诉我到底是什么事情，让我一直心神不宁。”

“好啦！”我一面换衣服一面安慰她，“爱情最重要的是信任。”

你瞧，我居然摇身一变成了爱情专家来安慰别人，多么荒诞！多么不可思议！

“嗯，”她坐起来问我，“那你中午回来吗？”

“不知道呢！怎么了？”

“我中午要去给一个初中小孩补课，就不和你一起吃饭了。”她说着又躺了回去，但好像又想到了什么似的：“咱们最近好像很少一起吃饭了呢！”

“嗯，”我换好了衣服，开始梳头，“放假后几乎就没有一起吃过了。”

“那晚上一起吃饭吧！叫上泽，我们三个人一起。”她显得很兴奋。

我犹豫了一下，还是拒绝了，我说：“我晚上要去找许黎。”

“好吧……”她突然换了话题，温柔地看着我：“我喜欢现在的小茴，也喜欢现在的自己。”

我还有些不能适应这大幅度的话题跳跃，呆滞了半天，大脑在思考着她说的话的意思，可还是不明白她怎么会突然冒出这样一句话，我问：“怎么突然这么说？”

她重新躺下：“因为现在的你和我都经常笑。我一直希望自己有朝一日可以天天都发自内心地露出笑颜，并且有一个同样会为自己而开心的朋友陪在身边。”

“是哦！最近我经常在笑，我都怀疑自己是不是精神失常了。”

“哈哈……”她夸张地做出大笑的姿势，“我看你就是神经失常了，居然会和我做朋友。”

“我看也像。”

“要死啊！”夜雨试图伸手打我。

我边闪躲边求饶：“好了，好了，我错了，饶了我吧！我和冯仁约好八点见面的，现在都过七点了，我得赶紧走了。”

“啊……好吧！”她再次发出不满的声音，表情很是可爱。我走过去捏捏她的脸，又刮刮她的鼻子说：“听话啦！”

这样亲密的动作，这样温柔的语调，对我来说还很陌生。但不知是出于怎样的心理，我竟想为了夜雨而尝试一下，我想对她做亲密的动作，我想温柔地对她说话，甚至想随时随地和她开着玩笑，一起手牵手逛大街，像其他高中生那样。

出了家门，我立即赶往小工厂。我挺担心那箱酒的安危的，害怕它会突然被偷走，那样我的愿望就将全部落空。万幸，我到达车间的时候那箱酒还安然无恙地躺在大铁箱上。我长长地吐了一口气，走到大铁箱旁把酒拖出了小工厂，放到工厂门口的地上，站着等待冯仁的到来。

在冯仁到来之前的这一小段时间里，我竟然不可救药地开始想念夜雨。才刚离开就思念她难得的笑脸，思念她撒娇时的可爱表情，思念她躺在我身边说："其实我都知道，你对我的好，对我的担心，我全看在眼里记在心里……"慢慢地变温柔的夜雨和慢慢地变得关心别人的我，这些都让我感到像是在做梦，害怕梦醒来我们依旧形同陌路，我依旧是形单影只的那个人。

"你等多久了？"冯仁很快便赶到了工厂门口。

"很久，"我没好气地说，"你慢死了！"

"不是说好八点的吗？"冯仁凑过来讨好地说，"我又没迟到。"

"临时改变计划不行吗？"我白了他一眼，气呼呼地别过头，装成生气的样子。

"当然行，"冯仁耍嘴皮子，"善变是女人的天性也是女人的特权，怎么会不行呢？"

"德行。"我捶了他一拳，笑着骂他。

冯仁见把我逗乐了，那自我膨胀的性格又上来了。他用力吸了吸鼻子，大声说："我这德行可很招女人喜欢的哦！"

"少来，酒你什么时候能给我卖掉？"我指着地上的酒，霸道地说，"一共二十二瓶，每瓶一百。"

"那得看有没有人买了，真的不好卖！"

"最多一天时间，"我不理会他的回答，自顾自地说，"卖掉了就立即通知我拿钱，听到没？"

"会死人的。"冯仁大声嚷嚷，"小茴，你对我越来越狠心了。"

"别废话，就这样，我先走了。"我不耐烦地回答，边说边转身离开，完全不顾目瞪口呆的冯仁。

只听到他在我身后突然长叹一声，仿佛千言万语都在这声叹息中完成。

只是那时的我，已经没有更多的心思去注意。

3

匆匆赶到了成喜小区，我不知道自己为什么这么心急地来这里。

不，我当然知道为什么——我分明是想见他。翻出手机给张瑞泽发了短信，说我在活动场等你，你快带棒棒糖来。

心里的愧疚越来越浓烈，我拼命安慰自己：只是履行对孩子们的承诺，并不是背叛夜雨，何况我的补偿行动已经开始。想到这里，我的心情好了不少，于是我愈发期待能够早点儿见到他。

张瑞泽很快就回了短信。看着他的短信我仿佛觉得他就在我身边，正在我耳边轻声说："老婆大人的吩咐，小人一定照办。我半小时内就到，不要太想我哦！"

事实上，大概只过了十分钟他就出现在我远眺的视野里。我看到穿着厚厚的羽绒服的张瑞泽跑到活动场中间，向我招着手并大声说："老婆快点。"

我皱着眉头跑过去吼他："你别乱叫，我不是你老婆。"他却根本不听我说话，而是伸出手来盖在我的两只耳朵上，很温柔地说："你看你耳朵冻的，怎么不戴帽子？"

我的大脑一片空白，推开他退后好几步说："不用你操心，怎么小朋友们都没来？"说话的时候我的耳朵变得滚烫，不知是他掌心的温度传达过来的原因还是我在害羞紧张。

"再等一会儿吧！"他往手上哈着气说，"快了。"然后他又把手伸过来罩住我的耳朵。凛冽的风把他指间柠檬洗手液的气味吹到我的脸上，我不想动，也不想思索。这味道顺着我的呼吸直奔心脏，就那么几秒，我的心脏被这种气味所袭击了，血液全部变得黏稠不能流动。

“棒棒糖带了？”我赶紧控制自己的思绪。

“带了，”他从兜里拿出一根草莓味的棒棒糖递给我说，“先给你吃。”说完他又伸手在我的头顶拍了两下，很轻。我不知道他今天怎么了，突然变得温柔，平时嚣张的气焰不知去了哪里。

我红着脸抬起头看他：“今天你是不是吃错药了？怎么没有嘲笑我，也没有要捉弄我的征兆？不正常啊！”

他哈哈大笑起来，眼睛弯成好看的弧度，羽绒服帽子上的绒毛来回抖动着，好像也在随他一起大笑。他一面笑一面说：“对，我今天这么反常你还不知道好好珍惜，过了今天我可又变回去了哦！”

“神经病！”我也笑。但不知为什么，今天的张瑞泽让我感到很舒服，一看到他，我就会想起昨晚那个轻轻的吻，还有那犹如耳语般，包含着许多情感的一句“谢谢你”。

“我今天心情非常好，”他走到秋千旁，把上面的积雪用纸巾擦掉，然后坐到秋千上，“看见你以后心情就更加好了。”

我跟着走过去，坐到他旁边的秋千上。他侧过脸看我，然后指着远处的天空说：“看，今天是个大晴天，天空难得的蓝，还有很多云。啊，看着就豁然开朗。”

“你真有闲情逸致！”我看着远处棉花糖一样的云朵，诉苦般地说，“我可没那个好心情，最近两天的事好多，感觉时间黏在这两天不肯走一样，恨不得把一辈子的事情全部堆在这两天，真闹心！”

“耶！”他开玩笑，“我们的钟小茴大小姐在跟我诉苦吗？真是难得，我要赶紧记下今天这个日子，以后每年都庆祝一下。”

“可能是今天的我也在犯神经，不正常了。”我同样开玩笑地说。

“好，”他抓着秋千的链子往后仰，对着头顶的天空大声喊，“今天我们一起犯神经！”

刚出来玩的孩子们看到我俩时一个个都惊呆了，立即跑过来围住我们说：“姐姐和哥哥竟然真来了。”

“为什么这么吃惊？”张瑞泽掏出棒棒糖给他们，“难道我们脸上写着‘骗子’两个字吗？”

孩子们拿到棒棒糖很开心，异口同声地说：“大人们的话都不可信。”

“为什么这么说？”我好奇地问。

“本来就是，”上次和我一起跳皮筋的小孩说，“我妈总说要带我去游乐园玩，可每次要去的时候保证会说‘还是下次吧，今天妈妈单位有事情’，一天拖一天，到现在都没有去成。”

“或许是真的有事情啊！”

“那就不要乱答应，”小孩理直气壮地说，“既然做不到就不要说出来，说出来却又不去做，那算什么？就是说话不算数。”

我一下无话可说，只能求助地望着张瑞泽。他朝我眨了下眼，胸有成竹地说：“哥哥是个信守承诺的人，所以你们将来也要成为信守承诺的人。”

可小孩子们根本无心听这些话，拿了棒棒糖就一起跑着玩游戏去了。张瑞泽惋惜地说：“啊！看来我还不如一根棒棒糖。”

“我看也是。”我装作认真地说，然后开怀大笑。

张瑞泽拖着音调说：“是吗？”然后在我不注意的时候从地上捧起一把雪朝我撒过来。我反应慢了半拍，雪撒了我一身，连嘴里也进了好多。我气呼呼地起身，拍完身上的雪也从地上捧起一把雪，向他身上扔过去，可惜这一击被他躲了过去。他跑到离我很远的空地大喊：“‘笨蛋’二字怎么写呀？”

“就是张瑞泽。”我又捧了一把雪捏成雪球，追着他朝他丢过去。就在我刚把雪球扔向他，准备再做一个小雪球的时候，夜雨突然出现了。她不知什么时候就站在了活动场边上，不知道站了多久，我只看到她定定地望着这边，表情复杂地大声喊：“小茴，你在这里干什么？”

“不干什么。”我不自觉地这样回答她的话，手里的雪又全部落回地上。

张瑞泽则无比自然地对她招招手并走向她，温柔地说：“我们在打雪仗，你也来吧！”

我终于从梦中醒来，发现自己正在做的事情竟是如此可笑且可耻。我居然在和好朋友的男朋友打雪仗，说句不好听的，在别人眼中我是在当第三者，不要脸的第三者。

夜雨把手放到张瑞泽的脸上，惊呼：“这么凉！”然后把手放回嘴边呵了口气又贴到张瑞泽的脸上，撒娇地责备他：“这么冷的天还出来玩，小心感冒！”

我蹲在原地看他们亲热，心里不是滋味，于是站起身，想悄无声息地离开。可张瑞泽叫住了我，他对我招手，示意我过去。我悻悻地朝他们走去，夜雨不悦的表情立马又摆了出来。我走过去看着夜雨：“你不是要去给初中生补习吗？”

“路过。”夜雨冷冷地回答。

我尴尬地笑了一下，一定比哭还难看。她不知道她此时的语气让我内伤，如此低声下气和难堪对我来说还是第一次。或许这就是我的报应，我现在活该被她厌恶，谁让我和她的男朋友在一起的时候被她看见了呢？这不和捉奸在床是同一个道理吗？

可我真的有背叛她吗？这算是背叛吗？

来不及多想，我匆匆和他们告了别，仓皇逃离。

站在大街上，我突然不知去哪里。失魂落魄地游走了两个多小时，直到接到冯仁的短信。他说酒已经顺利卖掉了，问我要不要现在就去拿钱。我烦躁的心情顿时好了不少，立即和冯仁约好见面。

二十分钟后，冯仁拿着用信纸包好的两千两百块钱出现在我面前。他把钱递给我，然后得意地抽起了烟：“我这么快，你不考虑奖励我一下吗？”

“奖励你个大头鬼，”我打开纸包，边数着里面的钱边说，“姑奶奶现在正烦着呢！你给我少贫几句！”

“您老又怎么了？”

我点清楚了钱，对着冯仁摆摆手说："没咋的，就是你姑奶奶我觉得友情这玩意儿真他妈累人！"

"我的妈啊！"冯仁突然像见到鬼一样，"敢情你钟小茴还有朋友？"

"懒得和你啰唆，"我说，"我要回去了。"

"别啊！"冯仁扔掉手中的烟，走近我，试图搂我。

我自然还是闪开。

他不高兴地说："喂，我帮你办了这么多事，拥抱一个都不让，是不是有些太过分了！"

"那都是你自己乐意的，我早说过了，除非我心甘情愿，否则我死也不跟你。"

"妈的，"他愤愤地说，"你还真是一点儿良心都没有。"

不知道为什么，我突然觉得他这话有点儿悲凉的意思。

"谢谢你，冯仁。"这次我是真心感谢。这个男生，一直陪伴着我，遇到困难的时候他总是在我身边。

"算啦！和你计较的话，死一千次也有了。"冯仁大大咧咧地耸肩摇头，一切都是那么做作，可他还在拼命伪装不在乎，"好了，我也要回去了，你走吧！"

你走吧！

他这算是放手吗？不知道为什么，我突然觉得这次再见就是永远都不见了——虽然我们肯定还会见面，心却不会像从前了，不是我，而是他。

该来的总会来，该走的一定会走。

对不起！我看着冯仁转身却未离开的背影，在心里暗自说，我不能接受你对我的爱，过去不能，现在更不可以。

我硬下心，转身离开。

4

很快我便来到老太婆家，我跺着脚故意弄出很大的声音上楼，又用力地砸老太婆家的门。然后就如我所料，老太婆拉开门就破口大骂：“哪个小兔崽子？找死啊！”但当她看清是我之后，先是一愣，接着收起了刚才的满脸怒容，皱着眉头说：“你来干什么？”

“当然是回来住啊！”我拽拽地说，“难道回来和你吵架啊？”

“先拿钱来。”

我从衣兜里拿出一沓钱，拍在她手心里，趁她数钱的工夫用力拉开了门，趾高气扬地走了进去，躺在沙发上说：“这些够我住三个月了吧？”

老太婆用力关上门，走过来说：“可不包括伙食费！”然后把钱揣进自己兜里，进了她的卧室，把门关上又反锁上。当我听见她锁门的声音时，心里满是鄙夷，难道她认为我会给了她钱再偷出来吗？

我走进久违了的小屋，兴奋得一头栽倒在床上。我的小屋一点都没变，就这点来看，老太婆还是蛮可爱的，竟没有把它租给别人。我在床上翻过来又滚回去，然后跳下床把电脑打开，开始听歌。我边听歌边脱了鞋子在地板上来回乱跑。这时老太婆突然过来说：“我出去一下，不回来吃饭了。”说着就风风火火地出了门，我对着她的背影做了个鬼脸，又爬回床上，翻开我以前放在床头的杂志。

就在第五首歌刚刚开始唱的时候，手机来了一条短信，是张瑞泽的：我还在活动场这里等你，不见不散。

我飞快地下床穿好鞋子，从客厅餐桌上拿起老太婆留给我的钥匙出了门。我想我一定是疯了，明明刚才还因为他和夜雨闹得不欢而散，为什么现在又急匆匆地跑去见他呢？

我不知道自己是怎么想的，但有一点我很清楚，那就是：这一刻，哦，不，是这一瞬间，我只想见他，只想飞奔过去见他。为了这个念头，我会义无反顾，一往无前。

我以最快的速度跑到了活动场，可张瑞泽并不在。我气喘吁吁地停在上午夜雨站过的那个位置，眼泪不可抑制地流了出来。

终究他还是那个只会耍我玩、只想着征服我的张瑞泽。这样的结论让我泪流不止。我把脸埋进双手，仰起头用力呼了几口气，将眼泪硬生生地给逼了回去。我没有哭的理由，不管他怎么样都不应该对我有任何影响。他是夜雨的男朋友，我的夙敌，我本该离他越远越好，只是现在，为什么没有见到他的我，会如此悲伤失落呢？

我自嘲地对着天空露出一个凄惨的笑容，准备返回。可当我转身时，那个和我一起跳皮筋的小孩突然跑到我面前递给我一张小字条说："姐姐，这个是你男朋友给你的。"

"男朋友？"我弯下腰诧异地问。

"昨天一起跳皮筋的那个哥哥，早上不是还和你一起来给我们送棒棒糖了吗？"小孩说完便转身跑开了。我怀着复杂的心情打开了字条，上面画了一份简易的小地图，还有一些文字备注。

字条的最上面写着一行小字：按我画的地图来体育馆，限时五分钟。

我立即按照字条上面画的路线往前走，走到第一个路口左转，再继续往前走，走至第五棵大白杨前右转，又往前走了将近三百米，看见了体育馆。由于没有活动，它没开门，所以我又按照字条上的路线绕道，翻过一个很矮的栏杆才得以进去。

字条上的路线指引我进了体育馆后却戛然停止，最下面又是一行小字：低头顺着积雪上面的印记来找我，限时五分钟。

我低头四下看了看，发现左前方有脚印。由于自从下雪以来这里就没有开过门，里面有厚厚的积雪。积雪洁白也没有脚印，因此那些脚印肯定是张瑞泽留下的。我立即向有脚印的方向走去，厚厚的积雪踩起来软软的，发出咯吱咯吱的声音。等我走近了才发现，这里不但有脚印，还有一颗用雪堆成的大大的心，心上面写着：踩着我的脚印前行。

我看着那颗心不知怎么地就笑出声来，然后很听话地顺着他留下的脚印往前走。刚走出十几米，雪地上又出现了一颗大星星，星星上面写着：来到第二个加油站了。我又被这颗星星给逗笑了，笑着继续前行，猜测着下一个图案会是什么。但当我看到下一个图案，不，是离星星只有几米远的字时，我的惊异只能用“震惊”来形容，他居然写了七个大字：我喜欢钟小茴。

我站在这七个大字前不知所措，张瑞泽就在这时从一边蹿了出来。他双手背在身后走到我对面站定，然后伸出手，一个亮晶晶的东西从他手中滑下来，从我眼前一闪而过，是一条项链。他拉起我的右手，把项链放进我的掌心：“这是我高二暑假去西藏旅游时带回来的。这条项链有个很美的传说，当地人说，亲手把这条项链给自己心爱的人戴上，就能得到自己心爱的人的心。”

“那也应该给夜雨！”我强作理智地说，“给我算什么？”

“你没看见吗？”他指着雪地，深情地看着我，“我喜欢你，钟小茴。”我发誓，他说这话的时候很认真，和我原先认识的张瑞泽判若两人。这令我不知该如何回绝，我只好别过头去，冷冷地说：“为了完成你征服的大业，做到这一步可真是难得！”

“钟小茴，”张瑞泽将我的脑袋扳回去，强迫我和他对视。他既严肃又极具警告意味地对我说，“我不是在征服，而是真的爱上你了，不可自拔了。”

“你在胡扯些什么！”在大脑的血管全部膨胀、晕眩过后，我竟有些恼羞成怒，认定这是他想看我出丑才开的巨大玩笑。但张瑞泽并没有什么太大反应，而是将我一把揽入怀里，轻拍着我的后脑勺说：“你怎么样才会信呢？”

“怎样都不会信，因为你是夜雨的男朋友。”我这才发觉，自己的话听起来有很大的醋意。我一下子紧张起来，害怕他会察觉出这没来由的醋意。但他没有，或许他是故意没有说，只是很温柔地看着我。

“如果没有什么事，我先回去了，我还要搬家。”我拉紧衣领，脸已经冻得失去了知觉。

“这么快就搬回你原来租的房子了？”他说，“我还以为要到年后呢！”

“让你失望了，”我的话里带着刺，“今天就搬。”

他往前一步，完全不在乎我充满排斥的语气，把我的外套带着的帽子戴到我头上，然后把帽子前面的扣摁上，平静地说：“我去帮你搬。”说着，他径直往回走。我歪着身子从帽子上的羽绒缝隙中看他在雪地上远去的背影，心里的别扭忽然就全部消失了。于是我忘记了自己对自己的忠告，拍拍自己的头，笑着朝那个已经走出很远的背影追了上去。

我和他一起去夜雨的小破屋里打包了我所有的行李，然后我写了张字条留给夜雨：我把东西搬回老太婆家了。你回来后也收拾一下东西，我想让你和我一起搬过去。你早上说晚上不回来吃饭，那我就明天早上来接你。记得把东西收拾好。

张瑞泽提着东西进老太婆家时，老太婆还没有回来。其实开门时我好害怕老太婆突然蹦出来，大叫：“你这个不要脸的女人，居然敢带男人回我家。”值得庆幸的是老太婆还没回家，我让他进了屋并把门关好，又带着他穿过略显狭窄的客厅走进我的小屋，然后指着桌子旁对他说：“东西放在那里就行。”

他听话地把行李放到地上。我飞快地把我的房门关紧并锁上，转过头对他说：“你休息一下就赶紧离开，万一被老太婆看见，我可说不清楚。”

可他没经过我的同意就坐到我的床上，还拉开羽绒服的外套，环顾我的小屋说：“不准备收留我过夜吗？”

“你胡扯什么，”我脸红起来，“我怎么可能收留你过夜？”

“为什么不可能？”他笃定，“你不是已经喜欢上我了吗？”

我晕。他怎么可以这样十拿九稳地说出这种话来？我一时分不清自己是羞愧还是愤怒，抑或者是极力地想为自己辩解，但我终究还是什么也没有说，而是转开了视线，望向窗外。

可能他也知道我已经不会上他的当，被他激怒和他斗嘴，于是不再说令我生气的话来刺激我，而是指指他旁边说：“来，老婆，坐。”

我又侧头看了他一眼，思忖了一下，然后弯下腰，不怀好意地伸出手，从他的头顶擦过去，吹了声响亮的口哨说：“小帅哥，晚上没有女人陪就睡不着吗？那去找小姐好了，哦，是没有钱吗？需要姑奶奶我赏给你几张吗？”我直起身，嘲讽地说：“那求我啊！如果我心情好的话还可以赏你几张，让你去泡妞。”

“泡妞。”他低着头，我看不清他的表情。但他重复着这两个字的时候分明在笑，紧接着他猛地伸手将我拽进他怀里，不由分说地，狠狠地，吻了我。我在那一瞬间被带回了那个夜晚，似曾相识的恐惧和恶心的念头在我的脑子里翻江倒海，直到我听到他说：“我最喜欢泡免费的妞。”

我的神志一下子清醒过来，用力咬住他的嘴唇，直到他吃痛地松开我，死死地捏着我的脖子。他眼里闪烁的光和他不停地喘出来的粗气告诉我，他被我彻底激怒了。我想挣脱可浑身的力气都被夺走了，动弹不得。我们就这样僵持了有那么一会儿，他恶狠狠地说：“你信不信我在这里就可以把你办了？”

“我信。”我真的害怕了，是那种真正的战栗。

“信就好，”他突然夸张地笑起来，手上的力道也减轻了，“你最好乖乖的，我说什么就听什么。”他松开了我，用手指在我的额头轻轻弹了一下，指着旁边说：“来，老婆，坐。”他的语气比刚才好了很多，但眼神里还透着威胁的信号。他在警告我，如果不听话，那他刚才的那句话就很有可能变成现实。

我提防着坐在他旁边，刚坐下，他就把羽绒服脱了下来。我害怕极了，但什么也没说，更没有动，等着他的下一个动作。

最让我吃惊的事情发生了：他居然把脱下来的羽绒服盖在我身上，振振有词地说：“这个房间还挺凉的，女孩子着凉了对身体不好。”说着又把我搂进怀里，命令般地说：“闭上眼，睡觉！”

我很听话地闭上了眼。我不知道他到底在想什么，也不知道自己在想些什么，我只感到自己的心跳像强力马达，不断地加速。我听到他在我耳边喃喃地说：“这才对，女孩子要多睡，不然皮肤会衰老得很快。”

我的小心脏在他说了这句话后更加不听使唤，拼命地跳个不停，无论我怎么克制，它都不肯恢复正常。而就是此时，身边的他发觉了我的不正常，再次凑近我。我紧张得不敢睁开眼，但我仍能断定他现在正在笑，因为我知道他一定在笑。他笑着说："看来钟小茴小姐是第一次被男人这样抱着，心跳得这样快，会不会是在幻想什么不健康的事情？"他说最后一句时，嘴唇几乎贴到了我的脸上，我猜我的脸一定红透了，但我还是不肯睁眼，继续装作睡着了。

他说完那句便不再说话，过了好久都没有什么动静，就在我以为他睡着了，偷偷地睁开眼想瞥他一眼的时候，我才又一次意识到，他绝对是个狡猾又奸诈的流氓。因为我睁开眼就看到他正用一脸看好戏的表情看着我，那表情像是在说"我早猜到你会这样做"。

"哟，"他似笑非笑地说，"你睡醒了呀？"

我明白，我了解，我深知，他在用最平常的口吻来嘲笑我，但我能有什么办法呢？我现在就是瓮中之鳖，除了顺从他意，别无自救的好办法。

所以，我很没骨气地说了句"我睡醒了"，然后别过头去，任由他夸张而放肆的笑声充满整个小屋。直到笑得快岔气了他才忍住，然后又上气不接下气地说："你知道吗？"

"我不知道。"我冷冷地回他。

"你刚才那个样子真可爱，"他说，"我最喜欢你每次被我弄得没办法，气呼呼地认输但又要装出毫不在乎的样子，那时的你最可爱，可爱得让我忍不住想要咬一口。"

"恶心！"我说。

这时，我听到了门锁转动的声音。天，老太婆居然在这个时候回来了，我懊恼地瞪了张瑞泽一眼，然后压低声音说："别出声。"要知道，如果被老太婆知道我的屋里有男人，她一定会让全世界都知道的，那我钟小茴哪还有脸活着呢？

他不知廉耻地、龌龊地笑着，笑着笑着突然咳嗽起来。我紧张得赶紧去捂他的嘴，好在老太婆并没有注意到这声音。我松了口气后才意识到，他把外套给了我，身上只剩下一件很薄的毛衣，我把外套还给他，心里暗暗揣测，这是不是他的苦肉计呢？

可他并没有打算穿上外套，而是从我手里接过外套，再次盖到我身上，很小声但又凶巴巴地说：“不要让我再看到你把它拿下来。”

我该怎么形容我这时的心情呢？就好比你被蜜蜂蜇了一下，但它把最好吃的蜂蜜又给了你，让你忘了先前的疼痛，被蜜甜得神魂颠倒，迷失了自我。

我好像是真的有些感动，几乎开始产生错觉。而我的双手居然少见的不再冰凉，它们缩在张瑞泽那件带着温度的外套下面，慢慢地暖和过来，热呼呼的触觉让我不自觉地微笑。我抬起头勇敢地看了一眼在这样的深冬里愿意为我取暖的男生，接着迅速地低下头，轻声说：“谢谢。”

他闭上眼说：“睡吧！”便低下头开始休息，他放在我腰间的手烫烫的，正如我此时脸上的温度，让我没办法静下心来睡觉。但此时此刻，我非常安心，比初中时被冯仁从一群混混手中救出来时还要安心，比和许黎在一起弹琴还要安心……但是，在这样的安心中，我深知我还有一丝不安，不安的源头是夜雨。而当我偷偷地瞥一眼身边的张瑞泽安详的睡脸时，我的一颗心又像被捋过的床单，慢慢平整。

哦，夜雨，对不起，就让我在这个孤独又寒冷的夜晚，先借用一下你的小爱人，就让我先安心地睡上一觉，然后，明天，我会毫不犹豫地把他还给你。

5

第二天黎明，张瑞泽在我的掩护下，悄无声息地逃出了老太婆家。在他踏出大门时突然回过头，俯下身在我唇上轻吻了许久，然后放开我，退回几步说："老婆，再见。"随后就头也不回地下了楼。而我则怔怔地站在门口好久才缓过神进屋。

老太婆听到我关门的动静从卧室跑了出来，警觉地问："谁？"

"同学，"我说，"来给我送东西。"说完便进了我的房间，在她的审视下把门关上。但我还是听见了老太婆又跑去开门看的声音，她这样疑神疑鬼，也不怕得神经病。还好张瑞泽消失得很快，老太婆没有看出任何猫腻，只能在我门口大喊一句："以后给老娘安静着点。"就悻悻地回她的卧室继续睡觉去了。

现在，是早上五点。

我坐在地板上看床边被我们两个人坐了一夜而微微凹下去的印记，心里又是一阵翻滚。我从书桌上拿起来一面小镜子，对着自己的嘴唇照来照去，上面还有殷红的印记，还残留着张瑞泽的气味。这样想着我不自觉地将手指放在唇上轻轻地抚摸，它很热。

我疯了，我一定是疯了。我把镜子扔到床上，抱着脑袋倒在地板上，啊啊地大叫。不一会儿老太婆又跑到我门口来砸门，还破口大骂："再鬼哭狼嚎就滚出去！"

我继续啊啊地大叫，老太婆进不来，被气得不轻。但我还是很快地就停了下来，因为我发现自己的嗓子好像有些哑，啊啊大叫的声音也不是那么好听了。我从地板上爬起来，慢慢地匍匐着上了小床，大脑却一直在想着张瑞泽给我的那几个不同的吻，不知道他在吻夜雨的时候会怎么样呢？也会有时霸道有时残暴有时又温柔如水吗？我的胡思乱想把自己吓到了，我居然在不知羞耻地想着自己好朋友的男朋友的吻，我竟然在想张瑞泽带给我的温柔。

早上七点，我趁老太婆在厨房做饭的空当，溜出了门。

夜雨似乎很早就起来了，当我到达她的小破屋时她正坐在床边看书，听到我进门的动静，她抬头看了我一眼，接着低头看书。

"我把酒卖了，赚了些钱，我们可以搬回我原来的房子里去住了。"

我尽量让自己的声音听起来很兴奋，好像在对她公布一个天大的惊喜。

可是，她连头都没抬，一副不打算理我的样子。

我坐到她身旁，拽着她的袖子说："不理我啊？不理我，我就走了！"

"你骗我！"我的话刚落音，夜雨就把手里的书扔到地上，气冲冲地看着我。

我的心一颤，我知道她是在计较昨天的事。我其实已经想好如何面对这事了，我一脸温柔地哄她："夜雨你误会了，我怎么可能和你抢泽呢？我不是都说过我不喜欢他了吗？"

"昨天你们在一起明明很开心的，特别恶心。"说这些话的时候，她又出现了那种死鱼一样的眼神。

"夜雨你好笨哦！"我控制住自己的情绪，尽量装作一副不在乎的样子，"我和他关系好是因为他是你的男朋友，如果他不是你的男朋友，我才不会理他呢！我最讨厌的就是这个人了，不是因为你，我见都不想见他一眼。"

"我不管！我就是看见你们在一起玩了！"她的语气和缓了不少，却依然冰冷。

"那好吧！我以后都不再理他了，对他凶巴巴的，看他不爽就找人把他揍一顿！"我把脸别到一边去，故意说得很认真。

夜雨一听我当真了，连忙拽着我的胳膊，大声说："你敢！"

"是你不让我和他好好相处的啊！"我很委屈地说，"既然你都同意我可以不对他好，那我当然要像以前一样，狠狠地教训这个目中无人的家伙一顿。"

"我不许！"

"那你要我怎样？"我强忍住笑，无奈地看着她。

"你要好好对他，他是我的男朋友，不许欺负他！"

"可好好对他某人会吃醋生气啊！"我转过头看着一脸认真的夜雨，故意拖长音调，把她弄得满脸通红，不知该说什么好。

"那你向我保证你不会跟我抢泽，"过了好久夜雨才抬起红红的脸，

“不，不能保证，一定要发誓。”

“遵命遵命！”我调皮地敬了个礼，逗她开心，然后宣誓一般地说：“我发誓我绝对不跟夜雨抢张瑞泽，如果抢了，我就不得好死。这样可以了吧？”

夜雨脸上终于出现了笑容，我的心却没来由地疼了起来，好像被自己用大石头砸了一样。

如果发誓能够灵验的话，我会不会……

就在我胡思乱想的时候，夜雨又发问了：“你要我和你一起搬到你原来的房子？”

“是啊！我让冯仁把酒给我卖了，于是有钱交房租了。我想让你和我一起住进去，现在天这么冷，住在这里会冻坏了的。”我握着她冰凉的手说，“你看你的手这么凉，这里又没有暖气，冬天简直没有办法过嘛……”

“我不想去。”夜雨打断了我，又恢复了那种冰冷的口气，“我已经习惯这里了。”

“好吧！就算你不介意这里。可是你有没有想过，如果你搬到我那里，你和张瑞泽约会时就会比较方便，那儿又温暖环境又好，还有厨房，到时候你想给他做什么吃就做什么哦！”对于她的拒绝，我早就想好了对策，“而且只要他去，我就会消失，让你们过二人世界哦！”

心突然疼了起来。

“现在你们在这儿约会，环境这么差，心情也好不到哪儿去吧？而且现在这么冷的天，你习惯了，可是他很容易感冒生病啊！”

“你好讨厌！”她不自然地别过头，很认真地说：“那我考虑考虑吧！”

“温暖又浪漫的小屋，多么适合约会啊！”我继续游说，“而且还有衣橱，衣橱里有很多衣服，你可以随意挑选，每天把自己打扮得漂漂亮亮的，张瑞泽会很喜欢的……”

“小茴你真阴险！”她打断我，“你这根本就是在勾引我。你都说出这么多我一定要去的理由了，我还怎么能拒绝？”

“那就不要想了，快跟我走吧！”我点点她的鼻子。

夜雨低着头想了一会儿，抬起头后眼角有些湿。她抿着嘴笑了一下，然后说："小茴，我一辈子都会记得你这句'跟我走吧'。"

我愣住，反应过来时夜雨已经开始满屋子收拾东西了。

我坐在床边看她兴奋地收拾东西的身影，忽然又有一个想法：就算赴汤蹈火，我也不会让她受到委屈，只要她想要，我什么都可以让给她，就算把我的自尊让给她都可以。

我为自己的想法觉得高尚，并且充满了力量。

我们到老太婆家的时候，老太婆不在家。我帮夜雨把行李放进我的卧室，把电视打开让她坐到沙发上看电视，然后献媚地帮她准备早饭。

可能是感到良心难安，我想要更大限度地来补偿夜雨，把自己认为好的东西都给她。这样才能够将自己心里那份因为依赖张瑞泽而产生的愧疚减轻一点。

当我在厨房里挥汗如雨，奋力和蛋炒饭作斗争的时候，老太婆回来了。

她进门后先到厨房来看我在干什么，然后大声嚷嚷："谁让你用我的鸡蛋和米饭的？你给我付天燃气费吗？"说罢她气冲冲地走出厨房，还没等我的耳朵因为她大声嚷嚷而造成的耳鸣声减弱时，她再次对我的耳朵发起了进攻："谁让你带人回来住的？你交的是你一个人的房租，要是两个人住，你就得再交一份房租！"

"你做什么白日梦！"我右手握着铲子跑出厨房，一手叉腰和老太婆理论，"夜雨和我住一个房间，我凭什么要交两份房租？你的房子我租下来了，我愿意让它住几个人就住几个人，你管不着！"

"那就付给我伙食费！"她的气势一点也不输给我，"我可不会让你们在这里白吃白喝！"

"我有说在这里白吃白喝吗？"我仰着头，一副"气死你"的表情。

就在这时，夜雨面无表情地站起来，慢慢地走回我的房间，然后把门轻轻关上，对我和老太婆的争吵无动于衷，好像是与她无关一样。

看到这样的夜雨，我的心一下子凉了半截。无论我做什么她都无视，这就是被认定为背叛者的无奈，好比被判了死刑的犯人一样，再怎么要求上诉都无济于事，亡羊补牢，只是在浪费力气空欢喜。

我再也无心和老太婆吵架，默不做声地把铲子放回厨房，关了煤气后去房间穿上外套背上背包，对背对着房门坐在床边看书的夜雨说了句“我出去转转”，接着绕过正在纳闷的老太婆，蹬上靴子出了门。

下楼的时候我从兜里拿出手机，发现有一个未接电话和一条短信，是许黎。

我没有急着回电话，先看了短信：小茴，中午我能请你吃饭吗？

我给他回复了三个字：去哪里？

在发这三个字时，我是处于纠结中的。我明白他这样做就是在和我约会，是我一直模棱两可的行为让他有了一些误会，可我不想继续欺骗一个单纯的孩子的感情，我决定今天就和他说清楚。

许黎的电话在我站在雪地里思考的时候打了过来。我接起，他一如从前的温柔的声音传了过来：“去吃必胜客可以吗？小茴喜欢吗？”

“可以。”我也温柔地对他说话，“十点在必胜客门口集合。”

“好，我要好好准备一番。”他温柔的语气中丝毫掩饰不住欢喜，而我却要在今天将这份欢喜终结。

十点前我就到了必胜客门口。本以为我来得太早，可许黎早就等在那里，看到我出现，微笑着说：“小茴，这里。”

我走上前和他打招呼，跟他一起进了必胜客。我们在靠窗的位置坐下，点了巧克力慕斯和冰激凌。然后我一直沉默，坐在对面的许黎也不说话，只是用微笑的表情注视着我。在我被那样的视线搅得无地自容的时候，终于下定决心，生硬地说：“我们以后不要再见面了。”

许黎没有我想象的那样难过，反而从容不迫地等待着我继续说下去。

这样更好，不用我费尽心思地去思考如何让他好受些。

“我一直在玩你，现在玩腻了，不想要了。”我仰起不可一世的笑脸，慢条斯理地说，“我们以后都不用见面了，你也不要再给我发短信打电话了，更不要去说你认识我，我是不会承认的。”

“小茴，”许黎在我说完这些话后开了口，“你真的很善良，你知道吗？”

“什么？”我在说伤害他的话，他居然说我善良，他脑子坏掉了吗？

“你不用掩饰了，我都明白。”他宠溺地说，“我知道你不喜欢我，你现在这样说是为了不让我深陷下去，小茴你真的很善良。不过你不用担心，我下学期就要去新加坡了，我爸给我办了留学手续，年后我就走，今天是来和你道别的。”

“留学？”明明是恶人的角色却变成了善良的好人，我一时无法从这个落差中调节过来。

“谢谢你这段时间一直接受我，和我一起出去玩，陪我说话，陪我看星星，这些我都不会忘记的。我会一直记得你，记得你总是为别人着想，记得你弹琴时开心的表情，记得你看星星时天真的笑脸……小茴，谢谢你陪我度过了我最幸福的时光。”他说得很真诚，眼睛里的坚定和温柔让我有点舍不得他走。

“没什么，你不用谢我，我只不过一直在利用你来消磨时间，我并没有你说的那样好。”我移开视线，说完这句话就站起身来：“我要走了，回家还有事。祝你一路顺风！”

我逃一样地离开了必胜客。我不明白自己为什么会以这样的姿态离开许黎的视线，其实我本可以更加优雅更加完美地解决这件事，但我真不想去做那些没用的表面现象了，只要他不怪我、不难过就好。

人活得越久，包袱就越重，就越来越不想去加重自己的负担，必要的时候，宁可舍弃自己的颜面也想活得轻松一些。

我想现在的我，或许就是这样。

回到老太婆家时老太婆已经睡了。夜雨在屋里抽烟，面朝窗户，我推门进去的时候她回头看了我一眼，接着转过头去，把烟灭了，倒头便睡。

我把外套脱下来，抱膝坐在地板上，看着夜雨的背影心里有说不出的苦涩。或许任何人都是寂寞的，到最后都无法结合在一起。而现在我和夜雨之间的距离，不是用一个拥抱一句问候就可以填满的，我们谁也逃不开那份寂寞，只得一次又一次彼此靠近，然后伤害彼此再互相分离。

6

搬回老太婆家后，日子仿佛过得慢了下来。

夜雨每天都要外出打工，我则总是窝在家里听歌上网。我们之间的交流比以前不知道少了多少。其实自那天后我们的关系就一直怪怪的，怎么也回不到曾经那种亲密无间的状态。我能明显地感到夜雨对我的提防。她那充满怀疑和愤怒的眼神让我一次又一次想起刚认识她时的情景，想到她故事里凛冽的成长。我努力去弥补我们之间的隔阂，却觉得是那样乏力，慢慢地我也就放弃了努力，不再做无所谓的争取。

时间多了起来，我可以重新梳理过去。我偶尔会想起许黎，甚至想给他发短信，但每次我都写了又删，我害怕他会回，更害怕他不回。

冯仁始终没有和我联系过。我自然会失落，也会想不通，从一开始我就知道我不属于他，而他也会离开我，却没想到竟然是这样莫名其妙地离开，没有一点儿预兆。

可真的是没有一点儿预兆吗?

其实我明白，无论是冯仁，还是许黎，都和我注定是两个世界的人。何况我已经明确了心的所向，我甚至想过，和许黎以及冯仁的分开都是我为了扫除和他在一起的障碍。

这样的问题，我害怕面对。

而我和他之间最大的障碍，我也能扫除吗?

不，不可以，我必须收手了。钟小茴，你是个疯子。

很多时候，我会觉得我的人生从头到尾都是个错误。它一开始就已经奔向了断桥，没有回旋的余地。

记得很小的时候我也是有梦想的，我希望自己可以有一个很温馨的家，家人都爱我，我可以随心所欲地撒娇，任性妄为，他们都会包容我。后来长大了，我知道梦想带着一个“梦”字就不可能成真，然后我就开始一遍又一遍地在睡前思考，只要我的生活幸福就可以了，一辈子都幸福。可是在这个世界上，梦想成真和得到幸福都是难以实现的痴心妄想，我本以为它们是两码事，现在看来，其实都一样。

春节很快到了。

除夕那天，老太婆去了他儿子家，我和夜雨没事可做就缩在被子里睡大觉。

快傍晚时，我枕边的手机突然振动。我迷迷糊糊地拿起来看，是张瑞泽发来的短信：现在出来，我在楼下等你，带你去个地方。

我一下就醒了。看完短信后几乎没有考虑就蹑手蹑脚地从床上下来，在不发出动静的同时用最快的速度穿上衣服并移动到门口，轻轻地把门打开，闪出门去再轻轻地关上。

我已经十多天没见到他了。我好想他，我真的太想他了。

楼下，张瑞泽正单脚撑地骑着车子，见我出来对我勾勾手指，等我走近后，他拍拍后座说：“上来，咱们走。”

“去哪里？”我跳上车，好熟悉的感觉。

“你猜？”

“你的鬼点子这么多，”一见到张瑞泽，那些积压在我心里的阴郁竟全部不翼而飞了，我仰着头，伸直胳膊，在风的吹拂中说，“我怎么可能猜得到？”

他不回答我的话，开始奋力蹬车子。我继续仰着头，沐浴在幸福的气氛中，属于张瑞泽独特的气味不停地从他身上飘来。以前我不知道，原来每个人身上的味道都是不一样的，当你注意一个人的时候，你的身体就会不自觉地记住他的气息。

我是从什么时候记住了张瑞泽的气息的呢？

车子颠簸了好久才停下，我跳下车发现他带我到了体育馆。他拉起我的手就往前跑，还是上次的路线。我在跑的途中发现，这里的雪地里还残留着那些图案和字体，它们没有被人破坏掉。我的心情又突然因为这个而变得更加美好。

张瑞泽把我带到送我项链的地方，那里还有那七个字，但让我意想不到的是那七个字的前面突然多出来一个用雪堆成的生日蛋糕。张瑞泽牵着我的手走到蛋糕前，认真地说："既然不知道自己的生日，为什么不在新年的第一天就为自己庆生呢？"

我傻在那个蛋糕面前，感觉眼泪好像已经湿了眼眶。这时张瑞泽突然摁着我的肩膀让我蹲在蛋糕前，然后伸手捂住我的眼睛，说："来，许个愿吧！"

我忍了好久才把眼泪忍回去，在心里默默地许愿：我要幸福，我要一辈子幸福。

在我默念完这句话后，我的手突然被张瑞泽握住，接着他的手带着我的手砸向那个雪蛋糕。我惊呼一声推开他，心疼地看向蛋糕，我不想我生平第一个生日蛋糕就这样被报废了，可我吃惊地发现，被砸烂的雪蛋糕中间居然放着那条被我拒绝的项链。

我呆呆地看着那条项链。张瑞泽将它放在手心小心地擦拭几下，接着将它戴到我的脖子上，或许是我的头发碍事，或许是我的围巾太过厚重，项链并不好戴，他往前靠了靠，几乎是在拥抱我。

他很快为我戴好了项链，认真地看着我的眼睛说："小茴，生日快乐。"

这一瞬间，我真忘了自己是个被诅咒的孩子。我相信了眼前这浪漫的画面，愚昧地以为哪怕是一秒也好，至少让我知道幸福的味道。但上帝从来都不会这么眷顾我，它总是在我想要相信美好的时候给我一个当头棒喝，然后将我打回原形——卑微又装成不可一世的高傲的钟小茴。

夜雨出现了，在我和张瑞泽一言不发地深情拥吻的时候。

她冲了出来，用力推倒了我，并一把把张瑞泽刚戴到我脖子上的项链扯了下来，狠狠地砸到地上，然后含着泪大声痛骂："妓女！你他妈的不是个东西，你居然连好朋友的男朋友都抢！贱到家的妓女！不要脸！"

我一下蒙了，摁在雪地上的手被冰得生疼。夜雨冲着我吐口水，然后边哭边骂骂咧咧地跑开。张瑞泽过来扶我，想让我站起来，我甩开了他的手，装作坚强地说："快去追你的女朋友，不用管我。"

张瑞泽皱着眉头将视线在我的脸上扫来扫去，确定我真的没有关系后，去追夜雨了，而我在他们的身影离开视线后便抱头大哭起来。一直以来，我都希望自己可以摆脱那种孤独又傲慢的姿态；一直以来，我都幻想能拥有一个朋友；一直以来，我都悄悄地期盼有一场让我心动的恋爱突然降临……而现在，它们统统变成了现实，又在一瞬间全部化为泡影。

我像个瘫痪的病人，倒在那写有"我喜欢钟小茴"七个大字的雪地上，心跳仿佛停止了一样。我的视线模糊不清，好像又看到了无穷无尽的雪花落了下来，它们像贴心的小天使，帮我盖上了一层白色的棉被，让我安心地睡去。

上帝啊！这就是你所期盼的吗？

这就是所谓的命运吗？

如果真是如此，那么我认命了，我这次真的认命了！

Episode 6 夜雨

| 我得不到，也不会让别人得到 |

疼痛是我最好的安慰。只有它们不会突然背地里给我一下子，让我猝不及防。它们会折磨我的神经，折磨我的肉体，但它们可以带给我快感，令我将无处宣泄的自卑、茫然、绝望，甚至麻木，统统得到释放，只有释放了这些，我才能继续存活。

——夜雨

1

雅茜死后的一个月内我都闭门不出。

听说有警察找我，也听说雅茜的父母找我，我把自己反锁在家里，连张瑞泽也不见。

我无法忘记雅茜信里的一句话：夜雨，你记住，这辈子你都会活在我的阴影里，即使你和泽在一起，你也会永远记得我，永远。

这句话好像给我判了死刑，我的一生都注定要背负上雅茜的咒怨生存。我害怕自己会被这沉重的负担给压垮，我甚至不敢去想张瑞泽，只要一想到他我就会想起雅茜是因我而死的。

一个月过后张瑞泽来找我，我的情绪才慢慢稳定。

他告诉我雅茜给家人写了遗书，自杀的原因是家人长期不在她身边，她很寂寞。她在遗书里还说到了我，她说我是她唯一的朋友，让她的父母帮助生活困难的我。

除了张瑞泽，别人什么也不知道，包括那些看见我和雅茜在生日聚会上打架的同学。

雅茜的父母来看过我，他们买了很多东西，并提出帮我母亲找个医院的建议。起初我并不答应，态度很强硬，后来经过张瑞泽的劝导，我终于决定把母亲送进全市最好的精神病医院住院。

其实，这一切只因为张瑞泽的一句话，他对我说，你拿什么养活她？你连自己都养活不了。

是的，我连自己都养活不了，难道还要她也跟我一起受罪吗？

我因为背负着一个秘密而无法释怀，对于她父母的感谢我必须接受，这样却更加深了我的负罪感，而这样的负罪感会跟着我一直行走，行走，直到将我整个破败的青春全部摧毁。

这是她的报复，她的恨。

母亲被送进医院的那天，天空一直飘着零星的小雨。我不算长的头发被淋得湿湿的，全部塌在头顶，看起来既可笑又丑陋。这天张瑞泽没有来，雅茜父母帮我母亲办好了全部手续，然后我将母亲送进病房，护士告诉我们，医院只允许每个月末来探视，其他时间是不准病人和亲属见面的。我缓缓地点了点头，母亲很高兴地在病床上吃着雅茜父母刚刚买给她的菠萝，看着她那痴傻的样子，我突然就红了眼眶。我低头快步离开病房，没有让眼泪在病房里落下。

从医院回来后我直接去了张瑞泽家，他正对着电脑玩得津津有味。我扳过他的脸让他直视我，一字一顿地对他说："雅茜死之前没有对你说过什么吗？"

"没有。"他不耐烦地挪开我的手，继续专注于他的游戏。

不知为何，我第一次觉得他特别让人倒胃口，抽烟的样子，打游戏的样子，不耐烦的样子，通通都让我倒胃口。这样一想，我心里更加厌烦他，起身准备离开。可当我站起来的时候，我发现自己真的反胃了，我冲到洗手间去，对着洗手池一阵干呕，胃里面翻江倒海，连头都有些晕。

我吐得天昏地暗却什么也吐不出来，过了好一会儿才停止了想要继续呕吐的感觉。我拧开水龙头洗了把脸还漱了口，再抬头时张瑞泽已经站在洗手间门口，他一脸凝重地问："你怎么了？"

"没什么。"我现在真的一点也不想见到他，就连说话也觉得讨厌。

"你他妈的别给我装，"他突然一把扯住我的胳膊，几乎将我的半个身子拽离了地面，语气让我感到战栗，"你是不是有了？"

“有了？什么有了？”

“别给我装傻充愣，”他恶狠狠地对我说，“你要是骗我的话，我会让你死得很难看。”

我的天！我真的不知道他在说什么。这个疯子，他又在发什么神经！

或许是雅茜的死对我的冲击还没有完全消失，我使劲甩开他的手，然后用身体撞开他跑出洗手间，想去开他家的防盗门，离开他家。可我还没跑到门口就被他给抓了回来，肩膀被他的手再次用力捏住，疼得我额头开始冒汗。我冲他大喊：“你干什么？你这个神经病！”

“告诉我，你是不是有了？”他一下子把我摔到墙上，一只手摁住我的肩膀把我固定住，脸几乎贴在我的脸上，眼睛里像要冒出火来。

“什么有了？”我觉得自己都要哭出来了，但我咬紧嘴唇没让自己哭。我不能在他面前哭，以前无论被侮辱过多少次我都不曾哭过，现在不过是一次小小的矛盾，我有什么好哭的呢？

“别告诉我你还不知道！”他肆虐地说。

“你在说什么，我真的不知道。”我瞪大眼睛望着他，眼里应该充满了无奈和恨，对于眼前这个让我倾注所有都想得到的男生，现在我竟觉得无比恨他。

他用审视的目光打量了我好久才松开摁在我肩膀上的手，进了他的卧室。我不知道他还要干什么，所以我一动也不敢动。当我听见卧室里面传来打火机的声音时，我的一颗悬着的心终于落下。我跌坐在地板上，冰凉的地板和我此时的体温一样。过了一会儿他又从卧室走出来，右手夹着烟在我面前蹲下，用我难以理解的复杂口吻说：“过几天我带你去医院，最近你最好给我老实地待着。”

下午张瑞泽出去了，我偷偷地打开了他的电脑。我现在还不明白张瑞泽口中的“有了”到底指什么，但我隐约觉得这和我们做过的事情有关。于是，我决定从网上找答案，但我很少接触这高科技，用起来很不顺手，打字也慢。最后当我磕磕绊绊地终于略查出一二的时候，我慌了神。

我匆匆忙忙把电脑关上，手一直在发抖，然后我抽了一根烟，又咕嘟咕嘟灌了一杯水，钻进张瑞泽床上的厚被子里，抱着自己的膝盖悄无声息地哭了。

原来如此，难怪他会紧张成那样。

原来如此，他口口声声说的“有了”是指怀孕。

原来如此，我成了一个彻彻底底的坏女生，在不允许早恋的年龄里早孕了。

回到学校后，很多同学前来向我询问雅茜的事情，我都用沉默来回答。张瑞泽一直监视着我，生怕我会给他制造出麻烦。

一天放学后我刻意没有收拾书包，张瑞泽也没有要走的迹象。等教室里的同学都走完了以后，我对张瑞泽说：“我知道你说的‘有了’是指什么了，我们什么时候去医院?”

可能是我过于沉着冷静，他用一种异样的眼神盯了我好久才开口：“还有不到半个月就是暑假了，我已经给你找好一家小医院了。钱我会给你的，到时候你自己去，我不能陪你。”

“好的。”说完我回座位收拾书包，那天的书包我收拾了好久，直到张瑞泽不耐烦地说 “不等你了”，然后离开教室，后我才哭了出来。

我无从得知自己此时的心酸到底来自哪里，我只知道自己心里有一个声音在说：你只准再为了他哭这最后一次。从此以后，无论多么艰难你都不许再哭，因为路是你自己选择的，你要坚持到底。

于是在高二，我完成了人生中的又一次蜕变。

我至今都无法忘记，充满异味的小手术室里发生的一切：那尖锐的器械摩擦声，无法言喻的疼痛，分离时揪心的失落，所有的这些都深深地印在我的人生之书上，每一撇每一捺，都是刺骨的刻痕。

手术后我一直躺在床上，根本无法下地活动，而张瑞泽在放暑假的第一天就去西藏旅游了，留我一个人在脏乱的家里，终日面对墙壁，连下床的力气都没有，整整一个星期都滴水未进。

然后，我就又一次顺理成章地进了医院。

送我去医院的人是一个我没有想到的，几乎快要忘记的人——吕安，雅茜的假男朋友。

那段日子是我从出生以来过得最为安静的时光，我住了三天院，然后被吕安接到他家去调养。大妈去吕安的姥姥家了，所以家里除了一个小保姆，就只剩我们两个。

我每天都能吃到各式各样好吃的菜，而且吕安还把一摞一摞的书搬到我的床前让我看，不允许我下床，每天只有傍晚的时候才能在屋内走动一下。

我甚至觉得自己像一头因为主人想要卖个好价钱而被迅速喂胖的猪，而吕安就是那个贪心的主人。当我把这个想法告诉吕安时，他瞪着大眼睛看了我好久，最后说了一句让我崩溃的话："夜雨，我以前怎么没发现原来你还如此可爱？"

我倒。

吕安一只手端着我的晚饭，一只手把床头柜上的书往旁边推，整理出一块干净的地方以便能放饭碗。然后他点了点我的脑门说："你的脑子里到底在瞎想什么呀？"

"你为什么要帮我？"我抱住膝盖蜷缩起来，"我害死了你最喜欢的雅茜，你应该恨我不是吗？"

他怔住，把手覆盖在我头顶，用父亲对女儿说话的口吻说："这不是你的错，就算没有你的出现，她也会走上这一步的。她是被空虚杀死的。"

"你骗人，"我有些激动，"如果不是我，如果不是我……"我噙着泪看着吕安，然后咽下了我原本想要说出的真相。

事隔这么久，我终于有勇气和一个人谈论雅茜，但我最终没有勇气把我用硫酸泼雅茜的真相说出来。我只能把这件事深埋在心底，被每夜的梦魇所折磨，痛不欲生，却不能告知任何人。

"别想这么多，"他用勺子搅拌稀饭，然后把饭碗放进我手里，"我帮你是因为我知道你受的苦，我欣赏你的坚强。别的目的丝毫没有。"说罢，他很知趣地走出房间，轻轻地带上门。

窗外的阳光还很刺眼，房间里有很多灰尘在飞舞，我突然不可自制地想要抽烟，不可自制地想念张瑞泽。我想要回到他的小屋，坐在床边一边抽着 555，一边观赏他睡觉的样子。

我轻声念出了“张瑞泽”三个字，每个字出声时都如同大锤砸在我的胸口上。他连堕胎这种事情都不陪在我身边，甚至连我手术后都不曾去看我一眼，这样的无情，我竟一点也不舍得责怪他。我痴痴地为了这个不在乎我的人费尽心机，不惜失去所有也要留在他身边，固执地认为只要他在，我就快乐。

可是，这样疯狂而愚蠢的爱恋到底什么时候才能结束？我的人生如何才能走回正途，让我离那些我想逃离的过去远一点，更遥远一点呢？

夜雨，我的名字，它隐含的意思是什么呢？是不是，每日每夜，因为想念一个人而泪如雨下呢？

我端着那碗稀饭过了好久，终究没有吃下去。

我不配吃吕安亲手递到我手上的稀饭，因为我是杀死他心爱的人的凶手。而这一切，他还被蒙在鼓里，全然不知。

我，真该下地狱。

我开始刻意回避吕安对我的好，甚至用装睡这一招来逃过他的慰问。

我只有尽量不接受他的好意，我的良心才能安稳一点。我不能告诉他真相，更不能在隐瞒真相的同时还嘻嘻哈哈地接受他对我无条件的好。

就这点来说，我还不算丧心病狂，最起码我还懂得人活着要对得起自己的良心。

虽然对于雅茜，我违背了自己的良心。

有一段日子，我甚至想尽办法让自己忘记张瑞泽。我很清楚，自己只有远离他才能过上正常的生活，才能远离那些让我发狂的嫉妒的情感。

可是我做不到。我在吕安不在家的时候溜出去买烟，跑到张瑞泽楼下去抽，一根接一根，有时一小时能消灭掉两三包，抽到我眼冒金星，头昏脑涨，不断干呕。每当我被香烟折磨得无比难受的时候，我都会短暂地忘掉张瑞泽，可当飘飘悠悠的感觉从我的身体里面离开时，我又能清晰地感受到我对他的想念。

我知道我这是换了一种方法折磨自己，让自己在痛苦里得到短暂的麻痹，为了躲避对张瑞泽的感情，也是为了逃避雅茜的死对我的打击。

所以，当吕安第七次从张瑞泽楼下找到如醉一般不清醒的我时，他彻底失去了耐心，一把将我丢在路边。我的胳膊咚的一声磕到水泥地面上，疼得我一下子就清醒了。我吃痛地站起来，跳起来生气地对吕安喊道："你干什么！"

可我居然看见有好几个吕安在摇晃。

原来，抽烟也能使人醉。

"你看看你现在是什么样子！"他举起手想要给我一巴掌，可当掌心差那么一点就能碰到我的左脸时，他的手突然急速转向，狠狠地拍在了自己的腿上。他愤愤不平地说："你值得为了一个根本不爱你的人而堕落成这样吗？"

值得吗？我曾无数次问自己，却发现这个问题十分可笑，爱情来得突然又难以捉摸，它是以一种决绝地姿态进入了我的世界的，我怎么可能有反击的能力？哪来的理智去思考值得不值得这样的问题呢？换句话说，即使我知道不值得又有什么用？一旦爱了，就没有抽身离去的可能，爱情这场拉锯战，又有谁能全身而退呢？

"你不懂得，"我凄楚地说，"在我的生命中，他是第一个以我的敌人出现，也是第一个让我对他又爱又恨的人。我嫉妒他的完美，我不得不拜倒在他的光环下……我喜欢他，为了他，我放下了尊严；为了他，我不顾脸面地去和别的女生打架，我不知羞耻地把自己献给他。"

我摇摇晃晃地往前走了两三步，隔着泪水看见吕安纠结的脸，突然就咧嘴笑了。我指着他的脸说："你有什么好难过的？我连自己去堕胎，自己忍着剧痛走回家，自己躺在床上差点死掉都没有难过。你难过什么？"

“夜雨……”他欲言又止，我最看不惯这样的男生，婆婆妈妈。于是我打断他，大声说：“你怜悯我？没那个必要，这一切都是我在作践自己，不需要任何人怜悯同情。更何况，我从来没有后悔过，我用我自己的方式诠释我的爱，这就是我的爱，我爱张瑞泽。为了他，哪怕付出我所不能承受的代价，我也愿意，我在所不惜，我多伟大。”

“只是为什么……”我像突然受到了什么打击似的，蔫了下去，蹲在地上呜呜地哭着。我边哭边小声说：“为什么我付出了这么多，他却能做到毫不在乎，对我总是若即若离，倘若真的不喜欢我，当初又为什么靠近我，又为什么要我……”

“好了，没事了，都过去了。”吕安蹲在我旁边，拍着我的肩膀将我拥进怀中。我听见他强而有力的心跳声，和张瑞泽急速的鼓点不同，他的心跳更加沉稳一些。

如果说吕安像波澜不惊的湖面，那么张瑞泽就是波涛汹涌的大海，只要一阵风，就能将我卷进藏蓝色的深海中，窒息而亡。

那么，现在有一个平静的湖面愿意接纳我这艘破烂不堪的小船，我会愿意前往吗？

那里没有风浪，没有危险，没有心跳，没有爱情，没有伤害。

倘若如此，我现在就起航，驶向没有张瑞泽的安稳生活。

立刻。

马上。

离开令我神魂颠倒、醉生梦死的深海。

生活开始步入正轨，我渐渐喜欢上了对着阳光肆意地大笑。

我的头发被我拿剪刀咔嚓一下剪成了娃娃头。我希望和他有关的一切都能随着剪断的头发一起消失，这样我就可以重生，像个婴儿一样看待世界，一切都可以重新谱写。

对于吕安，我至今都无法确定他在我的世界是怎样一种存在，但他确实改变了我的生活。他带我去看夕阳，载我逮野兔，教我煮红烧鱼，陪我看望母亲……这一切，他都做得理所当然，有条不紊。

我曾问过他为什么要对我这样好，他的回答却让我不敢再问第二次。他说："因为喜欢你啊！从一开始因为喜欢雅茜而认识你之后，就被你的痴情和坚强所打动。其实在雅茜生日前我就已经对她失去了感觉，相比之下，我认为勇敢地生活、坚强地去爱的你，更值得我追随。"

这样直接的告白，是我自出生以来第一次听到，所以我羞得满脸通红，心跳加速。可这种害羞和与张瑞泽在一起时不一样，那种心跳和脸红都是炙热的，剧烈的，像是一碰就会惊天动地一般。我想终我一生，只有张瑞泽能让我有如此的错觉，并被我称之为爱情吧！

哦，你看看我，又在想他了。

这也是我第一次知道，要刻意去遗忘一个人真的很困难。他的一言一行明明会在你精神脆弱时跑出来，你却还要强装镇定，告诉自己没有想他，这样的自欺欺人，被我们称为"忘记"。

2

再次见到张瑞泽后，他跟我说的第一句话就是询问我是否按他的要求去做了手术。当时我站在楼梯旁边，有一瞬间的精神恍惚，差点滚下去，但我仍装作很镇定，平静地说："我去做了，你不用担心，还有，我们分手吧！"

"分手？"他面带惊讶之色，但更多的是嘲弄。

"是，"我坚定地说，"我现在和吕安在一起了。他不喜欢我和你再纠缠下去，我们分手吧！或者说，我和你从来就没有开始过，不是吗？"

他不说话，表情严肃得有些吓人。说实话我很害怕他这个样子，所以我对他勉强笑了一下，准备回教室，可我刚转身就被他拉住了。他在我身后说了一句话，虽然声音不大，却能够使我浑身的血液静止。他说：“那个吕安如果知道是你害死雅茜的，他还会和你在一起吗？”

“你住嘴啊！”我第一次这样生气地呵斥他，“雅茜的死和我没有任何关系，就像我和你从此以后也不会再有关系一样。我要开始我的新生活，我要做一个开心的女孩，而不是每天为了爱你一味地付出、忍让，甚至牺牲。张瑞泽，我为你付出的已经超过了我所能承受的，所以我要放手啊！”

他抬起头，用眼睛盯着我，那眼神让我差点就没有勇气继续强硬下去。其实在看到他第一眼的时候，我就已经动摇了我要离开他的决心。要知道，整整两个月的疯狂想念会胜过所有的一切，包括受过的伤害和心痛。

可是再可是，我不能心软不能妥协，我要成为人上人，踩到所有人的头顶才行。只有那样，我才能再也不被欺负，不被蔑视，也不会爱得如此卑微。

我不能回头，更不能动摇。

张瑞泽，我要和你彻彻底底地说再见。

后来，我好像就真的和他说了再见，或者说，是他放我走了。

是的，他放开了他的手，让我自生自灭，自此以后再没有给过我一个眼神或一个表情。我每天如同行尸走肉一般来上学，低着头却用耳朵搜寻他的动向，乞求上天让时间过得慢一点，可以再多偷偷地看他一眼。放学时，我会坐在吕安的单车后。吕安骑着车子去北边，我却回头不停地张望，希望看见他出校门后离去的方向，哪怕是一个背影，也够支撑一个晚上的时光。

我以为我会就此安稳，一辈子都会在想念和寻找中度过。但我没有想到，上帝他并不想让我和张瑞泽从此天南地北，而是又一次把我们两个人推到了一起。

那是一个周三的中午，吕安由于中午要去上美术补习班没有时间来接我，我自己在外面吃面。吃完面后我去商店买了盒娇子——我的钱不多，买不起 555 了。我揣着烟坐在体育馆的台阶上津津有味地抽着，就在我准备抽完烟小憩一会儿的时候，我看见了张瑞泽。

他被好几个一看就是不良少年的人追赶。那些人手里拿着明晃晃的东西，我的眼睛被强烈的光线刺痛，再睁开时才看清楚，那是刀子，足足有十五厘米那么长的刀子。而彼时，张瑞泽已经被他们摁在地上，无力挣扎，我激动地站起来想要冲过去。但这时我想起了自己曾对吕安说过的话，我说从此往后，我的生命中只有吕安，没有张瑞泽。

既然如此，我现在又怎么能冲上去呢？

于是我低着头，想快步从旁边绕走，回学校去。当我走下台阶经过他们的身后时，我没忍住瞥了一眼。我看见张瑞泽血红的眼睛直勾勾地盯着我，我一下子就如同被点了穴道一样，站在原地一动不动了。

记忆呼啦一下全飞了出来：他夺取我手里的水果刀吻我时的眼神，他在家门口说着甜言蜜语时深情款款的样子，他熟睡时天真无邪的样子……那些被我强制格式化的回忆又统统回来了，它们像一个个拿着小叉子的恶魔，在我的脑子中大喊：你连死都不怕，爱着的人正命悬一线，你能这样逃走、袖手旁观吗？

我的答案是我不能。

其实就算没有这些复杂的想法我也不会逃走，我一定会在最后一秒冲过去，为他挡住枪林弹雨。

因为爱着一个人的不是大脑和回忆，而是心，它不会接受大脑的控制，只会在一瞬间本能地做出顺应自己心意的事情。

所以我冲了过去，宛如一头被惹怒了的狮子。我冲进人群，在刀子即将落下的时候冲了进去，挡在张瑞泽身前，刀子不偏不倚地插在了我的胳膊上，鲜血四溅。不知为何，我那时并不痛，当看到四溅的鲜血时，反而很高兴，难以言喻的冲动控制着我，我拔下插在自己胳膊上的刀子，左右晃着，像个疯子。

那些人因为我的疯狂行为和不为疼痛所动的表情吓到了，后退了好几步，指着地上的张瑞泽说：“你小子最好把货给我找回来，不然我们总有一天会弄死你。”

说完，他们三步并作两步离开了体育馆，生怕我会拿着刀子追过去给他们一人一刀一样。

不过，他们的这种顾虑是有可能的。在我疯狂的时候，我总是不能控制自己的行为，做出不可理喻的事情也是正常的。好在中午时体育馆空无一人，不然一定会惊动警察，把我们统统送进警察局。

我放下刀子跌坐在地上，胳膊上的伤口开始疼起来，血一直往外流。张瑞泽坐起来，盯着我看，然后对我招招手。我听话地捂住胳膊上的伤口靠近他，他在我接近他的时候突然伸手拥我入怀，用力地亲吻我，然后发出短促又干涩的笑声。

我至今还记得那个吻——那是一个让我死而复生的吻，我的视线突然由黑白变成了彩色，我的每一个细胞都因为它而突然兴奋起来。我在这种亢奋的情绪下，终于抛开了所有想法，只是一心一意地想要和他在一起，哪怕就此一秒。

在如此美妙的一个深吻里，他幻化成了我的翅膀，带我翱翔云端。我沉醉在飘飘欲仙的欢愉中，却丝毫没有察觉，自己已经离不开这双翅膀，一旦没有他，我就会直直地落下，然后粉身碎骨。

那夜我又回到了让我朝思暮想的小屋。我沉沦在他带给我的温暖里，醉生梦死，千回百折，死灰复燃，又急速下坠，下坠。

凌晨的时候，我还是无法入睡。我翻身下床，光着身子在窗前抽烟。我没有给吕安任何消息，他现在肯定在满世界找我。但我一点也没有自责或后悔，我的心里满满当当的全是幸福——正在床上熟睡的我的小爱人带给我的幸福。

我胳膊上的伤口其实并不深，张瑞泽帮我包扎后就一直在疼。但我固执地不去医院，不知道是不是医院会让我想起雅茜的缘故，总之我拒绝去。他没有强迫我，只是每天都会帮我换药。我一直蜗居于他家，他每天都会帮我向老师请假。我之所以这样做，原因有两个：一是养伤，二是躲避吕安。

我没有经受住诱惑，也背叛了许给吕安的承诺。

而张瑞泽，注定就是我的归宿。

后来我时常想，如果那时我没有顺从天意回到张瑞泽身边，那就没有以后那么多的痛苦和焦虑了吧？我也不会变成一个不择手段、喜怒无常、心狠手辣的女人了吧？

可惜，一切都是后话，一切都已经发生。我早说过，我的爱情如同我的性格一样决绝，一旦爱了，就一定是死去活来。

3

我开始住在张瑞泽家，上学的时候总是翻墙以躲开吕安的拦阻，并且还开始吞食避孕药。我不想再去那肮脏的小手术室，更不愿意再尝那种死一般的痛苦。

但这毕竟是缓兵之计，我还是被吕安逮到了。

他不知从何得知我翻墙的消息，在我翻墙的地方堵住了我，愤怒地询问我的近况。我虽然自知对不住他，但为了张瑞泽，我还是用强硬的语气拒绝了他的关心。可他不死心，抓着我的胳膊不放，用绝望的眼神看着我，悲凉地说："他真的有那么好？能让你满身伤痕也愿意去追随？"

"是的。"我回答得很坚定。

"那你知不知道他贩毒？"吕安一拳打在我身后的墙上，"你再这样下去会被他毁了的。"

我保持镇定，平静地说："那也是我心甘情愿被毁灭，和你毫无关系。我谢谢你之前的帮助，也为没能遵守承诺而感到抱歉，但我离不开他，就如同鱼离不开水，飞鸟离不开天空，树木离不开大地一样。"

"那我也一样离不开你，一样如同鱼离不开水，飞鸟离不开天空，树木离不开大地。我该怎么办呢？”他红了眼眶，手背在流血，看起来让人心疼。

这时，张瑞泽不知从哪里走了出来，他把我拉到身后护住，对吕安挑衅道：“怎么？抢别人的女人很有意思，让你欲罢不能吗？”

吕安喘着粗气怒视张瑞泽。我真害怕他们两个人会打起来，可当我正在思考如果他们两个人打起来我该不该拉架的时候，吕安却泄了气，丢给我一句“我和你以后都不会再有任何瓜葛了”就走了。

我本想好好对他说声“对不起”，但最终没有勇气叫住他。

张瑞泽对这个结果很是满意。他开心地抱起我在原地打转。我吓得轻声尖叫，但随即就变成了开心的大笑。在天旋地转的幸福中，我盲目地认定我们两个会安安稳稳地生活下去，每天他爱我我爱他，我做饭他洗碗，我收拾家他玩游戏。

可我低估了上帝这个老头的恶作剧天分，他执意不让我好过，这是我早就明白的。但我没想到，厄运会来得如此之快，几乎是和幸福如影随形。

那天晚上十点，张瑞泽突然接了一通电话。他的脸色马上变得惨白，接着跟我说了声“我出去有事”就推门离去。

请原谅我的多心，但我真的很担心他会出事，于是左右思忖后决定尾随他出门。

我从窗户上看到他出了楼道门，于是飞奔着穿上鞋也轻轻地出了门。我刻意踮着脚尖下楼，生怕把楼道里的声控灯给弄亮了。出了楼道我飞快地跑到小区门口，躲在黑暗的地方寻找他的去向，然后跟在他后面不远处。我跟着他一路左转右转，看着他进了一家叫做妖妖的酒吧，我咬紧牙也跟了进去。

里面的气氛并没有我想的那么糟糕，音乐也不是很震耳欲聋。我在有些昏暗暧昧的光线中寻找他的影子，可酒吧里人影晃动，根本看不清他在哪里。

就在这时，我注意到酒吧的舞台上有一位非常漂亮的少女，她的表情冷淡，眼神里也全是漠然；嘴角却勾勒出一丝傲慢的笑容。我慢慢地靠近她，她穿着夸张的演出服在舞台上唱歌，在混杂的环境里我竟听到她的声音犹如清泉一般悦耳。

不知道是不是我看得太过专注的原因，她很快就发现了我。在一曲过后她跳下舞台，指着一个小通道对我说："如果你要找人的话，顺着这个小道从后门出去，如果不是的话，那就当我没说。"

"你怎么知道我要找人？"我一时竟忘了我是来找张瑞泽的，却和她搭上了话。

"因为你是生面孔，"她满不在乎地擦着额头的汗珠，"还有就是我今天高兴。老娘高兴了什么都愿意做，偶尔当个救世主也是很不错的。"说完她嘿嘿地笑了，露出了如珍珠一般洁白的牙齿。我这才闻到她身上有浓重的酒精味，应该喝了不少的酒。

"你叫什么？"我问她。我好想知道这个充满了魅力的女孩的姓名。就在这时有一个陌生男子突然走过来，把手搭在她的肩膀上，醉醺醺地说："钟小茴，我捧你的场子这么久了，你怎么也不赏个脸陪我喝几杯？"

原来她叫钟小茴。

"陪你个大头鬼！"只见这个女生甩开猥琐男的手，大声骂出了脏话，然后迈着大步往后台走去。那样子既神气又高傲，像个比雅茜还要公主的公主，高高自上，不可一世。

我望着这个女生离去的方向发呆了好久，心想着自己什么时候能像她那般，拥有只用一个眼神就能让所有女生自愧不如的气质，直到酒吧里换了重金属音乐才把我从幻想中拉回来。我匆忙出了酒吧的后门，看到一条小巷，地上的青花石因为年岁已久，散发着青苔潮湿腐烂的味道。

我顺着小巷往里走，小巷里很安静，越往里深入就越黑。突然一声狗吠吓了我一跳，我惊得往后退了好几步，不小心惊叫出声。我惊魂未定地往前方看了几眼确定没有狗，我左边的大门却在这时突然打开，在我还没有反应过来的时候，就被一只手拖进院子里丢到地上。

原来这条小巷的左右都有人住，紧闭的大门让我以为里面根本不会有人，可到底是谁把我拽进来的，难道是张瑞泽吗?

我刚想抬头看，就感到自己的胳膊被人拽起，拖着往屋里走去。我试图站起来，但强大的拉力让我根本无法站起来，只能被拖进屋里。就在这一瞬，我敢断定这个人不是张瑞泽。我的脑海里蹦出来的第一个念头就是我被绑架了。可是我又没钱又没貌，是个连中学都还没毕业的小毛孩，谁会绑架我呢?

我被拖进屋里，木门被打开的时候我的眼前一片明亮。眼睛一时适应不了突然出现的光线，条件反射地闭了起来，等我再睁开眼的时候发现满满一个堂屋里都站满了人。说确切点是一屋子男人，他们个个面露凶相，让我忍不住幻想是不是下一秒我就会被他们给打了麻醉，然后把我的心肝肺全部整出来卖掉。

可就在我的思绪乱飞的时候，一个男人开口了。他用很适合去菜市场讨价还价的口吻问我："你认识张瑞泽?"

我一听到张瑞泽的名字立马就提高了警惕，看来这件事情真的和他有关，说不定他就被关在这里的某个地方，奄奄一息。一想到这儿，我就什么也不怕了，大不了我们一起死，于是我脖子一仰头一抬，学着刚才在酒吧里那个女生的样子说："我认识，怎么了?"

"不怎么!"这个男人好像是这一帮人的大哥。他站起来走到我身边蹲下，笑着问我："那你知道他把那批货藏哪里了吗?"

"什么货?"我有些晕了。上次张瑞泽被打的时候我就听那群人说了有关货的事情，这次又是货，到底是什么东西这么值钱，要让这么多人来争抢?

"你别给老子装!"他露出一副"我弄死你"的表情，指着他身后的一扇门说："你要是不说那小子就会死在那里面。不对，是你们一块死。"说着他给旁边的人使了个眼色，让人去打开门，然后他接着说："要不然我大发慈悲，让你们一块儿死怎么样?"

说罢，他揪着我的头发不顾我大喊大叫又把我拖进了里屋。我这才看见张瑞泽，他一动不动躺在地上，脸上惨白，身子下面有好多好多血迹。我看见他的第一眼时第一个反应就是，他不会死了吧？

然而我并没有办法去验证，因为我的两条胳膊都被人钳制住了。刚才和我说话的男人拿着一把刀子抵在张瑞泽的脖子上，冷冷地问我："快说，那批货在哪？"他边说边在手上用力，并警告我："你要是说谎，这把刀子就会插进他的脖子里，然后我把你们一起装进麻袋里扔进大海。"

好吧！我承认我从未想过有一天我会离死神如此接近。但上帝作证，此刻我并不害怕，我只想确认躺在那里的他是否还活着，于是我问拿刀的男人："他还活着吗？"

"当然。"男人说。

我的一颗心就此放下。哪怕我们过一会儿就会难逃死神的召唤，只要这一秒，我能确定他还活着，我能看见他活着在我面前，我就谢天谢地了。只要他活着，就一切都还有希望。

"快点说，别给我拖延时间。"男人手上更加用力，我甚至能看见刀尖在张瑞泽的脖子上扎出一个小小的窝来，青紫色的。

我深吸一口气，镇定自若地说："说实话，我真不知道。"

"操，你玩老子呢！"男人生气地走过来甩给我两耳光。我立马就觉得天旋地转，耳朵嗡嗡直响，视线有几秒钟都模糊不清，只能看见几个晃来晃去的人影。

我真的以为我们就这样完蛋了，我和张瑞泽都会被杀掉，就在我晕乎乎地想着自己马上就要英年早逝的时候，堂屋的大门突然被推开，一个声音响彻全屋："我知道货在哪里。"

所有的人都把视线集中到不请自来的吕安身上。我很奇怪他怎么会突然来这里，难道他一直在跟踪我？还有他怎么会知道货的事情，那可是连我都不知道的有关张瑞泽的秘密。

就在我纳闷时，那个威胁我又给过我耳光的男人走过去问吕安："你知道货在哪儿？"他的话还没落音，我就伺机挣脱开钳制，跑到张瑞泽身边，去看他的伤势。

"是的，"吕安显得很镇定，"我带你们去找货，但前提是你们放了他们两个人。这和他们两个已经没关系了。”

那男人思索了好久，应该是在考虑这个交易合适不合适，最后在我几乎就要绝望的时候，他答应了吕安。他让吕安带路，一帮人跟在吕安后面离开了这所老房子。吕安在离开屋子之前看了我一眼，用让我心碎的语气说了一句："夜雨，你就像那只傻蛾子，为了虚幻的温暖奋不顾身地扑入火中，自取灭亡。”

对，这都是我咎由自取的，我活该。但我乐意，我心甘情愿，只要是为了张瑞泽，我什么都乐意，你说我为他做的傻事那么多，我还在乎多做一些吗？

吕安帮我们把大麻烦解决掉后，张瑞泽立马就从地上起死回生了。他直挺挺地坐起来，伸着懒腰说："真累死我了！原来装死也这么累人。”

天，我拼死拼活想要救的人竟然这样明目张胆地装死，而且还在毫不在乎地起身后问我："你有烟吗？”

那一刻我真想扇他两巴掌。我为了他差点死掉，他居然用装死这一招来蒙混过关，可这又能说明什么呢？他聪明他机智，我愚昧不懂变通呗！还有就是我死心塌地地想要和他同生共死，可他只想用装死来逃过一劫，才不管任何人的死活。

晚上我和张瑞泽肩并肩走回家，在路上我问他："如果我刚才马上就要被杀了，你会不会跳起来救我？”

“当然会。”他回答得很快，“我拼了命也要救你。”

我立马心花怒放，叼着烟没有点着，小跑着跟在他身后，一会儿快跑几步冲到他前面，一会儿停下来傻呵呵地大叫："我才不管别人说我是傻蛾子呢！管他是蛾子蚊子虫子，为了张瑞泽，别说扑火了，就是扑水我也义无反顾。”

“傻丫头。”他停下脚步揉乱我的头发。夜色在他的身后显得扑朔迷离，而他的眼中正流动着奇光异彩，像极光一样美妙，让我沉沦，深陷。

哦，我的爱人啊！你就是那一汪清池，而我则是爱慕你已久的雨滴，迫不及待地想要融进你的怀抱，哪怕是失去了整片天空和柔软的云朵。

死里逃生后我再也没有见过吕安。我曾去过他家的别墅，但那栋别墅已经卖给了别人，吕安从此销声匿迹。

而我，还欠他一句“谢谢”。

我的成绩开始直线下降，班主任不止一次地找我谈话，让我不要为了她分心，只有考上名牌大学才有出路。

放屁！我就不信我不上大学还能饿死。

只要我的他能安稳地考上重点大学，我就心满意足了。我也可以在高中毕业后待在家里成为一名家庭主妇，帮他洗衣做饭，以后说不定还会和他结婚生子。一想到这些，我的嘴角不自觉地上扬，对班主任的教诲一点也听不进。我豪情万丈地想，我一定会成为一位最温柔的妻子和最体谅孩子的母亲，不会像她一样，让我受了那么多苦，最后自己却成了神经病。

可是当我把这个想法告诉张瑞泽时，他并不高兴，而是骂了句：“操！”然后就坐在窗台上抽烟，好像在琢磨我的提议。我这才注意到他的头发都这么长了，额前的刘海已经盖过了眼睛。我走过去抚摸着他的头发，柔声说：“你的头发长了，该剪了，不然挡眼睛。”

“嗯。”他轻声应我，然后就是让人窒息的沉默。

我识趣地退出卧室，坐到沙发上抱着抱枕看电视。不一会儿，我听见他在卧室换衣服的声音，接着是发短信的声音，然后他连说都不说一声就穿上鞋出门了。我匆忙跑到阳台上往下看，我看见在小区门口有一个女人在站着等他，而他从容不迫地走过去，搂过那女人，扬长而去。

虽然我早就知道他很花心，他离不开别的女人，但此刻我还是忍不住伤心起来。我把遥控器拿在手里，不停换台，换了一会儿又烦躁地关上电视，把遥控器扔到地上，趴在沙发上打滚。

看来“爱情让人变得反复无常”这句话真的一点也没有错。

我一直趴在沙发上不肯上床去睡觉，可我等到了凌晨他也没有回来。我开始着急，不停地打他的手机，无奈他的手机一直处于关机状态。在打了十多遍之后我终于放弃，衣服也没有脱就倒到床上睡了。当然，在睡着前我大声地恶毒地骂了一句："贱女人，去死！"

第二天早晨我起来得很早，五点半不到就醒了。可我起床后翻遍整个屋子都没有发现张瑞泽的人影，我不得不接受他彻夜未归的事实。于是，我又从事了拨打他手机的光荣职业，很遗憾，我的小爱人很精明，手机到现在都还在关机。

我顾不上去考虑现在出门是否还太早，简单地洗漱后换上衣服就匆匆地出了门。我先在小区门口站了一会儿，并没有发现张瑞泽回来的身影。于是，我开始往学校走，我走得很慢，边走边四处张望，还顺路在校门口不远处买了两张葱油饼揣进书包里。可我在校门口从六点一直站到六点五十，连他的半个影子都没有看到。我也不知道自己是怀着怎样的心情踏着铃声进了教室的，反正和被一根绳子捆着吊在半空中一样，好受不到哪里去。

那天张瑞泽失踪了，并且手机一直关机。我用他给我的他不用了的旧手机给他发短信他也不回，我想是没有看到。后来我一个人吃掉了两张葱油饼，撑得我眼泪差点掉出来。但我说过了，从此以后我不会再为张瑞泽掉一滴泪，我所选择的，我就必须为其付出代价。

课间操时，我因为被早晨的饼撑到了，一直蹲在厕所里。我蹲得两腿发麻却一直抱着手机，生怕会错过他的电话或短信。我天真地想：万一他再遇到上次那种危险状况向我求救怎么办？我不能让他找不到我。

可事实证明，这根本不可能，手机就跟已经被宰了的猪一样，一点动静都没有。

当上课铃打响时，我不争气的肚子还没有做好去上课的准备，还在不停地咕噜咕噜地翻腾。我哭丧着脸继续我的蹲坑大业。就在我蹲得两眼冒金星的时候，我听见挡板外面有说话声，细听才知道是两个在上课时候来上厕所的女生。

"你说昨晚张瑞泽在你家过夜是真的吗？"当我放松警惕不在乎外面来者何人的时候，我的耳朵帮我自动锁定了一句十分重要的话。我的每根神经立马绷紧，进入备战状态。

“是真的，”另一个女生说，“我还知道他要考清华，以他的成绩绝对没问题。我要是想看紧他不让别人抢走他，我就必须也考去清华才行。”说罢女生又感慨了一声：“可是分很高啊！”

“为了爱情努力吧！”是一开始说话的那个女生的声音。

原来他真的另有新欢了，而且还要瞒着我一起去清华甜蜜蜜去，做他个大头梦去吧。

我说过，要甩掉我是不可能的，只要我夜雨还活着，张瑞泽就是我的。

是我的，谁也不能抢。

中午放学时，我在三班门口堵住了今天在厕所说话的女生。

当时我透过厕所的门缝看见了她的样子，而我也正好知道她的班级。她曾与我一起担任过年级的生物实验室钥匙保管员，所以，找到她根本不费吹灰之力。

还有一点，那就是她是校花，是能集中全校男生视线的名人，我怎么可能不知道。

她对我来找她的这种行为并不惊讶，好像早就猜到了一样。她仰着头傲慢地说：“你是因为张瑞泽来的吧？他已经变心了，你就不要死缠烂打了。”

说实话，她高傲的样子真的让我想要扇她一巴掌，因为她的这副嘴脸不仅没有显出她的高高在上，反而凸显了她的恶俗。

她永远不知道，真正的高傲是由内而外的一种气质，那样高高在上却能目空一切的神情，她一辈子都学不来。而我至今唯一见过的，拥有这种气质的人就是那晚在酒吧唱歌并帮我指路的女生。我到现在还忘不了她眸子里透出的清冷，那气质是眼前这个俗到家的女人所无法企及的。

“我知道，所以我要来谢谢你。还有，”我拖长音调，“吃我吃剩下的不怕对不住你尊贵的身份吗？”

“你！”她被我气得瞪大眼睛喘粗气，却不知道该如何来反驳我，最终在我无辜的眼神下屈服，丢下一句“那是因为我爱张瑞泽”仓皇逃走。

爱吗?

试问，这个世界，还有谁敢说比我更爱张瑞泽?

我开始搬回原来的房子去住，并且又一次和张瑞泽断绝来往。我坚决地告诉他:“张瑞泽，进入高三后我不准备再见你了。我要让你知道什么叫做思念。”

当时他哈哈大笑，满不在乎地说:“你还真把自己当个宝了?你愿意走就走吧!但是你记住，等你再回来时，就绝非像走这么简单了，我张瑞泽从来不要滚蛋的东西。”

我心里虽然有那么一点犹豫，但我坚信只要我在他心里有地位，就算我现在离开，他也会为我一直留一个位置，虚位以待。

可是，我真的忽视了他喜新厌旧的速度，我们之间已经产生了一道无法逾越的鸿沟，而我们分开才仅仅四个月而已。

盛夏是我最讨厌的季节，所以我的脾气也变得更加暴躁，当我再见到他的时候，他早已没了当时的温柔，眼神冷漠得如陌生人一般，指着门口对我说:“请早就滚蛋的人滚出我的视线!”

他说这话时，他怀里的女人笑得跟妖怪一样，那得意的样子让我恨不得冲过去把她的眼珠子挖出来。或许是他看出了我的心思，用带有警告意味的口吻说:“你最好别再整些麻烦事出来，不然我不能保证你这次还有那么好的运气——不被警察抓到，送去坐牢。”

我气冲冲地离开张瑞泽家，气急败坏地走在大马路上，想抽烟，打火机却突然没了气。我蹲在路边看人影晃过，不自觉地骂起张瑞泽来。其实他什么都知道，他就是故意在和我耍脾气。他根本就是生气我之前弃他而去，现在想让我吃点苦头罢了。

你瞧，我拼死拼活爱上的人，居然是这样一个鬼精灵，跟他斗，我一直都是输家。

三中每学年开学前都要举行为期半个月的军训，就连高三也不例外。

军训前一天我只身一人去学校报到，只带了一个小背包，里面除了钱包就是一面很老旧的镜子，和宿舍那些带了大包小包的女生相比，我简直就是来度假的。

我的学费是雅茜的父母帮我垫付的。我之所以说垫付，是因为我并不想占他们的便宜，等我有了能力之后一定会把这笔钱还给他们的。

其实，我也许应该偿还更多的东西给他们，比如一条人命。

宿舍的被褥都是今天报到时领来的，崭新，却有难以抚平的褶皱，还有刺鼻的染料味。我麻利地把床铺好，然后把学校发的盆和暖瓶都拿去盥洗室用清水冲洗了一下。回到宿舍的时候，我惊讶地发现了张瑞泽，他正站在我的铁床旁边，跟我上铺的女生说话。

我不知道他是怎样溜进女生宿舍的，更不知道他为什么会认识我上铺的女生，但我不可救药的叛逆心在作祟，我发誓我绝对不会再一次轻易认输，一次又一次地退让，只会让我的境地更加困难。

于是，我面无表情地走过去，对他说："麻烦你让一下。"然后不管他是否反应过来，就把洗脸盆塞进床底下，倒在床上，背对着他装睡。

既然他可以装成和我是陌生人，那我又怎么能不配合呢？于是，我要装得比他更像，好好地和他一较高下，省得他真以为我因为爱他就能对他的所作所为全部忍气吞声。

"你最好适可而止。"在我装睡的时候，他终于开了口。我能听出他语气里的不悦，但我不准备理他，我要继续进行我的装睡使命。

可笑，该适可而止的人是他才对，这么久一直到处勾三搭四，还不想让我管。他以为我天生就是气罐子帮他装气的吗？

“你知道我的脾气，”他继续说，“我数三声，要是你还不给我起来跟我走的话，后果你自己心里清楚，我只数一次。”

哼，数去吧！我不信他还真能不要我了，如果真是这样，那当初他就不会不让吕安带我走了。

可是，当他冷冷地缓慢地吐出三个数字后，我开始后悔，并没骨气地坐了起来，结结巴巴地解释：“我睡不着，并不是听你的才起来的。”

“很好，”他漾起了我从来没有见过的笑容，不可一世地说，“从今往后，你他妈就彻底给我滚蛋吧！再也别回来了！”

我愣了，说实话，我没有想到他会认为我的这句话是真心的并且认真起来，一时间我竟不知道该说什么该做什么，静止在原地像尊雕像一样。我直愣愣地看着他，想从他的脸上看出一丝破绽，比如说他突然笑起来大声说：“你他妈的被我给骗了。”可是他没有这样做，而是始终都保持着这个怪异的笑容。而他的嘴角扯出的弧度此时像是一把铁钩，把我的心紧紧地钩住，随着他嘴角的弧度变大，我的心也犹如被撕裂般疼痛。

“我……”我张了张嘴，可话还没出口，他就伸出手，胳膊在空气中划出一个和他的嘴角一般怪异的弧度，指着宿舍门口说：“请滚蛋吧！”

这是我的宿舍，他居然让我滚！

但我别无选择，我根本不想惹怒他，也不能失去他。我以为他不会认真起来，不会跟我生气，所以现在我能做的，就只有乖乖听话这么简单。

于是，我低着头，一声不吭地滚出了宿舍。如他所愿。

八月下旬，天气闷热得要命，我漫无目的地在三中附近的街道上来回徘徊。我不能回宿舍，因为我不能确定张瑞泽会不会还在那里，他如果还在，说不定会再一次指着门口让我滚蛋。

罢了，一切都是我自找的，我还有什么好哀怨的呢？

我在楼区里绕来绕去，腿有些发麻，但我没有停下来的打算。我一直认为站在原地不动是一件十分可耻的事情，对我而言，我的人生，必须一直向前，哪怕荆棘遍布。

就在我第五次经过一栋楼前种有蔷薇的居民楼时，我发现了一个人。她穿着一身灰色的雪纺连衣裙，裙摆正好达到膝盖，白皙细长的小腿暴露在阳光下，显得过分漂亮，竟有些晶莹透亮的错觉。

正是那天在酒吧里见到的漂亮女生，我记得她好像叫什么茴来着的。

不知是不是我太无聊了，我竟鬼使神差地跟在她后面，想看看她去什么地方见什么人或者做什么事情。也许是偶然，但从第一次见到她时起，我就有种似曾相识的感觉。她虽然漂亮，气质超群，但在我眼中，她和我身上有着同一种气息——只有我能感觉到的气息。

我尾随其后，拐进小区深处。她在一栋挺老旧的居民楼下面停了一下，然后闪进一个楼道。我快步跑过去，站在楼道里听她踩着高跟鞋嗒嗒上楼的声音，在心里暗自数着是第几层。我估计她是在第三层停下的，然后听到她开始大力地敲门，哦，不，应该说是砸门。接着门被打开，一个一听就是大妈的声音突然响起："门踢坏了你出钱修啊！你这个月房租什么时候交，没有钱就滚蛋！"声音大得吓了我一跳。

"丫的，"是那个什么茴的声音，"老娘的工资下个星期就拿出来了，你急什么急？老娘哪一次拖欠过你的房租了？你去问问，哪有比你房租更贵的地方了，我一直没有嫌你要得多，你还真来劲了！"

"小兔崽子，你这是在跟谁叫嚣？你忘了从小是谁把你带大的吗？没有我，你早就饿死了，我的房租贵，嫌贵你就滚蛋，别在这里碍眼。"

"我求你了吗？我没有求你养我，那是你自愿的，现在想要钱，没门！"

"你给我滚蛋！"

"我就不滚，我要回屋睡觉！"

"滚蛋！"

"不！"

……

就在我怀疑会不会发生第二次世界大战的时候，房门咚的一声关上了，然后整个楼道就安静下来。我站在那里停了一会儿，确定再没有动静了以后才离开。

我的心情因为听见了她们两个人的吵架声而变得异常好。我哼着小曲走回学校，我胸有成竹地想，那个女生一定也是在伤痛中长大的孩子，所以我们之间有一个共同点，那就是不信任——我们不会轻易相信任何人。

这时，我突然想起了她的名字，钟小茴。没错，她叫钟小茴，一定是。

钟小茴，钟小茴。

我默念着这个名字，在心底悄悄作了决定——我要她做我的好朋友，很要好很要好的那种。我需要一份友情来填补雅茜的那个空位，或许这样我就能远离雅茜给我带来的噩梦。

好吧，好吧，让我想一个办法接近她，将她收入掌心，就像当初雅茜大费周章地把我捆绑在离她最近的位置时那样。

那是不是应该先制造些伤害，然后再接近她呢?

记得雅茜曾说过，想要捆绑住一个人就要先给他一巴掌，然后再给他一块糖，这样他就会只记住你的好，把之前的伤痛都忘掉。

可是，在我还没有想出办法伤害她的时候，她倒自己先送上门来了。

事情要从我们军训的最后一天说起。那天傍晚我去洗手间时被一群女生围住，其中就有我上铺那个曾和张瑞泽说话的女生。她们推搡着我，把我推到洗手间的最里面，然后开始对我指指点点，大肆嘲笑，甚至开始动手揪扯我的头发。

其实我早就明白她们是来干什么的，无非是被张瑞泽甩了，认为是我的原因，来找我算账的。这些年来，因为这样的事情，我没少被揍过，可每次这种时候我都不曾害怕，反而还很高兴。

也许别人认为我是疯子，但只有在这种时候，我才能真切地感受到所有人对我的嫉妒。我拥有她们所望尘莫及的东西，和这种感觉相比，

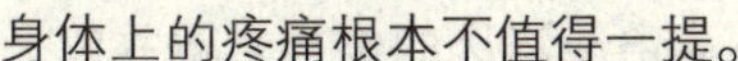

身体上的疼痛根本不值得一提。

那个睡在我上铺的女生趁我不注意的时候在我膝盖上狠狠地踹了一脚，我一个踉跄跪倒在地。这时这群女生们原形毕露，对我大声谩骂并且拳脚相加。其中一个女生居然还知道我的身世，她轻蔑地嘲笑我："去死吧！你也不看看你是谁，你连爸爸都没有，还好意思勾引张瑞泽，不要脸！"

我可以允许别人嘲笑我，谩骂我，甚至像现在这样殴打我，但绝对不允许他们侮辱我的父亲。

早就死去的他和这些有什么关系呢？凭什么要把他扯进来，他是世界上对我最好的人，最疼我的人，所以，骂他的人就要付出代价。

正当我想要奋起反抗时，一个熟悉的声音响了起来："在我钟小茴面前也敢打架，活得不耐烦了？"

哦，竟然是她，难道她也是三中的吗？

我原以为这群女生会丢下我去找她的麻烦，便想冲她喊一声"不要多管闲事"，让她快点离开，可没想到，这群女生一看见是她吓得连脸都变白了，一个个灰溜溜地逃出了洗手间，连个屁都不敢放。

我的大脑有那么几秒钟反应迟钝，这群女生居然怕她，那她到底是什么来头？

在我大脑飞速运转的时候，她扔给我一包湿巾，然后离开了洗手间。我失落地站起来，拍干净身上的灰尘，忍着酸痛回了宿舍。但让我更没有想到的还在后面，我刚走进宿舍，上铺的女生就笑脸迎来："夜雨，刚刚对不起，我不知道你和钟小茴是好朋友，我要是知道我……张瑞泽我也不跟你抢了。我抢不过你，你就放过我吧！"

呵呵，看来我还真是沾了那个钟小茴的光，在还没开学的时候就成了个有后台的女生，说不定只要一瞪眼，就会有人跑来求饶。

"那就看我的心情了。"我阴着脸说出这句话，然后踢掉鞋子躺回床上。

身上的伤并不打紧，可张瑞泽到现在依然不理我，这是让我最心烦意乱的。我根本无法猜透他的心意，也不清楚他这次的生气是骗我的还是认真的。

还有那个钟小茴，我本来就想和她成为朋友，通过今天这件事我更坚定了这样做的决心，但是，我到底该怎么做呢?

杀人偿命，天经地义。

这是在梦里雅茜拿着一把菜刀追我时说的话。我在这句话落音后惊醒，满头大汗。

不知不觉我在宿舍就睡着了，连晚饭也没有吃的我一觉睡到午夜。此刻宿舍里静得吓人，窗户外微弱的月光透过窗户照射进来，使我能看见宿舍里物品的轮廓。

这样的梦不是一次两次了，几乎每天夜里都会有，所以我很快就镇静下来，但心里空落落的，仿佛找不到回家的路一般，茫然无措。我起身从枕头下面摸出香烟来，用火柴点燃它，让它安抚我已经脆弱到了极致的神经。

这时，我的手在枕边触到一个硬硬的条形东西，我把它拿起来，一些记忆如洪水般涌入脑海。

是那把美术刀。

可我是什么时候把它拿出来的呢?

我叼着烟把它掰开，摸着冰凉的刀面，一股难以自持的情愫涌上心头。我拿着这把熟悉的美术刀做了一件对我来说熟悉的事情——狠狠地给了自己两刀。

苍天可证，我真的一点也不觉得有多疼，很多时候，我都认为疼痛是我最好的安慰。只有它们不会突然背地里给我一下子，让我猝不及防。它们会折磨我的神经，折磨我的肉体，但它们可以带给我快感，令我将无处宣泄的自卑、茫然、绝望，甚至麻木，统统得到释放，只有释放了这些，我才能继续存活。

换言之，伤痛在延续着我的生命。

5

正式开学后，我们按照高二期末考试的成绩，重新分了快慢班。

让我郁闷的是，我竟然没有和张瑞泽分到一个班。不过我也没有时间多想，因为我必须去找班主任，告诉她我不住校，让她把住宿费退给我，这样我就有生活费了。

我们班主任是个很热心的中年妇女。可能是我成绩好的缘故，我刚对她说了我不住校，她就一副“我明白你放心”的样子，拍着我的肩膀说：“我知道了，等中午把班里不住校的人都统计全了，下午去财务给你们退住宿费，先回教室吧！”

这么好的班主任，居然被我撞上了。

中午放学的时候我没有回宿舍，我想回家收拾一下东西然后去那个小区看看。我不知道钟小茴在哪里上学，但我知道她住的地方，我要先让她认识我才行。虽然我和她见过两次，她每次都帮了我，但我敢肯定她一定不会记得我。

不知道为什么，我认为她是个眼里只有自己的女生，不会记住任何人。

可是当我回到家的时候，我彻底傻眼了：家里的东西被翻得乱七八糟的。我以为家里被人洗劫了，或者讨债的又来了。但当我进屋以后才发现并不是这样，我看见桌子上有一张字条，上面赫然写着一行字：你的房租到期了，这房子我租给了别人，明天之前把东西清理走，不然我会全部扔出去。

老天，你非要把我逼上绝路吗？

下午我拿到了退回来的七百块钱住宿费，但心里依然没底，我不知道自己要住到哪里去，而且这些钱根本不够租房子的。下课时我去邻班找张瑞泽，可他不在班里，不知道去哪里鬼混了。

于是，我向班主任请了假，出去找住的地方。我去了这座城市最破烂的一条街，我记得母亲曾在讨债的人走了之后说过，如果这里混不下去了，就搬去篱笆街，那里有栋危房可以暂时躲一下。我决定先去打探一下虚实，看看是否真的有这么一栋危房，如果有，我就搬进去，无非就是破一点，总好过今晚要睡大街。

很幸运，那里真的有那么一栋危房。

不过，我该怎么形容它呢？它真的是危房，简直就是用砖头和稻草搭起来的凉棚，既漏风又漏雨，但让我欣慰的是，它还算大，有两个里屋和一个堂屋，而且只要稍微修一修，还是个不错的家。

我这样想着，又折回家把我的东西简单地收拾了一下，然后运到危房，接着又跑回学校宿舍，把并不多的东西打包好，也搬回了危房。在做这些事情的过程中，我发誓我一点也没有想过张瑞泽，我竟想起了吕安，在我最落魄最无助的时候，他是唯一伸出手来帮助我的人。

原谅我的无情和见异思迁，谁能保证自己不是自私的呢？我只不过是在危难的时候想起了会帮助我的人而已，至少我没有欺骗他，我承认了自己的心意并放他走了。

不对，是他自己走了。

搬进危房的那晚我在一家面馆解决了我的晚饭。就在那家面馆里，我看见了张瑞泽。已经晚上八点多了，他居然还搂着一个女生大摇大摆地从外面走进来，大声吆喝着要了两碗面。从他进门的那一刻起我就一直盯着他们，可他跟完全不知道一样，不往我这边看一眼。

我一直坐在那里看他们吃面，当那个女生不知死活地第二次往张瑞泽碗里放酸菜的时候，我爆发了，就跟吃了酸菜的不是张瑞泽而是我一样。我面无表情地站到他们所在的桌子前，在那个不知死活的死女人抬头之前就拽起她的头发，把她从座位上拽下来，拿起桌子上的那瓶醋，拧开盖，举过她头顶，浇了下去。

她大声尖叫，并向张瑞泽求助，想发火但碍于自己喜欢的人在又不敢，那表情看得我叫一个爽，之前因为被迫搬家还有和张瑞泽冷战的不愉快全没了。她以为她是哪根葱，张瑞泽的脾气我比她要清楚不知道多少倍，他一定不会管这种事情的。女生为他争风吃醋他一向置之不理，他说过只有强者才能站在他身边，这就和在大自然中适者生存是一个道理。

果不其然，张瑞泽坐在凳子上一动也不动，继续吃他的面，连眼睛都不带斜一下的。女生杵在那儿很是尴尬，满脸通红，头发上还滴着醋。终于，她在我得意的神情中败下阵来，咬牙切齿地瞪了我一眼后离开面馆。

“我搬家了。”我坐到女生之前坐过的位置上，看张瑞泽吃面。

“与我何干？”他吃完最后一口面才抬起头，眯着眼睛抽烟，一副拒人于千里之外的样子。

“我们别闹了，”我试图和解，“我错了，我们和好不行吗？”

“我们之间有什么吗？”他歪着脑袋一脸无辜，简直比科班出身的演员还要专业。

“对不起。”我正色道，“要我怎么样都行，就是别这样晾着我。我有多爱你，你应该比我还清楚，你不是还舍不得我吗？如果你舍得，刚才你就不会一声不吭地看好戏了。”

“同学，”他说，“咱俩可没有什么关系，你别乱说，人言可畏啊！”

我看着他，突然感到自己心有余而力不足，铺天盖地的失望像座山一样压在我的心头。我深深地吐出一口气，无奈地说：“我明白了，我在学校会装作不认识你的。你放心，我会等你气消了再来找你。”说完，我去付了面钱和那瓶醋的钱，恋恋不舍地离开了面馆。

如果你认为我会因此而失魂落魄，并且安分守己，那你就错了。

现在的我虽然依然会为了张瑞泽而不择手段，但在我的生命中，又出现了一个让我想要征服想要捆绑的对象——钟小茴。

我在开学后不久就打听到了她所在的学校，并且知道了关于她的很多事情，包括她的身世。她居然是个孤儿。她妈妈十七岁那年生下她就死了。她的父亲是谁没有人知道，于是她便被送到她妈妈生前租住的房东那里去，被房东收养，直至今日。

我一直都在找寻接近她的机会，可很困难。她对人很冷漠，也没有把柄落到我手上，就在我几乎要失望的时候，上帝给了我一个难得的好机会。

那是一个中午，我跟踪张瑞泽跟丢了，漫无目的地在公交车站附近闲逛，希望能再次看见他的踪迹，但一无所获。就在这时，我看见一个女生在路边焦急地转来转去，而那个女生不是别人，正是我做梦都想勾搭上的钟小茴。

于是我走上前去询问她有什么需要帮忙的。她一看见有人帮忙立马像抓住救命稻草一般，但她只对我吐出了一个字："钱。"

我心领神会地掏出兜里所有的钱，递给她，并告诉她，我只有三十块。她边说着"够"边拦了一辆出租车，慌忙上了出租车后又突然摇下车窗问我："我怎么把钱还给你？"

果然，她已经不记得我了。

"你去哪里？"我问她。

"妖妖。"

我想了一下决定和她一起坐上出租车，至少我要知道她这样着急是为了什么，她要干什么去。于是我当机立断跳上出租车，不顾她的惊讶自顾自地说："我和你一起去，你不用还我钱。"

我在她疑惑的注视下，慢条斯理地整理好自己的校服，然后和她对视。

她似乎对我的对视很不满意，不冷不热地对司机报出了她要去的地方，然后侧过头去看窗外，一脸闷闷不乐的表情，不再理我。

我问她："为什么去妖妖？"

"去弹琴。"她没好气地说。

"你是在那里打工吗？"我突然想起那天她在那里唱歌，不自觉地自言自语，但马上又否定了自己的想法，“怎么可能？”

“怎么不可能？”可能是我的话让她觉得有点儿蹊跷，她来了兴趣，视线开始定格在我的身上。

“你叫钟小茴。”我决定先发制人。

“你认识我？”她坐不住了，警惕起来。

“我叫夜雨。”

“你想干什么？”她严肃地问，带有警告气息。

“我想和你做好朋友。”我很认真地看着她的眼睛，尽量让目光变得温柔一些，“钟小茴，我们是同类。”

“停车。”她并没有回应我，而是突然见鬼了一样大叫起来。

司机一下来了个急刹车，我差点撞上前车座。当我刚想质问她为什么突然要喊停车的时候，她却突然对我严厉地命令：“下车。”

她的表情告诉我她已经忍让到极限了，如果我再纠缠下去只会对我不利，于是我从容不迫地下了车，任她离开。

但我一点儿都不觉得难受，我敢打包票，只要我继续一步一步地照计划走下去，她就一定会臣服于我。

我有信心！

成功总是会降临到有准备的人身上，这句话说得一点没错。

在我费尽心思地接近钟小茴后，命运之神终于给我开启了一道大门——钟小茴竟然被房东赶了出来，无处可去，只能勉强住在我们见面的那个车间里。在得知这个消息的时候，钟小茴已经在那里住了一段时间了，于是我利用这个难能可贵的机会，开始了我的下一步行动。

那是深秋的一个夜晚，我站在通往废弃工厂的小路上等着钟小茴回来。我知道她此刻一定是去妖妖打工了，不久就会经过这条路回车间去。

即使我自认为自己是个比较有心机的女生，但这时我的大脑里并没有清晰的思路，也不知道我能有什么办法将她带到我的危房去。

是的，我决定让她和我一起住。

在我等了将近一个多小时后，她终于回来了。

可她一路摇摇晃晃的，走得并不平稳，看样子应该是喝了不少酒。于是我将计就计，站到她面前拦住她的去路，谁知我刚想开口她就一个踉跄摔倒在地，我下意识地去扶她，然后挑衅地说："怎么？无家可归了？"

她的身子震了一下，然后猛地推开我，冲我喊："你装个什么劲？我看到你那副漠然的样子就讨厌，明明不是什么看淡名利的世外高人，还装什么清高！"

我不说话盯着她，我并不是在生气，只是我的大脑还没有告诉我下一步该如何做、该说什么，可我这样的沉默似乎令她更加不爽，她别过脸去，说了声："切。"

就在这几秒钟内，我拿定了主意。

"你在说你自己吗？"我上前一步靠近她，捏起她搭在肩膀上的头发把玩着，"你从一见到我就怕我，不是吗？"

"什么！"她甩着头发往后退了几步，神色紧张。

"怎样？被我说中了不是吗？我就是另一个你，所以你害怕看到你自己，害怕承认你是脆弱的这个事实，害怕看到像你一样把自己伪装起来的人，因为你会被类似你的人所看穿。"我继续走上前，靠近她，想借此表现出我的强大。

"放屁！"她大声骂道，接着抽出手来想要扇我，却被我死死地抓住了。

"回你的小工厂拿上行李跟我走。"我甩开她的手，用不带任何感情的语气对她说。

"你有什么阴谋？"她好像一下子清醒了。

"阴谋？我只想带你去我家。"我说的是真心话。

"嗯噢……"她用复杂的眼神看了我半天，最终回车间收拾东西跟我一同回了危房。

一路上我都不敢说话，我害怕多说话会暴露了我的兴奋。我只能让她一点点地依赖我，不能显示出我对她的依赖，对于友情，我必须是个赢家才能保证自己不会被伤害。

那晚我怀着一颗不安的心将她安顿在我的房间里。我们躺在同一张床上，彼此的呼吸近到好像会纠缠到一起一样。这样的感觉像极了每天折磨我的梦魇，只不过梦魇里和我同床共枕又突然诅咒我死的人是雅茜，而不是此刻躺在我右边的钟小茴。

我想我一定是被这得来不易的小小幸福给冲昏了头脑，竟然忘了我今天去医院看母亲时将她接回了家，而此刻她并不在家里，等我反应过来时，已经是深夜。

我总是在深夜醒来，且无法睡去。

醒来后我突然发现母亲并不在屋里，可当我刚想出门去寻找时，她已经回来了。只见她背着一个很大的蛇皮袋子，像个乞丐一样，进门就把袋子里的东西倒在地上，竟然全是一些易拉罐。

我真的无法忍受这样的她，即使现在她的病好了很多，偶尔才会犯一次病，但她这样做，比她发病不认识我还要让我难过，难道我需要她去捡垃圾才能生存吗？难道我就这么低贱，需要承认一个捡破烂的女人是我的母亲？

“你又拿这些破烂回来干什么！我不是说过不要再捡这些东西回来了吗！”我失控地对她大吼大叫起来，这时钟小茴听到了动静，从里面出来，拉住我说：“喂，你冷静一点。”

冷静？我能冷静吗？

可是我的失控并没有让母亲有什么反应，她只是默不做声地跪在被我踩扁的易拉罐边，将它们又一个一个地捡回编织袋里，落寞地说：“这些都是钱。我知道你嫌弃我这个捡破烂的妈妈，但我也不希望看到你为了赚钱每天都去给人家补习补到很晚，我心疼你这么辛苦。”

“不需要！”我冲着她大吼，“我不需要你的怜悯，如果你早有这份心，我们能混到今天这种地步吗？”

“我也不想，”她开始低声呜咽，“我也不希望你被人家瞧不起，你会……”

“够了！”我打断她的话，冲出了家门。

我真的是受够了，从小时候开始她就一直是肆意妄为的，从来没有为我考虑过，酗酒打我，欠债逃跑，自杀甚至最后发疯，这一切都是她带给我的伤害，为什么现在她神志清醒了，又要回来做这些没有用的、让我丢脸的事情呢？

我无处可去，只能跑去了小工厂的车间，那里一直是我的秘密基地。

我坐在大铁柜上抽烟，终于没忍住，还是哭了，但我必须马上停住哭泣，因为我有预感钟小茴一定会来找我，我不能让她看见这样的我。可是，不知为什么，我的眼泪一直止不住，直到钟小茴的脚步声传进我的耳朵里时，我的眼泪还在不停地涌出。

“你来晚了。”我故意没有转过头去看她，手里夹着香烟，装成无所谓的样子。

“那是你妈？”她小声问。

“我们都不想面对。”我仰起头吐出了一个烟圈，“但那是事实，我再怎么不情愿也改变不了。”

就在我在心底骂自己不够坚强，让钟小茴看到了我怯懦的一面的时候，她却突然靠近我，把手搭在我的手上，缓缓地说：“她是你的宿命。”

“宿命！”我转过头看着她，“我只能认命，除此之外我别无选择。”

“或许，我们可以彼此依靠。”她覆盖在我手背上的手心微微冒汗，还有些颤抖。那颤抖仿佛一条线，顺着我的毛孔进入我的血液里，让我的血肉和骨骼都开始造反，咔嚓咔嚓，好像下一秒就会崩裂一样。

我突然就难以自持了，跳下大铁柜扑进她的怀里。我有多少个日夜都在渴望在悲伤难过的时候能够找到一个怀抱，能够让我宣泄我的孤独寂寞。

现在，终于如愿以偿了。

“咱们该回家了，不然她会担心的。”我哭够了，有些不好意思地说。

回去的路上我一直牵着她的手，也许是真的想要抓紧，害怕失去吧！

人总是这样脆弱的动物，在知道失去的滋味后就再也不敢让自己失去什么了，害怕再一次尝到那种痛苦，但是要摒弃多余的感情一个人走下去又做不到。

当我走到家门口时，我再一次被眼前的景象给惊呆了，她居然在门口用一个大红盆洗衣服！

我迅速松开小茴的手跑了过去，把她拽了起来，大声斥责："你就不能老老实实地待在家里不给我添乱吗？"

"我只是想帮你干些活。"她低着头，两只冻得通红的手因为不安而来回揉搓着。这样我心里的愤怒在一瞬间变成了心疼，于是我捧起她通红的手放在嘴边，一边哈气一边说："要是有下次，我就再也不原谅你了。"

那晚我把她哄睡后，小茴陪着我用冰冷的水洗干净了所有的脏衣服。

当我看到小茴把冻得通红的手放在嘴边呵气时，我的心情一下子由阴转晴，咯咯地笑出声来。

"喂！"她用胳膊亲昵地碰了碰我的肩膀，"这样的感觉真的很好！"现在一起洗衣服的画面如果被雅茜看见，她一定会不甘心吧！她一定会懊恼为什么我还可以找到一个愿意陪我受苦的朋友，说不定还会嫉妒和后悔。

"嗯？"她显然不明白我在说什么。

"有朋友的感觉。"我深吸一口气，笑着说。

她被我的一句话弄成了大红脸，低下头不知道该说什么，那样子很可爱，让我更想戏弄她一下。我凑到她耳朵边叫了一声："哎！你傻啦？"

"我哪有！"她很大声地反驳我。

看着这样的她，我空落落的心渐渐充实起来，也为之前所做的一些事情感到抱歉，于是我很认真地对她说："还记得我们刚见面的时候，我们只会互相撕咬对方的伤口，但我知道那是我想让你融进我的生活的一种手段，因为对于毫无安全感的我而言，只有知道对方的伤痛才能毫无保留地将自己的伤痛展现出来，我想要依靠你就必须要先伤害你。"

“为什么？”她没听懂。

“这就是我。”我不知该怎样解释了，只能这样说。

她看着我发了愣，可能是在思考该说些什么。这时，房子里突然传来了尖叫声，是母亲的声音。

一定是又犯病了。

我飞快地站了起来冲进屋里，母亲正发疯一样地手舞足蹈，被子被她扔到地上使劲地踩。我跑过去用力把她拉到床边，紧紧地抱着她，一边拍她的背一边说：“没事了，没事了，乖。”

不一会儿，母亲就慢慢地平静下来并睡去了。我把她轻轻地放倒在床上，回过头对钟小茴说：“她经常这样，是被吓成这样的。”

她没有问别的问题，只是走过来抱了抱我说：“早点睡吧！明天你还要上课。”

也许是我太敏感，但这样一个轻轻的拥抱，我却从中得到了无穷的力量。我从这拥抱中感到了安全和踏实，像一个被棉花包裹的大床，在那里我可以安心休息，不用担心会被揭开伤疤，疼痛流血。

已经快天亮的时候我们才一起上床睡觉。

躺下后我一直无法睡着，于是我推了推身边的小茴说：“睡着了吗？”

“还没。”

“我也睡不着，上次你问我，认不认识张瑞泽。”我想要把我的一切都与她分享。

“嗯。”她的声音和她的气息一样轻。

“小茴，你说得没错，他是我喜欢的人。我爱他，很爱很爱，甚至超过了我的生命。”我第一次这样坚定并且勇敢地对别的女生说出对张瑞泽的喜欢。

小茴没有出声，等待着我即将说出来的故事。

我知道，漂泊至今的我，终于在此刻上岸了，可是我没有料到，费尽心思得到的友情，却会变成一种伤害。也许是我真的不懂得如何把握友情这种东西吧！不然怎么会一而再再而三地被背叛呢？

关系再好的朋友，也是两个人，毕竟这个世界，没有说出真心话对方就会理解的事情。

6

雪还在下。

光怪陆离的画面仍然在眼前游走，一会儿是雅茜，一会儿是小茴和泽在雪地里的画面。我的脑子似乎要在瞬间爆炸一般，脸上被风吹干的泪水和血水开始撕咬着皮肤，像要把脸给撕裂一样。

我不能接受又一次的背叛，如果被背叛过一次是上帝对我的告诫的话，那再一次背叛又是什么呢?

是否表示我愚昧无知? 是否代表了我满是错误的人生又一次走上了荆棘遍布的岔路? 是否是命运的齿轮生锈了，轮回被打乱，原本属于别人的痛苦全部降临到了我的身上?

人们总说，没有不吵架的好朋友，朋友只有在吵架中才能获得理解彼此的机会。可是此刻，我和小茴终究变成了两个相对碍眼的存在，只要立场变得对立了，就再无复合的可能。我们原本就不适合做朋友，是我太过于痴心妄想，没有吸取雅茜的教训。我的存在就如小茴所说的一样，是个冷笑话，一个像冷笑话般存在的人，还奢求什么温暖人心的友情呢?

但是，我绝不是任人宰割的羔羊，如果背叛我，就要为此付出代价，一定要!

我一路小跑，甩掉张瑞泽后去了医院。

那里是我目前唯一能去的地方，至少我可以以陪母亲为由待在病房里，总比待在雪地里要强很多。

母亲的病房里面还有另外两个病人，一个是和母亲差不多大的阿姨，还有一个是和我年龄相仿的孩子。我不知道她们都是因为什么而精神失常才住进来的，但她们很多时候神志都很清醒，有时会在病房里和我一起打扑克，帮我打饭。

我在医院里住了好久，快开学的时候才回了危房。

我选了一个天气很好的日子，去小茴的房东家拿我的行李，一路上我都在斟酌一会儿见到她我该说什么，或是要直接赏她一耳光，这样才更解恨。

我希望她会因为我的出现而痛苦万分，可当我敲开房东家的门时，失望取代了我所有的幻想——小茴并不在家。

我进去收拾好我的东西，没有对房东交代一句话，甚至连一秒钟都没有多等就离开了。我害怕那间房间里熟悉的气味，它们会侵蚀我的决定，令我犹豫不决。

从大年三十到现在，我每天都在想如何报复小茴，却并不想付诸执行，只是任凭那些恶毒的想法在我的脑子里打转。但这并不代表我会就此罢手，毕竟我还没有成熟到可以原谅背叛，也可能是我和小茴的友情并没有那么深厚，更没有遍体鳞伤了还想原谅她，道歉和恳求也不需要，就算她来找我也没用，现在我厌恶到连她的脸都不想看见。

我一定会狠下心，要她为了背叛而悔恨终生。

年后不久就开学了，我中午的时候去医院看母亲，晚上晚自习后才回危房去住。

那天放学后，我照旧去医院，在校门口的时候被张瑞泽叫住。他满不在乎地喊了一句："夜雨。"当这两个字传入我的耳朵时，我却犹如被定住了的玩偶，连胳膊都没有力气抬起来。

"你还好吗？"他的脸还是和以往一样帅气，只不过眼神里多了我没有见过的情愫。

"只要钟小茴还没消失我就不会过得好。"我冷冰冰地看向别处，告诉自己绝对不能妥协，不能再按照他的想法行进。

“我是真的喜欢她，”他叹了口气说，“你就别再强硬了。”

“可她背叛了我，这样的她和雅茜有什么区别？”我忍不住大声喊出来，声音颤抖得厉害。

“记得我曾经问过你，如果有一天我遇见了我喜欢的人，而那个人不是你，你会怎么办，当时你回答我说你会等待。夜雨，现在我找到我真心喜欢的人了，你再等待下去也无济于事。感情这种东西，不是死缠烂打就能解决的。”他把手搭在我的肩膀上，看着我一字一句地说：“如果等待能够换来爱情的话，那么这么多年我早就爱上你了，你放弃吧！”

“哼！”我冷笑，“看来你今天叫住我并不是为了看我过得怎么样，而是来跟我说清楚的，是吗？你就真的那么喜欢她？”

“是的。”他的回答迅速而坚定，没有一丝犹豫。

仿佛地震了一般，天旋地转。

说真的，听到他的回答后，我并没有悲伤的感觉，只是既失望又疲惫，为什么付出和得到不是对等的？这个问题到现在我还不明白。

那天我是如何走去医院的我已经记不清楚了，我只记得一路上我都在考虑我和小茴谁输谁赢的问题。我自认为自己所付出的超出了她上万倍，可得到的却不及她一分。

我到病房时，母亲邻床那个和我同龄的小女生准备出院了。她的父母和朋友一起帮忙收拾东西，看得出来，她很高兴。她一边聊天一边把橱柜里的苹果放到母亲的床上，对我说：“苹果留着你们吃，谢谢你这段时间陪我玩，我的心情好多了。”

“不客气。”我笑。

“对了，给你介绍一下。”她拉过身后的一个女生，“这是我最好的朋友，是不是很漂亮啊？”

“你真是的，一点也没有变啊！”那个女生笑嘻嘻地轻捶了她肩膀一下。

她们看起来真好，让人羡慕，一定没有任何隔阂吧？

“你还希望我变啊？”她嘿嘿地笑着和她的朋友打闹。

“不希望，”女生突然收起笑脸，自责地说，“你会这样都是因为我，如果当初我没有和他在一起，你也不会住院半年。这半年我做梦都想让你原谅我。”

“并不怪你，是我自己的问题，是我太计较了。”她依旧在笑，看上去没有一点勉强的样子。

难道她们在吵架？难道她们之前也出现过什么隔阂？

虽然好奇，但我没有追问，帮母亲打完饭后就回了学校。

我已经想好我该如何实施我第一阶段的报复计划了——我要让所有人知道钟小茴是个第三者，抢好朋友的男朋友。像她那样在乎自尊心的女生，怎么可能不在乎这些流言飞语！

第二天我起了个大早，把我花了一下午的时间写好的字条放进书包里，去了小茴他们学校。我悄悄地翻墙进去，在他们的教学楼上贴上了我写的字条，每张字条上面都有这样的话：钟小茴不要脸，抢朋友的男人，是妓女，第三者，真贱！

我把字条贴得满校园都是，然后又翻墙离开了学校，去了小茴房东的楼下，在楼下继续贴字条。把楼道里墙上贴得到处都是，特别是房东家门口，我故意贴了好多张，而且十分醒目，到最后我还从书包里掏出中性笔，在楼道里雪白的墙壁上写了行字：妓女钟小茴，不要脸的第三者。

做完这一切我心满意足地回了学校。

上课时我走了神，本以为我会为了自己的行为而兴奋，可我感到了强烈的不安。我不知道自己这样做是不是正确，忽然不知道自己是不是真的被小茴背叛过了。不可置疑，在和小茴成为朋友的那段日子里我真的感到了幸福，那是我和泽之间不可能存在的一种幸福。像一剂安神药，只要有她在，我就可以勇敢地去做任何事情。每个夜晚只有在她的发香的陪伴下我才能安眠，并且不被梦魇干扰。

可能是张瑞泽昨天的一番话的缘故，我认为小茴并没有欺骗我。始作俑者是泽，小茴只是接受了她自己的感情的支配，有错吗？

想法又开始混乱了。

我相信这一切都不是假的，小茴也从未对我虚情假意过。

冷静过后我似乎能够安抚自己的情绪了，但矛盾浮出了水面。我因那天在雪地里的画面而难过，却同样为伤害小茴而难过，我什么时候变得如此优柔寡断，对背叛者于心不忍了呢？

整整一天我都在矛盾中度过，连作业都没有心思写，下了晚自习我一个人慢慢走回家。在危房门口看见了正在等我的钟小茴——她好像瘦了，很憔悴的样子，头发被她随意地扎在脑后，松垮的碎发散落下来，在冷风中舞动，眼神却无比明亮。

“第三者还好意思出现？”我挺直腰板，死要面子地讽刺她。

她听到我的话一愣，低下了头：“原来那些字条真的都是你写的。”她的声音轻得不像话，我都怀疑她是不是好久没有吃过饭了，不然怎么会这样有气无力。

“是我写的。那是你应得的惩罚，你不满意吗？”我继续讽刺她，可她并没有反驳我的意图，一直低着头，用她那轻飘飘的声音说：“对不起，我从来没有想过要伤害你。你是我的朋友。”

“朋友？”是的，我们曾经是朋友。可事已至此，我无论如何都不能回头，不能认输，尊严是我一辈子都不能放下的东西，即便我现在或许并不是那么怪她了，但我还是不能低头。

“但我不能退让，”她忽然抬起头，明亮的眼睛泛着泪光，“我是真的喜欢张瑞泽，一直以来我都闪躲，敷衍了事，我害怕会在你和他之间难以抉择，可是现在我想清楚了，我确实喜欢他，想和他在一起，什么也不能阻止！”

什么也不能阻止！

多么豪迈的一句话啊！让我好不容易平静下来的心再次翻滚起来：喜欢就要在一起，他们两个人都这么自私吗？他们就没有想过我吗？瞒着我在一起，被我发现后又都跑到我面前来宣誓一般地强调自己有多么爱对方，这样任性的做法难道还想让我原谅吗？

如果她让我原谅那天的事情，我或许会考虑。可是现在，这已经不再是背叛和隔阂的问题了，是竞争，是输赢的问题。我向来是一个不会低头的女生，所以，关乎输赢的问题我会拼了命地去赢得胜利。

“那咱们就走着瞧，看谁能笑到最后！”我丢下这句话，狠狠地撞了她一下，回到我的危房里去睡觉。

我得不到的，也不会让别人得到。

周末的时候，我去找了冯仁。

现在能够帮我分开小茴和泽的只有他了。可当我在游戏厅找到他并说明来意时，他却不买我的账。他叼着烟很自以为是地说：“我尊重小茴的选择，她已经跟我说清楚了，我也决定放手了。”

“为什么？”我不敢相信。

“虽然我没办法打心底去祝福他们两个人，但至少我要让她觉得我是个男人，知道我是个拿得起放得下的人，反正逃脱不了被拒绝的命运，为什么不洒脱一点，给她留个好印象呢？”他说得头头是道。

“这只能证明你不够喜欢钟小茴，不然不会就此罢手的。”我不甘心计划被打乱，想说服他再去争抢钟小茴。

“成熟一点吧！”谁知他不上我的当，学着大人的口气说，“感情这种事情不是单方面的，要两情相悦才行，一开始放弃很痛苦，想开了就好了。”

好一个钟小茴，她的动作真迅速，在我之前就搞定了冯仁。看来她是一定要和张瑞泽在一起了，那晚的道歉也是出于想要扫清障碍的目的。这样一想，我的气愤更加难以平息，我气呼呼地走出游戏厅，去了张瑞泽家。既然冯仁不肯出手，那我就再去找张瑞泽，这么多年的感情，我不信他会眼睁睁地看着我死也不管我。

可我又一次不能得逞，张瑞泽居然不在家。

我买了包555，边走边抽，回到医院。我发觉自己现在的所作所为已不是因为喜欢张瑞泽想把他抢回来了，而是不甘心，不想输给钟小茴。

这样的原因不知是在什么时候从我心里冒出来的，但我却控制不住这种冲动，做不到冯仁所说的成熟和想开。

回到病房时，才发现前几天出院的女生又回来了，不过她并不是来住院的。因为她站在我母亲病床前和我母亲谈话，见我进来站起来对我微笑："夜雨，我可以和你聊聊天吗？"

"可以。"我深吸一口气，笑了一下。

我和她坐在医院花园的石凳上。我不知道她要跟我说什么，但不管是什么，我只要当个听众就好。我现在已经没有心情去安慰别人或帮人出主意了，再说，我原本就不擅长那些。

"我想给你讲讲我的故事，"她莞尔一笑，"我觉得你一定能理解我。我能从你身上看出我之前的那种寂寞和伤害，你一定能理解我。"

"哦。"嘴上这样迎合着，但我心里一点也不信。因为我的人生、悲痛一直只有我自己明白，所有说了解我的人都不过是在虚张声势罢了。

"还记得我出院时给你介绍的那个女生吗？"

"记得。"我点燃一根烟。

"我进医院全是因为她。因为她身为我最好的朋友却抢了我的男朋友。"她的话一出口，我手里的烟就没有征兆地落到了地上，连我自己都不清楚自己怎么会突然一抖，就把它扔了下去，但我很快就调整好了自己的状态，听她继续说下去。

"刚知道她和我男朋友在一起时，我很痛苦，觉得自己被背叛了，后来却变得不甘心。我认为自己不可能输给她，我一定能把我的男朋友再抢回来。于是，我用自杀的方法逼迫男朋友回到我身边。我威胁她，我甚至去找人羞辱她，做了很多我自己都无法相信的事情。但最终，我仍没能挽回男朋友的心，反而伤害了她。男朋友不甘我的威逼转学了，她也因为我的伤害而和我变成陌生人。我承受着越来越重的压力，精神失常，进了医院。"

"为什么告诉我？"我心里并不平静，却怀疑她说这个故事的目的，她会不会是神通广大的张瑞泽派来当说客的呢？

“有过同样遭遇的人，身上所散发出来的气息也是相同的。”她注视着我的眼睛，像一汪平静的深蓝色湖水，又像远处浅蓝的天空，安静又温柔，却充斥了无数的情感。

“我没有那么脆弱。”我镇定下来，又点燃了一根烟。

“人总会有忘不了的人、擦不去的伤。但是人生还很长，如果为了这点小事就介怀不已，那人还用生活吗？”她依然温柔地说，“刚住院那段日子我不停地这样安慰自己。可我总在考虑一个输赢的问题，我总认为自己不可能在感情上输给她。就因为这样，我的病才一直不好，经常会突然发疯，一会儿跳楼，一会儿拔输液管，弄得家里人天天为我担惊受怕。”

“然后？”没有理由，我想知道她是如何想开的。

“这样一直持续了三个月，后来她来医院看我。她说她并不怪我，希望我们还能是朋友，还对我讲了她和我男朋友之间的所有事情。那一刻我才恍然大悟，原来我一直计较的输赢根本没有意义，我并不是输给了她，而是输给了爱情。”

“输给了爱情？”

“对啊！他们的感情是双份的，两颗心紧紧地挨在一起，而我的感情只有我自己，一颗心如何去和两颗心对抗呢？”

一句话轰的一下炸开了我的世界，地壳全部裂开，我掉进崩裂的地缝里，碎石将我压得透不过起来，一切都乱了套。

的确如此，在得知他们在一起时，我第一个想到的不是将失去泽，而是输赢的问题。我为什么会变成这样？明明我对泽的爱没有变淡啊！

“人的感情是阶段化的，我一开始不信，但现在信了。”她又说，“我和现在的男朋友感情很好。我原本以为我离不开我前男友的，可是现在，你看我不是很幸福吗？人总是这样，说什么至死不渝，其实不过是自己给自己设下了死胡同，让自己往里面走。有些我们以为根本不可能离得开的感情，在过去之后再看，就会发现其实并没有什么大不了的，一切只是心态问题——能不能看开，能不能潇洒地对过去说再见。”

“是谁让你来劝我的吗？”我那倔犟的脾气又来了，不肯接受别人的开导。

“是。”她很诚实。

我一下子站起来，大声说：“谁让你来的？是张瑞泽还是钟小茴？我不会原谅他们两个的，派几百个说客来我也不会妥协。”

“我并不认识他们。”她还在笑。

“那是谁？”

“是你妈妈让我来的。她说你最近看起来不大好，以前总是和你在一起的好朋友和男朋友也不常来找你了，她想一定是你们之间出现矛盾了，才让我来开导你的。”她的语速很慢，却足以震慑到我。

“你的妈妈很自责，”她并没有停下来，“她说她以前做了很多对不起你的事情，现在她已经好了，不久就能出院，可你越来越阴沉。她很担心，她说她一直都很爱你，到了现在，却不知如何把这份爱传达给你了。”

“谢谢！”我低着头思索了好久才抬起头。

“我想你以后也一定能找到一个很爱你的人。对于每个女人来说，自己爱的人也爱自己，这是个奇迹。但如果你不具备足够的耐心去等待，这样的奇迹就不会降临。”她拉过我的手，放在胸口。

我的手能感受到她胸口强而有力的心跳，只是一瞬间，我突然有种震撼的错觉。我从来没有这样想过——我还活着，我的心脏还在跳动，我还能感受到温暖，我还能等到更多爱降临到我身边。我或许会遇见一个让我梦想成真、得到幸福的人。

Epilogue 夜雨

| 最后的赌约 |

那天送走她后，我跑到医院外给钟小茴打电话，我让她到医院的楼顶来一趟，一个人来，我告诉她，我有话要对她说。

事到如今，再怎么装腔作势也无济于事了，其实抉择早就在心底了，不是吗?

钟小茴应约来到楼顶时是午后。楼顶的风很大，我站在边缘看远处的景色，听到身后开门的声音才转身，说："小茴很喜欢泽吗?"

"我不能保证以后，但起码现在，我认为我们是相爱的。"她站在门口，好像害怕我会做出什么伤害她的事情一样，不敢靠近我。

"我对你说过雅茜的事情吧?"

"是的。"

"我时常在想，她真的很聪明，用一种最轻松的方法得到了解脱，把所有的痛苦都留给了我。可当我站在这里的时候才知道，原来面对死亡比面对生活，来得更困难。人在将死之时，必定会想到自己所留恋的、所没有完成的心愿。想到这些，便无法下定死的决心，这样的心理斗争和矛盾，比面对爱情要纠结上万倍。"我张开双臂，面向天空，风贯穿了我的身体，自己忽然就变得轻飘飘起来，宛如一张纸片，下一秒就能奔向蔚蓝的远方。

"夜雨你要干什么?你别想不开!"小茴的声音抖得厉害，往前慢慢地走了几步。

"如果在我和泽之间，我要你选择一个，你会选择谁?"我保持着飞翔的姿势，视线一直停留在远处翱翔的鸟儿身上。

“夜雨……”她哭了。

“是选择他还是选择我呢？是选择和他在一起让我死还是选择你们分开让我活着？”我咄咄逼人，不给她喘息的机会。

“夜雨……”她跌坐到地上，泣不成声，“我要你活着……只要你活着……我可以不和泽在一起……我可以离开他，也可以离开这里……你要活着……”

我转过身，眼泪刹那湿了眼眶。我慢慢地走到她身边，蹲在她面前说：“谢谢你，小茴！”说罢，我起身向楼顶的边缘处冲去。小茴大叫着“不”跟着我一起冲了过来，在我离踏空只有几步的时候她一把抓住了我。我顺势停了下来，将她拉入怀里。

她一定会来拉住我。

这是一个自我与自我的赌。

小茴在我怀里放声大哭，抱着我的胳膊紧紧地勒住了我，让我差点窒息，但我很开心。

原来，释怀后是这样轻松的一种感觉，身体飘飘然，一下子年轻了好多岁。

友情或许容不下背叛，但爱情更不能强求。我记住了那个和我有相同经历的女生的一句话：“一颗心如何去和两颗心对抗呢？”我也是时候该放开我紧握多年的那双手了。这么多年来，我的焦虑、担忧、悲伤，还有绝望，这么多情感压榨了我的快乐。此时此刻，泽找到了属于自己的奇迹，那我也该起程，去寻找属于我的那份奇迹了。

生活就是这样子，发生什么事都不放弃希望的话，所期盼的明天就会来临。

半个月后，母亲出院了。

我和母亲决定回到我出生的小城去，那里有关于父亲的记忆，还有我们的起点。我们都想重新开始，想要回起点去获得重生。虽然人生并不能重复来过，但就像堆积木那样，即使堆建得并不如意，可只要不停地继续堆积下去，总有一天，会成为自己理想的形态。

我没有跟泽道别，只是在车站给小茴打了一通电话，通话内容也很简单，只有寥寥的几句话，自从释怀以后我就觉得，有些话，即使不说，一些人也会明白。

“我会在未来的某个站牌等你，希望那时的你，能够变成一个真正耀眼的人，能够再次吸引我走向你的身边，和你成为朋友。”

这是我对小茴说的最后一句话，说完这句话，我就挂断电话，拉着母亲进了站。

火车站台的人很多，但透过前方，我依然可以看见阳光，于是，我回头对母亲微笑：“快一点，火车要到站了。”

虽然今天我可能还会悲伤，明天说不定也会想起往事而难过，但后天，阳光和快乐一定又会照射回我的世界。至少，昨天我也曾卑微地幸福过。

（全文完）